谨以此书纪念恩师萧乾先生诞辰113周年，祝今年96岁奔人瑞、仍坚持每天翻译的文洁若先生健康长寿。

1992年5月21日，萧乾与黄豆米在滇缅公路碧鸡关留影。这是萧乾在滇缅路上留下的唯一影像。

萧乾、文洁若夫妇致黄豆米书信

萧乾　文洁若　著
黄豆米　编著

山东画报出版社
济南

图书在版编目（CIP）数据

萧乾、文洁若夫妇致黄豆米书信/萧乾，文洁若著；黄豆米编著. —济南: 山东画报出版社，2023.7
ISBN 978-7-5474-4333-0

Ⅰ. ①萧… Ⅱ. ①萧… ②文…③黄… Ⅲ. ①书信集－中国－当代 Ⅳ. ①I267.5

中国版本图书馆CIP数据核字(2022)第171333号

XIAO QIAN WEN JIERUO FUFU ZHI HUANG DOUMI SHUXIN
萧乾、文洁若夫妇致黄豆米书信
萧乾　文洁若 著　黄豆米 编著

责任编辑　赵祥斌　王映映
装帧设计　王　芳　张智颖

主管单位　山东出版传媒股份有限公司
出版发行　山东画报出版社
社　址　济南市市中区舜耕路517号　邮编 250003
电　话　总编室（0531）82098472
市场部（0531）82098479
网　址　http://www.hbcbs.com.cn
电子信箱　hbcb@sdpress.com.cn
印　刷　山东临沂新华印刷物流集团有限责任公司
规　格　148毫米×210毫米　32开
7.25印张　89幅图　160千字
版　次　2023年7月第1版
印　次　2023年7月第1次印刷
书　号　ISBN 978-7-5474-4333-0
定　价　68.00元

序

萧乾先生活了90岁，写作70多年，作为中国现当代卓有成就的作家、翻译家、记者，非一句著作等身可言。就创作来说，他身后若干年由其夫人、著名翻译家文洁若先生整理出版的4000多万字的7卷本《萧乾全集》，仍然全集难全。单说书信，全集第7卷为书信集，有900页之多，萧乾致冰心大姐的40多封书信，仅收进了1封；致巴金90多封书信，也只收进60多封；而萧乾致外国友人的重量级信札，比如二战期间旅英7年与“布鲁姆斯伯里文化圈”中E. M. 福斯特、哈洛德·艾克敦等人的大量通信，至今保存在剑桥大学国王学院图书馆、耶鲁大学贝内克珍本与手稿图书馆等地；再有，萧乾20世纪八九十年代与日本著名翻译家丸山昇的通信等，均未入全集，遑论其他。以至10多年来，文先生边不停整理遗漏作品和新发现的佚失书信，边陆续出版单行本，其中，2010年出版的《冰心与萧乾》一书收录了萧乾致我的20封书信。

2019年新建成的云南文学艺术馆开馆，为文学厅的开展，我从萧乾来信中挑出3封与云南直接相关的捐赠，由此发现被束之高阁近30载的萧乾夫妇来信，不止20封，顿时脸红，惭愧之心陡然而生：几十年时光，竟然没抽一天时间翻翻这些信札，而耄耋之年且独居的师母已经整理出20封用于新书出版！转年，新型冠状病毒从武汉开始席卷全国，大多数中国人居家自我隔离，我终于可以不需要任何理由放下其他重要不得的事，一心安住在恩师夫妇的来信上，用大半年时间整理辑校，把纸质信转为电子版存入电脑。再一年，《新文学史料》2021年第2期佚文书信栏目里选登了数封萧乾、文洁若夫妇致黄豆米的信，封二还刊出了萧乾书信手迹一通。杂志编后记里提道："《萧乾、文洁若夫妇致黄豆米的信》是两位老人与年轻的黄豆米之间很可爱的史料。"萧乾文学馆公众号紧随其后加编者按全文转发，并新增加进我提供的萧乾书信手迹，按语说：《新文学史料》刊发的这些信件"为学界贡献了又一份关于萧乾研究的宝贵资料"。

杂志刊登的书信前有我的辑校说明，此段简述50封信缘起与概貌的文字正适合用于本书序：

1990年，我初涉文坛模仿萧乾发表于抗战时期的名篇《血肉筑成的滇缅路》创作中篇报告文学《伟哉！滇缅公路》，文章在《边疆文学》发表后，获首届云南文学艺术基金奖文学奖，并于1992年扩写成30万字的纪实文学《山红谷黑》。我很想请萧乾先生为此书写序，但与萧乾素昧平生，遂先请时任云南省文联副主席的李鉴尧写推荐信，再托友人把信带回北京直接送到萧乾家为我求序言。从此，萧乾夫妇与我鸿雁往来，致信黄豆米50余封，其中，萧乾从允诺写序的1992年4月至逝世前一年零两个多月的1997年11月，共致信29封；文洁若自1992年至2014年，致信25封。历时22年的信札里，不仅尽显萧乾夫妇为边疆无名后辈文学事业引路不遗余力的古道热肠，因结下忘年交而向晚辈倾诉生活烦恼、谈家事的率真，亦能窥见萧乾晚年生活状态，以及文洁若72岁以后在一个人的孤单生活中成年累月整理编辑出版萧乾书稿并坚持写作、翻译“一直要写到不能拿笔的那一天”的超常轨迹……

为便于读者理解萧乾夫妇这批书信的缘起、时间何以延续20多年之久，书中放进了萧乾、文洁若、黄豆米三人的相关文章，如此一来，这本书信集又可以当萧乾与滇缅公路的书来读。因为没有二战时驰名世界的滇缅公路，没有经久不衰的《血肉筑成的滇缅路》，没有这条路的历史情结，世上就不会有这批书信。

萧乾夫妇写这50封信时，恩师年龄在82岁至近88岁之间，文老岁数在65岁至87岁之间，每封信函，他们都亲自写，恩师甚至住院时在病房里都操笔写，没有一次口述，他人代笔。可贵的还有每个信封，无不是亲笔字迹。所以，二老书信手迹成册，裨益于人们对名人信札的喜好，对萧乾、文洁若夫妇的研究和对夫妇二人书信手迹的鉴赏。

谨以此书纪念恩师萧乾先生诞辰113周年，祝今年96岁奔人瑞、仍坚持每天翻译的文洁若先生健康长寿。

黄豆米

2023年2月

目　录

萧乾、文洁若致黄豆米书信选

萧乾、文洁若夫妇致黄豆米书信

第一封：1992年4月18日

丽萍[1]同志：

谢谢你托李〔王〕晓龙[2]同志转来的信。你写了我在青年时代想写而未写的滇缅公路的筑路人《山红谷黑》，我自是非常兴奋。我因年老体弱，一般不大为人写序，但这篇序我责无旁贷。而且我希望写得有点内容。幸好5月20日左右，我将为中央文史馆事去滇，先在昆明小住，还去西双版纳。我想索性先拜读一下你的大作，就地写来，以便征求你的意见如何？招待我们去滇的是云南武警部队。同去

---

［1］丽萍　黄豆米本名张丽萍。

［2］王晓龙　时任《工人日报》总编室主任，他带着黄豆米向萧乾求序言的信和李鉴尧的推荐信，到萧乾家为黄豆米求序。萧乾在湖北咸宁五七干校时与王晓龙父母是邻居，王晓龙凭着二十年前到干校探望父母时与萧乾有过的一面之交，替黄豆米交信求序言。凡信中省掉或漏掉以及错讹的字，均以〔 〕补上。

的是几位文史馆的书画家。我对你（及鉴尧[1]同志）有一要求：一、希望暂勿外传；二、抵滇后除看看朋友，游故地，不要安排采访或座谈。我已83岁，只有一个功能衰弱的肾，怕吃不消。

关于我们去滇事，请就近向武警部队司令部了解吧。

我在滇有一位最老（大学同班）也最要好的朋友，是刘德伟。她住在环城西路新21号农机所×××[2]，如可能望你去看她一下，她丈夫向景云（农机专家），告诉她我会来看她的。大家去石林那天，我打算放弃，全天去她家畅叙。

我这个老记者最喜交的就是青年记者的朋友。相信我们一定谈得来。我会为你带些书来。不知你能读外（英）文书吗？

祝

好！

另函祈代交。

萧乾

1992年4月18日

---

[1] 李鉴尧　时任云南省文联副主席等职务。黄豆米与萧乾素昧平生，想请萧乾为自己的第一部书《山红谷黑》写序，遂请李鉴尧写推荐信。

[2] ×××　隐讳号。此处隐去了具体的门牌号码。

第二封：1992年6月10日

金武[1]、豆米同志：

告诉你们一个好消息，我写的关于你们的那篇文章[2]，已决定在今年8月号《人物》月刊上发表。他们想多刊用两张照片。现在我手头只有豆米和萧乾在〔滇缅〕公路上的那一张。所以〔金武〕下次（今年6月20日以后吧）来京，务必多带几张，请编辑部挑选。我想，豆米和金武在竹杆〔竿〕、芭蕉叶搭的窝棚前，以及〔豆米〕穿傣族服装，我们四人在豆米院中的合影（不知拍得好不好），他们要的是反差大的，即黑白分明的，彩色的如果清楚，效果也不会错。

希望豆米早晚也来京一游。

匆致

撰安！

洁若

1992年6月10日

---

[1] 金武　何金武，黄豆米丈夫，时任《工人日报》驻云南记者站站长。

[2] 那篇文章　指文洁若6月4日在昆明旅途中开始动笔，9日凌晨改于北京家中的散文《黄豆米和她的丈夫》，原载于1992年8月29日、8月30日、8月31日、9月1日香港《大公报》；《人物》月刊原定于1992年8期发表，实际刊于1993年2期。此文在《文学姻缘》和《冰心与萧乾》中均有收入，收在书里的文章标题改为《澜沧江畔一对菩提树——黄豆米和她的丈夫》。

乌鸡、萧乾与文洁若同机到达。三姐事先在阳台上铺了土，备了窝（竹筐底）和卧具。乌鸡蹩〔憋〕了半日，刚到难免抗议了几声。现已完全安顿下来，请释念。它在等候原来主人来探视，并用乌蛋欢迎。

萧乾

1992 年 6 月 10 日

带来的两个乌蛋，昨天早点萧乾吃了一只〔个〕，今天再吃一只〔个〕。大概是换了地方，不习惯，还未再下。它有时从筐中出来散散步。

又及：我们 8 日抵京后，收拾东西，疲倦了，睡下后，半夜三点起来，六点半把文章改好，跑到住在附近的一位同事家，请他捎到出版社（《人物》编辑部和我们出版社在一个大院里）。下午，《人物》编辑就打电话来说，决定刊用。此文是 4 日才动手写的，9 日就定下来，相当快了。主要是二位的事迹生动感人。

洁若

第三封：1992 年 6 月 24 日

豆米：

今天下午金武来了，带来了你的信。请放心，那只鸡可以自由出入它的窝（今天金武一进门，先出〔去〕探望了它，才坐下来谈话）。有一次，它把我姐姐种的花吃掉了，大概是类似草的花。我对她说：

“大概是身体上需要，才吃的。”花盆里有土，需要时，它也会吃。每天喂两顿，吃得干干净净（初来的几天，大概不服水土，顿顿都剩）。

今天是七月四日[1]，鸡已经下了六个蛋，全留着给萧乾一个人吃。它还吃掉了其他的花草，我姐姐有时还从外面拔些青草给它吃。

豆米写的那篇关于李清照文章的文章[2]，我读了，觉得写得很好，今天偶然看见香港寄来的有关李清照的文章，今附上。

记得我们在昆明时，萧乾曾向你们二〔位提起我儿时在日本生活〕[3]，我现在附一张相片给你们[4]，“文革”中，旧相片丢光了，这是1985年赴日〔时一位幼儿园园长送的〕。50年前我父亲送给弟弟的幼儿园阿姨这张照片，她如今已成了院〔园〕长，〔她〕把它翻拍后，连底片一道给了我。所以我放大了好多张。当时我母亲40岁，父亲42岁。照片上没有二姐，那时她已结婚，在上海生了个女儿，所以没来日本。大姐于1948年赴美国，一直未回来。三姐和我们住在一起，她因生了多年的病，没结婚，也没参加工作。两个弟弟，一个在北京，一个在山西。

［1］文洁若这封信共4页。首页标注日期为6月24日，从当日写起的信，断断续续写到“今天是7月4日”几字时，信还在第一页。写到第四页，没落日期。因信没有邮寄，是何金武从北京带回昆明，另外，信中文洁若所赠照片背面的签字，落款也是6月24日，故此信日期用开始写信的日子1992年6月24日。萧乾夫妇有一天写几句、隔几天再写几句、一封信积累数日所写才寄出的习惯，于是，落款时间要么是开头写信之日，要么是最后写罢之日。夫妇俩还有个习惯，即在一页信笺上各写各的信，一封信，二人共同完成，所落日期或同日或不同。

［2］文章　指黄豆米对李清照《金石录后序》一文的研究文章。

［3］一页信笺写不下，文洁若补纸时把最末一行字给贴掉了，读不出原文，此处用〔 〕补加进来。

［4］附在信中的照片是1935年5月27日文洁若父母与六个子女在日本东京的合影，详见142页。

1935年的全家福，标志着我最后的童年欢乐。次年回国，1937抗战，8年沦陷，靠典当度日，连祖父留下的那座房子，房契也典出去。〔相片上〕和我挨肩儿的那个四姐1949年为家庭担忧，神经受刺激而死（所以我最怕……）。

我这里有一本《巴英奇婚》，是人家签了字送给萧乾的，他要捐给文学馆，我给留下了，先拿给豆米看看，好在金武每年要来北京〔出差几趟〕，过几年再还给我们。我主要考虑的，既然你们住在云南，小说里应有少数民族吧。黄豆米写的肯定会超过《巴英奇婚》。

送给豆米一个皮包，我外甥女从美国带来的。蜜饯给黄豆米的父母和弟弟一包吧。和你们相处的二十天，令人难忘，我们也常常念叨你们。

匆致

撰安！

洁若

我们在昆明时，萧乾曾拜托你们照料……萧乾动不动给人写介绍信，有时弄得很被动。我也不便阻止，显得我不热情似的。不过，倘若我们常常收到介绍信，照顾这个，照顾那个，我们会吃不消的，所以也应替收介绍信的人考虑考虑。

萧乾待人热情，有些人就过分地利用了这一点。例如七十年代×××要经过香港赴美国。他就热情地给×××写了封介绍信，托香港一位老友照顾。那位老友又是请吃饭，又是张罗买飞机票，又是开车送他上飞机。此人到美国后，连张明信片都不肯写来。至今我对萧乾那位老友感到抱憾。所以你们接待 ××，也要适度，在不给你们添太多麻烦的前提下。

匆致

夏安！

问豆米的爸爸妈妈弟弟好！

洁若

第四封：1992年6月25日

豆米：

谢你的长信和报纸。从你对《呜咽的澜沧江》[1]的评论体会，可断定你一定可以写出漂亮深刻的小说，而云南有取之不尽的体裁〔题材〕，你身边又有金武这位好顾问、知音和帮手。

写小说不外乎两本书：①一本书是人生，去观察体会；②另一本是古今中外名著。先泛读。读到特别喜爱的，就精读。一定要只读一类的、甲类的、经典的，也就是最好的。喜欢上了就反复读。可惜金武背不动，但昆明有大学，有藏书家，向他们借也好。读完写体会、笔记。中国古人说，取法乎上，仅得乎中。也不然。希望你超过古人，闯出新路。

祝

［1］《呜咽的澜沧江》　上海女作家竹林的长篇小说，萧乾作序。

好！

萧乾

1992年6月25日

第五封：1992年9月11日

豆米：

今天是中秋节，祝你们快乐。今后如果寄挂号的东西，请寄到前门东大街十一号中央文史馆，邮编100006，因为邮局搬远了。《黄豆米和她的丈夫》一文，先在香港《大公报》发表了。今寄上剪报。《人物》是月刊，稿子多，还得排队。

匆致

俪安！

洁若

1992年9月11日

豆米：

读你长信，十分感动。你真是一位理想主义者，我年轻时也那样。（我刚出院，动了个小手术，第一次拿笔。）但人一老就认为：理想与现实还是要结合。你可以保留2/3〔的〕时间进行严肃创作，拿出1/3同那些合作者们混一阵，说不定也能有所得。另外，那本身也是在体验人生。我对有些流行作品还是很感兴趣，觉得有时他〔它〕们更贴近现实。总之，一个有把握不会沉沦的人，就敢游泳。总站在干地上不是办法。1936 年我就是这样投入上海（海派）文坛的。

凤鸡暂时不下蛋，但活得很欢势。

祝

双好！

萧乾

1992 年 9 月 11 日

第六封：1992 年 10 月 1 日

豆米：

你好！

今天我们全家都拜读了你的大作《我的昆明》，写得十分亲切真实。希望你努力下去。

乌骨鸡安然无恙，只是下了七个蛋之后，就再也不下了。我们一家把她当女儿养，倒不在乎下不下蛋。她一叫，我们就想到你们。

过几天我们又要去西安，十月下旬还去安徽，说明很健康。

祝

双好！

洁若问候。

萧乾

1992 年 10 月 1 日

第七封：1992年11月13日

金武、豆米好友：

你们好！桐儿昨抵京，当晚回家，带来你们赠的厚礼和你们对他的热情接待。真是太感激了。他爱上了云南，首先爱上了你们这灿烂的一对。他决心尽早再来云南，而且要去西双版纳。洁若和我再一次感谢你们对他的殷勤热情接待。

非常赞成豆米对文学的真诚和认真。除了八十年代那些创作外，希望你也钻研一下明清小说和外国翻译小说。先泛读。等碰上了最喜欢的，再钻研下去，读全集。我早年很喜欢曼殊斐尔和契诃夫。在写作上的提高，不外乎对生活的观察体会的深度，加上对中外经典著作的钻研。我看别无捷径可寻。当然，如果“玩”文学，就不需如此。

即颂

俪安！

洁若附候。

萧乾

1992年11月13日

洁若谢谢照片，金武拍的是她最好的〔样子〕。

第八封：1992 年 11 月 27 日

金武、豆米：

谢谢你们对桐儿的热情接待，使他不但爱上了云南的土地，更爱上了云南的人，估计他还会来云南的。可惜他未见到刘德伟老师，请代他解释一下，因时间太短。下次来一定去看她。我们二人很好，只是很忙。西藏香到现在还在香。

祝福你们！

萧乾

1992 年 11 月 27 日

第九封：1992 年 12 月 9 日

豆米：

谢谢 12 月 3 日来信。对你们深入（高攀）迪庆高原，无限向往。你的散文势必会有独特之处，会让一般文章显得平庸起来。写吧，豆米。你是幸运者，因为你具备了许多不寻常的素质。你勇敢、好奇，矢忠写作，你有云南这座宝藏，你还有金武这可靠的外助。还有，你对艺术认真，不急于求成。你追求的是更高的境界。写吧，把你所见所闻所感都摊在纸上——然后左改右改，一直改到完美无缺，再撒出手去。同时尽量读书：中的、外的，今的、古的，锻铸你的文字，让它掷地有声，跃然纸上。尽量独创，力避俗套。

天不会辜负有心人的。

祝

双好！

洁若附候。

萧乾

1992年12月9日

第十封：1992年12月15日

豆米：

我们又从金武口中听到你们的高原奇遇。写吧，幸福的人。但要注意：好的题材不一定就能写好，正如生肉再瘦也未必能炒出佳肴。还要看你怎么写。要不落俗套，用眼睛，用心灵去写。相信你会写好的。

稿子最好集中给一两个可心的，互相可以相信的刊物。但为了你的便利，我在下边再开几个（刊物地址），供你参考。多投几个也不坏。

给你附了几张名片，你可用也可不用。

祝

好！

萧乾

1992年12月15日

第十一封：1992年12月16日

豆米：

给你的信已交给金武了。

我等着看你的奇文。

你和金武都是世上最幸福的，你们的幸福不是旁人的赐予，而是凭了你们二位相互的真诚和努力。

祝你们在新的一年里：更幸福，更成功。

萧乾

1992年12月16日

豆米：

金武来了两次，谈得很开心。

《黄豆米和她的丈夫》一文，国内版将在1993年1月刊载，影响就会更大了。

祝

好！

洁若

1992年12月16日

第十二封：1993年1月17日

金武、豆米：

新年好！

我写信告你们我家出一大不幸：我们的三姐逝世了。她同我们共了近四十年患难。是突发的心脏病。在危急时，洁若给了她你们送的西藏〔的〕药丸，但药不能救她，所以希望你们对它不要报太大信心。

另外，想托你们代我去看望一下刘德伟老师。她一向年节必有信来，而这回没来信，我急死了。因她不但本人病，还得照看她的向先生。她比我们强：有侄儿子在昆明，也不知他们小夫妇经常看她否。

请告她，我因心太乱，先不给她去信，只希望你们代我问候她，说她的老同学时刻在惦念着她，祝愿她早日康复。请告她我还好。只是三姐突然去世，我哀恸得什么也干不下去。

祝

双好！

洁若问候。

萧乾

1993年1月17日

照片请代交德伟。

第十三封：1993年1月29日

金武、豆米：

谢你们寄来的腊〔蜡〕染。

这些日子，因三姐逝世，我同洁若心情不定，悲痛万分。现总算找到一农家姑娘帮我们理家，初上轨道。豆米香港文[1]只见此第五，1—4可能因家中太乱，没读到。先寄上这第五吧。原谅信短。请告德伟，我已收到她的信，甚慰。我因三姐去世，心情太劣，迟些再给她去信。再一次谢谢你们。

祝

双好！

萧乾

1992年1月29日[2]

［1］香港文　指黄豆米1993年1月21日、22日、26日、27日、28日发表在香港《大公报》副刊上的五篇系列散文《太子雪山圣行》。

［2］信所落年份明显写错，把新年份习惯性地写成刚过去的旧岁，是人在失亲剧痛中常出的错。

第十四封：1993年2月3日

豆米：

你们好！

前信收到了吧（告洁若三姐去世）。我们把生活重调整了，来了一位20岁的农村小姑娘（十分单纯）来照顾我们。

又在港报上见你一文（中之一段），寄上。

问候你们！

萧乾

1993年2月3日

第十五封：1993年2月4日

豆米、金武：

接到了你们的信。我三姐死后，我的灵魂受到的震撼是难以用笔描绘的。对翡翠或任何首饰，我已失去兴趣。如尚未买，就放弃了吧。金武下次来时，把款带回给我就是。我所以还有勇气活下去，是因为我必须把《尤利西斯》[1]完成，照顾好萧乾，并完成一部小说（以

---

[1]《尤利西斯》　《尤利西斯》为爱尔兰作家詹姆斯·乔伊斯的长篇小说，意识流小说开山之作，是打开现代文学的钥匙，1922年问世即遭禁。1929年萧乾读燕京大学在杨振声教授开的现代文学课上第一次听到英国文学界叛逆者乔伊斯的名字。1939年夏，作为香港《大公报》记者的萧乾采访完滇缅公路回到香港，9月，萧乾到英国伦敦大学东方学院任教，这期间他买了

我生长的家庭为背景）。〔三姐〕她扭伤脚时，我十四岁，日夜守护在她身边，而1958年，她终于在十七年之后又能用自己的脚走路了。是我用稿费替她治好脚的，但那之后的34年，她默默地做出的奉献，太多太多太多了。我追求事业，却忽视了她的健康。

请放心，山西的弟弟（单身汉）赶来参加葬〔丧〕事，友人帮助我们找到一位20岁的石家庄姑娘〔张鹏〕，经过十天的培训，她已掌握了我们的生活规律。其实我们吃得不多，生活简单，张鹏也很满意，我和她爷爷一样大。

我应该化悲痛为力量，用工作来报答姐姐为我所做的一切。

洁若

1993年2月4日

谢谢你们的关怀。我们在克服悲戚，咬牙在继续工作。希望豆米

一批英国当代文学作品，其中有开禁不久的《尤利西斯》并在这本书上签写“天书 弟子萧乾虔读 一九四〇年初夏，剑桥”。当年6月3日萧乾寄给胡适的一个明信片上写道：“近与一爱尔兰青年合读James Joyce〔乔伊斯〕的*Ulysses*〔《尤利西斯》〕。这本小说如有人译出，对我国创作技巧势必大有影响。”1942年夏，萧乾在小说家福斯特和汉学家阿瑟·魏礼推荐下，成为剑桥大学王家学院研究生，专攻英国意识流小说，《尤利西斯》在研究之内。1944年萧乾放下学业，在《大公报》驻伦敦办事处任战地记者，随同美军进军纳粹德国。1945年的战火中，战地记者萧乾因非常崇拜乔伊斯专程到苏黎世郊区踏访了这位作家的坟墓。旅英七载的萧乾于1946年回国后，半个世纪都没接触《尤利西斯》。

1990年译林出版社社长李景端上门动员萧乾、文洁若夫妇翻译《尤利西斯》，自此，萧乾夫妇用四年时间合译出了世界上第一个中文全译本《尤利西斯》（三卷本，近百万字），由译林出版社1994年4月出版，出版当年三次重印。南京大学双语词典研究中心聘任编审奚永吉著的《文学翻译比较美学》（湖北教育出版社2001年3月版）一书里写道：萧乾与夫人文洁若“合译的《尤利西斯》一问世，其发行量之大，实创历史纪录，在我国翻译史上亦未之多见”。

就这么写下去，越写越好。

祝

双安！

萧乾

1993年1月5日[1]

第十六封：1993年2月21日

豆米：

谢谢来信。我们在恢复过来。工作太多，只能把悲哀压下去。我替你写二信，介绍你向〔中国〕台湾投稿。请注意：一、已寄〔中国〕香港的，勿再寄台，他们互相可以看到；二、两家不可重；三、《时报》每篇务必在三千字以下。《联合报》可以放松，也以短为宜。

务必选你最得意的寄。

匆问

双好！

萧乾

1993年2月21日

---

［1］文洁若此信写了一页半多的信笺，日期为2月4日。在剩下不到半页的信纸上，萧乾附言四行字，日期却为1月5日，出错之因，与1月29日信大同小异。

第十七封：1993年2月24日

金武、豆米：

来信收到了。今天收到了汇回来的3800元人民币，谢谢。

三姐去世，使我受到的冲击太大了，以致我觉得，再去买什么翡翠，太对不起她了。她是家境最困难的1941年扭伤脚踝，1958年治好后，仅仅八年后，“文革”中又受催〔摧〕残。尽管近20年来（1972—1992），我们的生活日益改善，给她多少钱，她也不舍得好好花。不肯用保姆，也是因为嫌保姆不懂节约。我钱花不完，宁可捐出去，也千万不要再为我物色翡翠了，1993年1月15日以前和以后的我，大不相同了。

关于 ×× 你们也不必再去费心了。小桐爱三姨，尊重三姨，甚至超过对我，三姨去世前两天，给他写了封绝笔信，看来他已接受三姨的遗言，对昆明之行也没那么热心了。

既然〔三姐〕她坚决不用保姆，我只好找个每天〔工作〕二小时的保姆，搞卫生，洗衣服，缝缝补补。但买菜做菜这一摊，她始终不撒手。一个月来，我们已请到一位二十岁的小保姆，忠厚老实。越来越觉得姐姐死得太冤，何必那么苦了自己。

今后除了照顾萧乾，只在工作中找寄托。吃穿打扮，买这买那，我已完全没心思了。所以翡翠不是因经济原因，而是思想感情原因，放弃了。

洁若

1993年2月24日

第十八封：1993 年 3 月 12 日

豆米：

这封信你应保存起来，说明你的散文已走向海外了。云南这座宝库，金武是你的一把金钥匙。为此努力吧。

有空望代我去看看刘德伟老师。告诉她我实在太忙，一时不写信了。

祝

双好！

萧乾

1993 年 3 月 12 日

第十九封：1993 年 3 月 30 日

金武、豆米：

你们好！《黄豆米和她的丈夫》一文，终于在《人物》1993 年第 2 期上刊出来了，已经给你们寄去五本，大概不久即可以收到。

小桐七月回京，和我们一道去山西五台山，昆明大概不去了。去年我给他留了一些书，如果方便，金武同志下次来京，可否带给我？尤其是其中介绍苗族情况的，今年九月有英国朋友来访，我想送给他。

我还未从三姐突然去世这个打击中恢复过来，所幸请来了个石家庄姑娘，一日三餐不用我动手。《尤利西斯》的翻译也恢复了正常速度。

我一直想写一部以我生长的家庭为背景的小说，三姐这一走，更加强了这个决心。不过不要外传，只告诉你们二位。1997 年，我 70 岁时能完成就满意了。

洁若

第二十封：1993 年 4 月 9 日

豆米：

你真努力，佩服之至。上帝永远不会亏待努力的人。

告诉我如何简化你们的住址而又准能寄到。

问

双安！

萧乾

1993 年 4 月 9 日

第二十一封：1993 年 5 月 1 日

金武、豆米：

收到你们的航空信。《人物》我手头还有几本，明年金武来时，再交给你吧。小桐去年未带走的画册等，望金武下次来时带给我。因为我还想说服小桐不要去云南。有美籍的人单独旅行有危险，我弟弟的女婿去年八月只身去武汉，在旅馆中遇害。萧乾身体没有表面上看的〔着〕那么好，目前在吃大夫〔开〕的药，每月需1300元，反正只要对身体有好处，钱仍小事。

我姐姐走后，我已一概不留人在家吃饭，那只鸡也被我两个弟弟给宰了。萧乾只知道爱鸡，却没喂过一天鸡，又给我姐姐添一样负担，七八个月的鸡粪，也是大家一道清理的。一想到我们不但没照顾她，还这样那样给她添事，实在不安。

洁若

1993年5月1日

豆米真努力，勤奋写作，踏踏实实。成功是只属于这样的作家的。希望一边抓紧体验生活，一边精读中外古今名著。云南是一宝库，取之不尽。你有金武，更是如虎添翼。报告文学之外，也可写写抒〔情〕性散文，以至有一天向小说写作进军。我把一些有关我们正译的这部小说的资料寄你。给香港文学去信时，请代附寄给刘。寄你们是为了让你们了解。

萧乾

1993年5月1日

第二十二封：1993年5月10日

金武、豆米：

你们好！

昨天在电话中，豆米好像对我们的药费挺为我们发愁。我写此信只是说，请你们千万一点儿也用不着担心。我们虽非巨富，但80年代以来写译了（二人）已逾百万字，所以我们不但自给还有余，近来还接连捐献。我们现译的这部百余万字的巨著《尤里西斯》还未完成，发万元〔稿酬〕即捐给了《世纪》（我主编的一刊物，上海，七月一日出版）。另一本稿酬捐给了《收获》。除外所得都给了孩子。我与洁若都不是看财奴，我们过得很舒服（洁若始终自奉极俭）。所以这点药费我们完全承担得起。我写此信就是希望你们千万不要为我们担心。千万。

祝

双好！

萧乾

1993年5月10日

附的材料如能先让刘德伟大姐看一下再寄更感激。

金武、豆米：

你们二位真是我们最好的朋友，去年五月在昆明一见如故。说实在的，三姨要不是成天嘀咕 ×× 的事，以致忽略了自己的健康，还不至于走得这么早。现在你们为我们解决了一大难题。我为她存的巨款（本来设想她无退休金、公费医疗，晚年需要花很多钱），她全留了下来，多得不舍得花，现在已捐了二笔（《尤》和《里柯克》[1]〔稿酬〕），所以一面捐，一面再叫人帮忙，就太可笑了。再高的医

---

［1］《里柯克》　指萧乾翻译的加拿大作家斯蒂芬·里柯克著的《里柯克幽默小品选》，作家出版社1990年版，1991年重印。信中省去译著名，只写了原著作者名。

药费，我们也付得起。

祝二位写作丰收。

洁若

1993年5月10日

我的散文集《梦之谷奇遇》已见样书，购书、赠书还没到手。

第二十三封：1993年7月20日

豆米：

我们刚从五台山（山西）归来，在一大堆书信中，见到了你的滇缅公路书。特驰函向你表示祝贺。

桐儿也回来了。经你们的劝告（洁若十分感激），他这回放弃云南之行了。这样也好。他问我，下次去云南，你们还会欢迎他吗？我说，一定会的。

我们很好，正在忙着翻译《尤利西斯》，明年交差，当年出书，以纪念我们结缡四十周年。

祝

双好！

洁若问安。

萧乾

1993年7月20日

请代信刘德伟老师，望她节哀。

第二十四封：1993年8月8日

豆米：

今天八月八日，收到你六日航空信。小桐此次回国，虽未能去西双版纳，却去了五台山—忻州—太原，和青岛。各九天，一头一尾在京，生活倒也安排得很丰富，情绪饱满。15日飞东京，与两个表妹（文静、小黎）相聚三天，19日飞回美国。明年他将去昆明—大理—西双版纳，如有时间，再去贵州——我的老家在贵阳，目前还有几十个亲戚本家。他只身旅行，我们还是不放心……

我一直认为，三姐把时间和生命让给了我，她过早地走了。本来我希望她活长寿，至少活到93岁（我曾想，那时我85岁，在一位保姆的帮助下，完全能照顾她）。现在我唯有化悲痛为力量，译完《尤》后，即着手写一本以我生长的家庭为背景，以三姐为女主角的小说。

问金武好！

洁若

第二十五封：1993年8月9日

豆米、金武二位好友：

谢谢你们的来信。好久未在《大公报》上读到豆米的文章了。想必在酝酿更大的作品。桐儿明年偕女友来滇，又少不了麻烦你们。他是七月放假，估计是七月中下旬来。倘若金武那时有内地[1]之行，能把他们带上一段更好了。他人生地疏，不会讲话。在昆明还可以应付，去内地就有困难了。女的父亲是山西文史馆馆〔长〕华而实[2]（民国初年国务总理之孙）。她是研究电影美学的，十分健谈。

最近见到刘德伟了吗？她一直无信。我十分担心她精神上支持不住。如方便，望代我去看看她。

祝

双好！

乾

1993年8月9日

第二十六封：1993年9月7日

豆米：

读了你〔的〕信，我十分气愤，很想拿起电话骂他一通，洁若不让。没想到评论家也开价码了，真无耻！你拒绝得好。有钱也不这么给——这种“评论”值几个钱！何况你也没那么多！但此事使我开了眼界，原来评论（有偿评论）是这么来的，我再也不看他的“评论”了。

你多读多想，然后再写，这是上上策。你从开步起，一直是十分严肃的，扎扎实实。

---

［1］内地　此处是指云南境内除昆明以外的地方，为萧乾等人的习惯说法。

［2］华而实　原名潘耀麟，编剧。北洋政府国务总理潘馥之孙。

我的桐儿明夏还可能去滇看你们。请务必代我多看看刘德伟，告诉她，我正与洁若在译 Jame Joyce 的 *Ulysses*。她会知道这是世上最艰难的活儿。

问候你们二位。

洁若附候。

萧乾

1993 年 9 月 7 日

第二十七封：1993 年 10 月 24 日

豆米：

谢谢你的来信，更谢你代我安慰我的老友德伟。

你的《七月圆通寺》，《大公报》是作为头篇来刊出的，看来你在香港站住了。得向台湾进军，那里也有很多思乡的云南人。

还是土生土长的云南人写云南才够味儿。

我们很好，很忙很忙。

祝

双好！

萧乾

1993 年 10 月 24 日

附件请给德伟看看。

第二十八封：1994年5月10日

豆米：

近来不大见你在《大公报》上的文章了。你还寄吗？冯广烈仍在香港。

告你一件可悲的事。前些时我们打开你们送的“燕窝”想吃，可是第一包一打开，只在开口处有一小块像是燕窝，其余塞的全是烟纸头（第二盒未再打开）。一看，盒上并无厂名。我们已把此二盒托王晓龙带给你们，供你们向昆明消费者协会控诉，并望顺藤摸源〔瓜〕，因为如果出口，可大损国誉。

我们很好。《尤》〔翻译〕稿在冲刺阶段，所以日夜在忙，但身体很好，请释念。

洁若附候。

祝

双好！

萧乾

1994年5月10日

第二十九封：1994 年 5 月 18 日

豆米：

信悉。我给香港《大公报》的文章（你见得到吗？）。总之寄给冯广烈，地址是：×××

比直寄香港快四五倍，因为：①免检；②每日有专人取。

但此住址只〔供〕内部人使用，故我特附了一短信给你。

祝

你们好！

萧乾

1994 年 5 月 18 日

附信：萧乾致冯广烈的信

广烈兄：

你好！

黄豆米已成为《大公园》[1]的“老”作者了。但她原本的联系人周为民君已赴加，为了简便我特嘱她直寄您，作为收个新徒了吧。她是位十分认真努力的作家。

匆问

[1]《大公园》 香港《大公报》副刊。

近好！

弟乾上

1994 年 5 月 19 日

第三十封：1994 年 11 月 22 日

豆米：

你们好！我正在准备写一篇《一个中国人看二战》，其〔中〕有一段谈滇缅路，需你帮助。我想要的材料是：

①滇缅公路在抗战期间的重要性（尤其香港及华南沦陷之后）；

②封锁之后，对抗战〔的〕影响。

你能帮帮我，找些材料吗？不要很多，但要扼要。几百字即可，不要长篇大论。

我们二人都好。刚译完一本大而难的书，洁若又投入另一书的译事，我则在忙此文。

明年五月是欧战胜利五十周年，我在为纪念准备一批文章。

匆问

双好！

萧乾

1994 年 11 月 22 日

洁若附候。

第三十一封：1995年1月30日

豆米：

谢谢你的新作《南柯南巴葱》[1]。你的文章写得精致，使我读时恍惚去了滇西。希望你坚持努力下去，也许从散文再向小说迈进。

我们一切均好。我已86，但每天仍能工作几个小时。此外，种花，玩乌龟，听音乐。

祝

双好！

萧乾

1995年除夕

第三十二封：1996年4月27日

金武、豆米好友：

你们好！

现介绍好友丁耘先同志来看你们。他是中国国际广播电台记者，中英文俱佳，为人热情。希望他能得到你们的指引。

托他带上一本近作。

---

[1]《南柯南巴葱》 黄豆米散文集，天津百花文艺出版社1994年9月第1版。后文提到的《南柯南巴葱的婚礼》为此集子中的第一篇散文。

即颂

双好!

洁若附候。

萧乾

1996年4月27日

第三十三封：1996年8月14、15日

金武、豆米挚友：

谢谢你们8月11日的来信和照片,还特快专递,你们二位的热情可感。当你们接到此信时，桐儿与郭利已成为夫妻了，而在这一美满姻缘上，你们出的力、花的时间精力〔我们〕是永不会忘记的。云南之行奠定了他们二人的感情基础。照片太好了，洁若已精选加框放在我们客厅（兼饭厅）的中央。其他有的带〔到〕美〔国〕，有的就进入我们的相册了。

我情况不错。86岁了，每天还上下午都写东西（晚上不工作）。我们新近又迎来一个十分称心的小阿姨。洁若和我都能安心工作了。桐儿27日返美。郭利在办理手续，过一阵也去美〔国〕定居了。这是我晚年一大快事。再一次感谢你们。

祝

双好!

萧乾

1996年8月14日

再者，“萧乾与滇缅路”此题作为照片集名恐甚不妥。主要是当年我未留下一张照片,后来也没去。我担心任何人都会有文不对题之感，因而编者及我个人都会受到议论。还不如书中节录我当年写滇缅路的一段话，或附我致豆米的一〔封〕信或拟文。

萧乾

1996 年 8 月 15 日

第三十四封：1996 年 8 月 18 日

金武、豆米：

萧乾给你们的信，放在我桌子，结果只剩下信皮。将来找到后，一定寄上。主要是感谢二位对萧桐、郭利的热情接待。关于滇缅路，他已在电话中说明，所以他不必把已写过的信再重复写一遍。萧桐与郭利已于 16 日结婚，当晚和 17 日晚，去石景山一个景点度“蜜日”，18 日住郭利家，19 日移到我们家。萧桐于 27 日回美，郭利可能于年内办成手续，单身去找萧桐。自 1992 年起，二位对萧桐的关心比任何人都大，谢谢你们，也谢谢那粒翡翠，我戴十年后，再送给郭利。

洁若

1996 年 8 月 18 日

有篇小文是给天津一小报写的，把底稿[1]寄你一阅（如可以用，请尽管用）。是写老昆明的。问候二位。

萧乾

1996 年 8 月 18 日

第三十五封：1997 年 9 月 9 日

豆米：

谢谢你的来信。你大概正在为你的那个刊物忙吧？上次我给你泼了点冷水，后来很失悔。其实，倘能在一个时期轰轰烈烈干起一件事业，也许更能为你日后创作提供条件。现在你既已投身进去，还希望并相信你会搞出名堂。首先，一个文艺者投身商业本身也是体验生活，扩大视野，对于你今后的写作只会有利。我在二十几岁时，一心想搞文艺，可是《大公报》要我干记者，我还是修改了自己的计划，全力投入，结果也丰富了我的创作。总之，生活上要顺水推舟。

祝

好！

萧乾

1997 年 9 月 9 日

---

[1] 底稿　萧乾把底稿寄黄豆米的这篇散文，标题为《昆明偶忆》，刊载在《翠湖春晓》（云南民族出版社 2000 年 11 月版）一书里，现有的《萧乾全集》（湖北人民出版社 2005 年 10 月版）未收录，为佚文。

金武、豆米贤伉俪：

谢谢豆米的来信。我自1950年至1990年整整干了40年的编辑工作，差不多耗去了一生的精力。这个家之所以能维持下来，是因为我有个三姐。她已经去世将近五年了。这期间是在损害萧乾健康的情况下继续工作的。因为小保姆做的饭，他吃了经常拉肚子。我已打定主意不再请住在家里的保姆了。自8月27日回家后，萧乾感到虚弱，尽管装了三部空调，对冷暖异常敏感。9月4日我又陪他回到病房。不过，这次在家住了八昼夜，还是很愉快。黄豆米那天一早就等在21号楼门口，令我格外感动。你帮助收拾了几小时，就大不一样了。那八天，两位小时工轮流来工作四至五小时，洗衣服、擦地、擦玻璃、洗碗、倒垃圾，减轻了我的劳动。回来后，能吃能睡，情绪安稳，每天坚持喝中药，我相信再过几个月能恢复得比今年二月发病前还好。

其实，1990年他的肾功能就只剩下26%了。1992年，我姐姐成功地使其升为43%。但四个小保姆做饭期间，下降到11.5%。尽管今年心脏也出了问题，最近一次检查，〔肾功能〕居然恢复到13.28%。我相信，经过几个月的努力，至少可以恢复到20%。

谈谈最后一次和黄豆米在电话中谈的问题，我常常把黄豆米和铁凝相比。铁已出版了五卷集，而你们是同岁。千万不要把精力分散在杂志上。你今年已40岁，最后以云南为背景，创作一部长篇。前几年那部〔《山红谷黑》〕仅仅是报告文学。小说要比那高一步。等萧乾的病好了之后，我要以我姐姐为原型，写个中篇。我们相互勉励吧。

问全家人安好！

洁若

1997年9月9日

第三十六封：1997年11月20日

金武、豆米二位好友：

昨天（11月19日，星期三）回家，取来了最新一期《今日东方》。一个人在一生中，编部杂志也可以，只是如果占过多的时间，就不值了。何况你现在已取得了作家的地位。但你真正是靠稿费为生，没有退休金和劳保。豆米手里的那本盖有萧桐章的《陈寅恪的最后20年》，不必还我了，萧乾批的那些地方，是个很好的纪念。他不打算写评论了，说太难。今年在医院里，我做了以下几件事：

①3—5月，译完64万字的《东京人》（其中60万字是以前译的，在医院里补译最后4万字，校订全文，写后记，并交稿）；

②6月，编一部20万字的《文学姻缘》（湖南出版社约稿，写你们二位的那篇也收进去了，年内可出书）；

③7—11月，补译《里柯克随笔选〔集〕》[1] 5万字，天津百花

---

［1］《里柯克随笔选〔集〕》　萧乾翻译的加拿大作家斯蒂芬·里柯克《里柯克随笔集》（现代随笔译丛），由文洁若补译后，海天出版社1993年9月出版。此处说补译“5万字”为天津百花文艺出版社约稿，应是“海天”版基础上增加5万字的另一部《里柯克随笔集》。

出版社约稿。萧乾原来译的《里柯克》[1]，只有12万字，我补译了3万字，由海天出版社出版，在那个基础上，又补译成20万字，现已译完，月底交稿；

④ 12月，开始校改《尤利西斯》，估计一直要搞到明年6月。明年7月起，将着手翻译20万字的芥川龙之介散文随笔。其实，〔在〕医院里反而能做些事，在家里，杂事太多，电话多，客人多，邮件多，应接不暇。最好有个可靠的保姆和一个秘书，这样一来，我们的开销就大了二位。记得当年（1934—1936）我们在日本时，父亲作为大使馆的三等秘书，每月挣八百银元，那时一银元相当于一日圆，雇一个日本女仆，每月十五元（中国女仆为3银元，奶妈4银元）。而现在，我每月的退休金不够请一个医院护理人员的，特护为每小时十元，陪床的为每月900元（我的退休金为每月840元），而且，实际开销绝不只〔止〕表面上的数字。

我原想写一部以姐姐常韦为主角的小说，但手头的事太多。例如昨天收到一部从美国寄来的打字稿。原来四十年代萧乾写给英国作家Faster的信，均收藏在剑桥图书馆里，而且都编了号。那〔这〕位美国女作家、Faster的研究者，把这些信都看了，写了一部论文。她要来看望萧乾，我会当面取得她的同意，将此稿译出。

洁若

1997年11月20日

---

[1]《里柯克》　萧乾翻译的《里柯克幽默小说选》由文洁若补译10篇，百花文艺出版社2001年8月出版。不知此书是否为信中所说的在萧乾12万字的基础上先后两次补充而成？存疑。

收到了你的贺卡。此信写完两个月，今天才发。

洁若

1998 年 1 月 14 日

第三十七封[1]：1997 年 11 月 21 日

豆米、金武：

你们好！谢谢寄来的刊物，编得精彩，印得也考究。但我更关心的是豆米的创作。

我自二月即住进医院，因心肾都出了毛病。现在状况已稳定，请放心。我计划过〔了〕冬再出院。这里有洁若日夜陪伴，同在家一样。希望你在创作上大踏步前进。

祝

双好！

萧乾

1997 年 11 月 21 日

[1] 萧乾夫妇二人分别于 1997 年 11 月 20 日、21 日写给黄豆米的两封信，直到翌年 1 月 14 日才寄出。寄出时，萧乾再添“我还在医院，天暖时才回家。谢谢你们华贵无比的贺片。乾”一行字，并随赠贺卡，于卡上签写“金武、豆米老友。萧乾、文洁若 1998 年春”几字。二人信共装一个信封，文洁若在信封上落地址时，不再是平时的家址，而是“北京东交民巷北京医院 D02 病房 D214”。信寄出时，萧乾在北京医院住院快一年时间，是萧乾最后一次给黄豆米写信。

我还在医院，天暖时才回家。谢谢你们华贵无比的贺片。

乾

第三十八封：2000 年 10 月 28 日

金武、豆米：

你们好！附上两张六角邮票，颜教授的地址准确，请加上信封。刘德伟的，不知她的地址是否仍为 1992 年我们拜访过的，当时她的老伴向景云先生仍健在。核实后再发吧。我故意未封口，想请你们也看看这四页的信……但不必告诉刘你们看了。封上后，贴上邮票，寄给她就是。

谢谢啦。祝

双安！

洁若

2000 年 10 月 28 日

金武、豆米：

刚到邮局称了一下，19 克，所以再写几行。我很忙，老伴儿走后，将近两年来，编了一部《微笑着离去》，一部《萧乾、萧桐父子书信集》（天津百花文艺出版社年内出版），译了一部《圣经故事》（30 万字），一部两万字的《风雪交加的夜晚》，目前正把萧乾译的《好兵帅克》由十九万字压缩成十万字，接着又把他译的《威尼斯商人》由二万字扩充成十万字。明年将写一部自传（二十万字），吉林一家杂志约我写4〔四〕千字的《百年回眸》，这是眼下排好的工作。明年下半年将译些日本作品。一直忙到2003年1月，赴美照顾两个第三代。

洁若

2000年10月28日

第三十九封：2003年12月29日

何金武、黄豆米贤伉俪：

祝你们在新的一年里，做出更大成绩！

《萧乾全集》[1]（400万字，12卷）将由湖北人民出版社于2005年出版。该社还约我写一部《萧乾画传》（插进上百幅照片）。西安太白文艺出版社接受了三百万字的《萧乾译文全集》，另约我编一部《萧乾、文洁若合集》，以上各项工作，够我忙到明年6月的。明年下半年起，我将继续翻译《芥川尤〔龙〕之介全集》，所谓全集，其中是〔其实〕只译他最精彩的小说及散文，共约100万字。

《萧乾全集》的前言是杨义（现任文学研究所所长）写的。〔在〕萧乾生前向两位海外华人（唐功楷、季可渝）募来的12.4万人民币的

［1］《萧乾全集》　自2005年湖北人民出版社出版《萧乾全集》至今十多年来，文洁若一直对全集进行整理和补充，计划到2030年萧乾一百二十岁诞辰纪念时，推出新的《萧乾全集》。

基础上，成立“萧乾文学奖”，每次花3万元，所以只能办四次（每两年一次）。

总之，要做的事太多，所以决定不出国探亲了。匆祝

俪安！

文洁若

2003年12月29日

豆米：

有一事相求。云南大学外语系这位颜教授，给我写信来，要我回信，我按他的地址写了，却又给退回来了。金武在报馆，虽已退休了，然而会不会有办法联系一下？

我的事业在中国，现在我有个小时工，我花12 000元，分三年供她的弟弟念旅游学校，为希望工程助一把力。将来我老了（现在我已奔八十，尚不觉得自己老），可以从每周一次，到每天二小时[1]，她现在在一家人处住，当保姆，每周到另外一家干六天，到我家干一天。争取活到96岁，还有20年。我们的孙女将满四岁（2000年2月18日生），孙儿一岁一个月（2002年11月30日生）。

洁若

2003年12月29日

[1] 这话指文洁若雇佣的小时工，目前为每周来家干一天活，以后需要增加到每天来家干活两小时。

豆米：

《南方周末》想来采访 ××× 的案子。尽管受骗了，借此机会揭露一下此歹徒的面皮，也好，免得比我更无辜的人，上他的当。现在才知道，所谓郭沫若给他写过 200 多封信，全是他自己编的，实际上只写了四十封，这四十封，也是他重新写的。郭沫若的信，全由秘书重抄一遍，留存底稿，所以无法做假。

文

第四十封：2004 年 1 月 15 日

金武、豆米：

去年十二月小桐来电话说，他的心脏需动手术，我于十二月和今年一月五日给他写过二封信，劝他既别打电话，也别写信，养病要紧，希望你写封信给他。你的书收到了，谢谢。

寄上二书。

此信有 20 克，贴了 6 元邮票。如果你的回信长，就得再加 1.70 元的邮票。发前，称一下吧。

春节好！

洁若

2004 年 1 月 15 日

附录：萧桐致黄豆米的信

豆米、金武：

郭利代问你们好！

你们好！收到豆米大姐附在我母亲给我的信里的长信，已多时了，甚为感谢。其实我母亲完全没有必要以此事到处写信宣传，还得使你重温自己害病伤痛的苦楚，一定不是愉快轻松的事。也是因为她无法相助，又心急火燎，所以才造了此法罢，其实母亲心急对我的病情无益。能收到你的信，当然是件好事；我很为你的病史抱同情心，病也会使人的心更细更伤感及至感染力。

至于我的病，亦是事先不知的，突如其来的，经过一番调查比较后，已于4月26日开刀动了手术，应当是成功的，回来后一天天恢复，虽说还得几个月才能正常，日渐一日地好转却给我很大信心。这里的条件究竟是极好的，选择的条件亦很宽裕，连我这般非专业的人也有条件自己挖掘到不少有关知识，从而做最佳的选择。当然，医疗费用昂贵极了，幸亏有学校的集体医疗保险撑着，肯定把几年来交的月费、年费都一股脑“挣”回了。我这个病其实很“邪门”，不过是年底感了一次冒，嗓子也哑了，拖着几天没去看病，亟待去看时，体检发现心脏噪声，照相确诊左心房隔膜漏血，也在促成心房室扩大，别无它病，拖下去却可能引起各种病变，不易挽回现状，所以才毅然决然做了手术。照感觉来看，几个月后身体又可恢复正常，以后可不敢大意，吃干校插队的老本了。最近读了一些书比如聂华苓的自传《三生三世》，又如我父亲生前督促我读，读了半截搁下的《傅雷家书》，都很受教益和感动。不知前者你们曾见到否？我自认为是很值得一读的，其中写丁玲的，尤其写聂与其亡夫的关系的部分都极为感人。

希望你们生活工作顺利，身体好，文才兴旺。

小桐

2004 年 5 月 13 日

第四十一封：2004 年 1 月 27 日

豆米：

寄上《畅谈东方智慧》以及书评和《在中日……金桥》一文。你对佛教和池田大作有兴趣，不知可否利用你的影响，在昆明的报刊上发表这两篇文章？书就送给你了。

祝

春节好！

文洁若

2004 年 1 月 27 日

第四十二封：2004 年 12 月 15 日

祝何金武、黄豆米伉俪新的一年心想事成！

谢谢贺卡。

2005年是萧乾诞辰95周年，准备在1月27日举行《萧乾翻译全集》首发式。8月15日，适值二战胜利60周年，举行他的《创作全集》首发式。我不再出国了，已78〔岁〕高龄，养生要紧。翻译和写作都放慢速度，收到贺卡就回，不主动寄。小桐每周五来一次电话，所以就不写信了。63岁以前，我能双手提4个暖瓶（共20多斤，因为每个暖瓶装五磅水），一口气走上四楼；15年后，空手上楼，还得扶栏杆，年龄不饶人啊！

祝

好！鸡年快乐！

洁若

2004年12月15日

第四十三封：2005年1月27日

豆米：

我收到了刘德伟的信和照片，她要一套《尤利西斯》，我怕她岁数大了，又弄丢了，请你把书送到她手里，收下40元书款，汇给我。如果她交给你一本《萧乾短篇小说选》或《萧乾散文特写选》，就先留在你处，将来寄别的东西，一道寄吧。为这么薄薄一本书，花3元挂号费，不值得。她的美女照片以及原信，都交给你保存吧。因为她上次已寄给我一张同样的照片，信的内容也差不多。毕竟是93岁的人了，不容易。在常〔书鸿〕家〔与李承仙合影〕的两张照片已找到，〔在胡风家〕与梅志的合影，没有了。

春节好！

文洁若

2005年1月27日[1]

第四十四封：2005年12月22日

金武、豆米贤伉俪：

贺卡收到了。本来以为你们会来京，大失所望。《萧乾全集》已到手，是2005年10月出版的。豆米是编委之一（共17个编委），15个顾问。这32个人，是萧乾走后从各方面对我支持最大的人。我在78岁上，说得上是“耳聪眼明，思维敏捷”。工作是我的最爱。使我高兴的是，健康好转。但愿能再工作30年（到108岁为止），创造奇迹。2006年的工作已安排好了。（1）编译一部夏目漱石的集子（人民文学出版社），约16万字；（2）为天津百花出版社写一部《洁若忆故旧》。另外再写几篇短文章。这次的全集，不用你们出钱。李景端告诉我，唐风楼准备2006年在昆明召开爱尔兰文学的会，届时我会带去。（因为昆明天气暖和，不论哪个季节去，都省事）《陈寅〔恪〕的最后二十年》我手头有一部新的，当年我送给豆米的那本，有萧乾的〔批〕字，如去昆明，我把此书带去，把那本换回来。

---

［1］信未注明日期，随信所赠的黑白照片背面注明日期为2005年1月27日。是日为萧乾诞辰95周年纪念日。所赠照片为萧乾、文洁若1954年5月1日合影，萧乾自拍。

自从去年吃了你们带给我的核桃，我再也不想吃此间大超市卖的核桃了，一股“酷”味儿。《中日大辞典》有解释，意思是“走油”。听说变质了，致癌。我们自己编的《汉语辞〔词〕典》无此字。

我也巴不得小桐夫妇肯生老三，但郭利已满四十，得工作了（先拿到硕士学位），孩子太占时间。三岁的Sandro中国名字是萧文秉，已会背好几首唐诗和儿歌了。六岁的Sophia（萧文棣），会弹钢琴，学会好几个曲子了。

文洁若

2005年12月22日

第四十五封：2006年2月21日

豆米、金武：

昆明之行，未必可靠，所以先把书寄上。范瑞先的《主流》杂志触了礁，正在物色新的投资商。

等待你们的茶叶和核桃。

匆致

俪安！

文洁若

2006年2月21日

第四十六封：2008 年 1 月 22 日

金武、豆米贤伉俪：

春节快乐，健康长寿！

寄上干果三包，都是〔中国〕作协送的。

以后，再也别给我寄月饼或任何甜食了。

这两年，不断地收到各方好友（山西、天津……）寄来的或送上门的月饼，我全享受了，结果血糖升到 12（应该低于 6.8），大夫没让我吃药，让我严格控制饮食。每年除夕都参加朋友翁家的晚宴，自今年起，我请他们吃罢饭，给我送点素菜足矣。他们原来管接管送，现在可以省一半事，破费也较少。这些年富起来了，各种病也多起来了。要想长寿，一定得管住自己的嘴。你们送的红茶我倒是很喜欢，不过冰箱里的茶叶够喝一年的，也不要寄了。

文洁若

2008 年 1 月 22 日

第四十七封：2010 年 12 月 20 日

豆米小友：

收到了你的贺卡兼信。祝你和金武新年愉快，万事如意！我相信在新的一年里，你们会做出更大的成绩。

《人民日报》文艺部的张健打电话给我，约我写一篇《品读经典》，二千字左右，时间不限。我准备写《胡政之文集》（品读）。

大作《萧乾与冰心的世纪友谊》拜读了。我和叶庆的观点差不多。最后一段，今天的文化人建立不了这样的友谊，是因为前三十年，“人斗人”；后三十年，“向钱看”。连高考这样一个神圣事业，都有很多“猫腻”……郭利找到工作了，每小时十八美元，现在尚处于试用（阶段），前途可观。她已 45 岁，说明美国政策的灵活性。

…………

又及：《从滇缅路走向欧洲战场》出版后，我自购 60 本，其中 29 本请你代签后，替我寄到内蒙古大学，王彦军收。另外 30 本，连同赠书，请直接寄给我。最后一本，寄给上海的沈飞德。

谢谢！

文洁若

2010 年 12 月 20 日晨 8 时

第四十八封：2011 年 9 月 29 日

豆米好友：

寄上三本书，其中《沈从文传》和《长江不尽流》，用毕请寄给乔旺，由他转交萧乾文学馆。他夫人就在那里工作。《一对老人，两个车间》，收了《心债》，用毕请寄还给我。此书的新版明年一月可问世，书名和选目有变化，但《心债》保留了。样书拿到后，我会寄给你和周良沛的。

前几天，×××的女儿打电话向我借钱十八万人民币，说我有钱。我说我的钱，都用在培养孙女孙儿了。这是事实。两个人都上私立学校，都学钢琴，孙女还学小提琴，连去夏令营、踢足球，都要钱。大学教授的工资有限（中国又何尝不是如此），倘非有我的强大后盾，怎么可能。

乔旺也把他珍藏的冬虫夏草送给我了。今冬胡珠回来，请她给我炖母鸡，每次放三颗。

附上蒋楚婷的访问记。十月十二日，我应邀赴杭州，参加《钱江晚报》主办的读书活动。主要是想宣传《风雨忆故人》和《民国少女日记》。

匆致

俪安！

文洁若

2011年9月29日

第四十九封：2012年12月17日

黄豆米、何金武贤伉俪：

给您们拜个早年！

托王晓龙先生送两本书给您们。如果能找到一本《从滇缅路到欧洲战场》，请托王先生带给我，或直接寄给我。我今年获得了个杯牌[1]，把有关资料寄给您们。

---

[1] 杯牌　指文洁若荣获2012年“中国翻译文化终身成就奖”所颁发的奖杯、奖牌。

祝

俪安！

文洁若

2012年12月17日

第五十封：2014年1月18日

黄豆米、何金武贤伉俪：

祝你们在新的一年里做出更大的成绩！送上新译《杂忆录》和《黑白》。我依然日以继夜[1]地爬格子。不过，效率比年轻时差多了。附上我写的毛笔字一纸，以及《萧乾全集》的〔编委〕名单[2]。

祝

俪安！

文洁若拜

2014年1月18日

［1］日以继夜　指夜以继日。

［2］〔编委〕名单　湖北人民出版社2005年10月出版的《萧乾全集》为第一个萧乾全集，有小说、特写、特写·杂文、散文、回忆录、文论、书信共7卷4068千字（不含翻译，译作另有太白文艺出版社2005年1月出版、10卷、3200千字的《萧乾译作全集》）。因全集佚文不少，文洁若先生十多年来继续修订增补，计划到2030年萧乾诞辰120周年时出版第二个《萧乾全集》。此处所说的全集即指将来出版的新全集。新全集的编委人员有变动，故而文老随信附新编委名单。

萧乾、文洁若、黄豆米文选

血肉筑成的滇缅路

萧　乾

罗汉们

有谁还记得幼年初涉足“罗汉堂”时的经验吗？高耸的石级，硕大的飞檐，乳鸽雏燕啁啾在阴森黑暗的殿顶，窸窣着翅膀，而四壁泥塑的“云层”上排列着那一百零八尊：盘膝而坐的，挺然而立的，龇牙笑的，瞪眼嗔怒的，庄严，肃穆，却又诙谐，一种无名的沉甸压在呼吸器官上。

旅行在崭新的滇缅路上，我重温了这感觉。不同的是，我屏息，我微颤，然而那不是沉甸，而是为他们的伟大工程所感动。正如现代人对蜿蜒山脊的万里长城惊愕得倒吸一口冷气，终于有一天我们的子孙也将抱肘高黎贡山麓，叹止地自问：是可能的吗？九百七十三公里的汽车路，三百七十座桥梁，一百四十万立方尺（一立方米约等于三十五立方尺——编者注）的石砌工程，近两千万立方尺的土方，不曾沾过一架机器的光，不曾动用国库的巨款，只凭二千五百万民工的抢筑：铺土，铺石，也铺血肉，下畹段（下关至畹町）一九三七年一月动手，三月分段试车，五月便全路通车。

你不信，然而车沿怒江岸，沿梅子箐驶过，筑路的罗汉们还在屈着腰，在炽热的太阳下劳作。车驶到脚前，他们才闪开，立在那陡岩绝壁的新缺口。山上巉嶙森凛得怕人，亚热带古怪的藤蔓植物盘缠在硕大的木棉蜂桐上宛如梁柱。汽车爬坡时，喘嘘也正如你我幼年登罗汉殿石级时那样吃力。而密如蚂蚁的筑路罗汉们：秃疮脑袋上流着小辫的，赤背戴草笠的，头上包巾颈下拖着葫芦形瘿瘤的，捧着水烟筒的，盘坐捉虱的，扶着犁耙的，一个个站在路边，或蹲在山脚，定睛地望着。（嘿，悬崖上竟跑汽车了，他比坐车的高兴！）罗汉们老到七八十，小到六七岁，没牙的老媪，花裤脚的闺女。当西洋团团正该在幼稚园拍沙土玩时，这些小罗汉们是赤了小脚板，滴着汗粒，吃力地抱了只簸箕往这些国防大道的公路上"添土"哪！那些羞怯的小眼睛仰头望到我时，那直像是在说：

"你别嫌我岁数小，在这段历史上，至少我也搓了一把土呀！"

桥的历史

挖土铺石凭的还仅是一股傻力气，桥梁和崖石才是人类血肉的吞噬者。异于有钢架的火车桥，公路的桥梁时常是在不知不觉中便滑过去了。有一天，也许你会跨过这已坦夷如平地的横断山脉，请侧耳细听，车轮下咯吱吱压着的有人骨呵！长城的修筑史已来不及搜集了，我们却该知道滇缅路上那些全凭人力搭成的桥梁是怎样筑成的。并不是“上帝说有桥，于是就有了桥”。每座都有它的惨淡来历，修胜备桥下桥基时，先是筑坝，把来势凶猛的江水迎头拦住。然后用田塍上那种水车，几十只几百只脚昼夜不停地踩，硬是一瓢一瓢地把江水淘干。然后还要筑围坝，最后下桥基。下桥基的那晚，刚好大雨滂沱，下一次给水冲掉一次。这时，山洪暴涨了。一千多桥工，为了易于管理，是全部搭棚聚住在平坝上的。江水由边缘涨到他们的棚口，后来侵袭到他们的膝踝。可怕的魔手呵，水在不息地涨，终涨到这千多人的胸脯。那是壮烈凄绝的一晚，一千多个路工手牵着手，男女老幼紧拉成一条受难的链索，面对这洪泛（液体的坟土！）绝望地哭喊。眼看它涌上了喉咙，小孩子们多已覆了顶，大人嚎啕的力气也殆尽。身量较高的，尽嚷：“松不得手呵！”因为那样水势将更猖獗了。——半夜，水退了。早晨，甚而太阳也冒了芽。但点查人数的结果，昨夜洪流卷去了三四十个伙伴。

有怨言吗？不。工程处的梅君告诉我，第二天他亲耳听到一个路工一面晒着浸湿的裤褂，一面自言自语着：“怨谁呢？我谁也不怨，这就叫国难呀！”

如果有人要为滇缅路建一座万人冢，不必迟疑，它应该建在惠通桥畔。怒江在全国河流中踞势之险峻，脾气之古怪，读者或已闻名了。《禹贡》里的“黑水”据说就是它。老家在西藏包河老，经西康循他念他翁山和柏舒拉岭而入滇，宇宙间一条巨蟒，东岸屏他念他翁余脉的怒山，西岸便是害得汽车呜咽喘嘘三小时的高黎贡山（属喜马拉雅山系，来头自也很大！），山巅虽然有时披雪，躺在山麓下的怒江，温度却时常在一〇五（华氏——编者注）度，有时热到一一八（华氏——编者注）度。而江流多险滩，水质比重又轻，既无舟楫之便，即想利用江水冲运木料也不易。当惠通桥未修成时，每年死在渡江竹筏上的人畜不计其数。谢谢侨缅滇籍巨商梁金山氏（永昌人），他在民国二十年（1931）便捐修了一座铁索桥，造福往来商旅，功德无量。惠通桥工程虽浩大，还仅是沿用旧墩，加强原有载重力而已。但其艰险情形，听了已够令人咋舌的了。

惠通桥的铁工是印度人，木工是粤人，石工多是当年修筑滇越铁路的云南人（他们每个都有一堆陈旧掌故）。但还有并无专技却不容泯没的一工，那是“负木料者”。为了紧固桥身，非使用栗木不可，十个月修桥，有半年时间都用在搬运木料。如果栗木遍地皆是，自然就没有什么神话意味了。然而栗木稀少得有如故事中的“奇宝”。它们长在蛮老凹（属龙陵），藏在原始的深山密箐中。七八天的路程，摸着悬崖，在没人的鬼剑草丛中钻出钻入，崎岖得不可想象。半年来，有近百人常在蔽不见日的古森林中，披荆斩棘地四下寻觅，砍伐下来，每天又有几百人抬运。好沉重的栗木呵！每十五个人搬运一根，七个抬，八个保驾。这样搬了一千根，才筑成了这座驮得动钢铁的桥。

筑桥自然先得开路。怒江对岸鹰嘴形的惠通崖也不是好动的家伙。那是高黎贡山的胯骨。一百二十个昼夜，动员了数万工人才沿那段悬崖炸出一条路，那真是活生生一幅人与自然的搏斗图，而对手是那么顽强坚硬。一个修路的工头向我追述对岸望到悬崖上的工人时，他说："那真像是用面浆硬粘在上面一样，一阵风就会被吹下江去。"说起失足落江时，他形容说："像只鸟儿那么嗖地飞了下去。"随之，怒江自然起了个漩涡，那便是一切了。但这还是"美丽"点的死呢。惨莫惨于炸石的悲剧了。一声爆响，也许打断一条腿，也许四肢五脏都掷到了半空。由下关到畹町，所有悬崖陡壁都是这样斩开的呵！

一个没声响但是更贪婪的死神，是那穿黑袍的"瘴毒"，正如地狱里有牛头马面，当地人也为这神秘病疫起了许多名堂。如龙陵、芒市段的双坡、放马厂、芭蕉窝等地，据说是流行着：（一）泥鳅痧——征象同一般发痧，腹痛，土治法是把胸脯刮出红筋。但红筋若翻过肩膀，生望便濒绝了。（二）哑瘴——发烧，把手放到脑顶上都觉发烫，随后又发冷，渐渐神志昏迷，不能讲话。据说患者延三天必死。（三）肛疹，一位路工指导员（沙君）曾染此症，病象是骤冷骤热，呕吐昏晕。沙死后发现他肛门内有菜籽状疹豆。（四）羊皮痧——头痛，皮肤起红点，燃之以火，噼啪作响，及红点一黑，人即完事。另外还有无数种的神秘病症。总之，永昌以南的路工死于瘴毒的数目很可惊人。如云龙一县即死五六百，筑梅子箐石桥的腾越石工二百，只有一半生还。

虽然有些人武断地否认瘴毒的存在，直谓为"恶性疟疾"，而许多云南朋友又把这"五彩虹氲""如一股旋风，腾地而起"，说得那么神秘。我不谙医学，不便妄作论断。但只要看看边地筑路工人的生活情形，即知死亡以种种方式大量侵入，原是极其自然的。这些老少英雄们很多是来自远方的，像蒙化、顺宁、腾冲。公路并不经过他们的家乡——时常须走七八天的路才到。他们负了干粮（还有没粮可带的穷人，白天筑路，晚上沿门讨剩饭）。爬山越巅地走到工作地点，便在附近的山坳里扎了营。地势是低洼毒湿的，四面为巉岩围起。一路上，山箐里每片炊烟都是从“棚”中腾起。那实在只有两根木棍作支架，上面散铺着树叶，低矮到仅容一个人“钻”进去。遇到阴雨，那实在和露宿分别无几，而赶工的时期刚好多在雨季。那小棚是寝室、厨房，又是便溺坑。摆夷路工作为炊饭燃料的是捏成饼形的牛粪。

这便是为烈日晒了一天的罗汉们，晚上憩息之所呵！

历史的原料

爱听故事的，这条路上可有的是——只是每个似乎都和死亡结了不解缘。您不怪记者太煞风景吗？令人激奋的不是没有，像龙潞段上那位老秀才张万有（梁河土司辖境的汉人），年纪已快六十了，带着儿孙三代，同来修路。放工时，老先生盘膝坐在岩石上，捋着苍白胡须，用汉话、摆夷（新中国成立前汉族对傣族的通称——编者注）话对路工演讲这条国防大道的重要，并引用历史上举国对抗暴力的掌故。他不吸水烟筒，但喜欢闻鼻烟。生活是那样苦，他却永远笑着。他是用一个老人的坚忍感动着后生。在动人的故事中，这是唯一不令人听完落泪的了。但到了保山，我才知道连这位老头儿也为瘴气摄去了。临死，他还望了望那条将竣工的公路，清癯、布满皱纹的脸上，浮起一片笑容。

沿途我访问了不下二十位“监工”，且都是当日开天辟地的先驱者。追述起他们伙伴的惨剧，时常忍不住淌下泪来。工作太疲倦，因昏晕而掼下江的，误踏到炮眼上，崩成粉末的。路面距山脚是那样悬高，许多人已死掉，监工人还不知道，及至找另外尸首时，才发现一摊臭皮囊。像去年四月二十五日，腊猛梅子箐放工资时，因道狭人多，竟有路工被挤下江去。等第二天又有人跌下去时，才在岩石缝隙发现那昨日跌下去的。

残暴无情再莫如黄色的炸药粉，它眼里没有壁立千仞的岩石，更何况万物之灵可不经一锤的人！像赵阿拴明明把炮眼打好，燃着。他背起火药箱，随了五个伙伴说说笑笑地往远处走了。火捻的延烧本足够他们走出半里地的，但谁料到他背后火药箱满了，那粉末像雪山蛇迹般尾随在他们背后。“訇”的一声，岩石裂响了，他们惬意地笑了。就在这时候，火却迅速地沿了那蛇迹追踪过来，而且直触着了火药箱。在笑声中，赵阿拴同他的伙伴们飞扬到空中，纷纷落下江心去了。

更不容埋没的是金塘子那对好夫妇。男的一天挣四毛，打炮眼；女的三毛，工作是负火药箱。规定每天打六个炮眼，刚好日落西山，双双回家。

有时候我们怪马戏班子太不为观众的神经设想，而滇缅路上打炮眼的工作情形如果为心灵纤弱的高贵人看到，也许马上会晕厥吧！想在一片峭岩绝壁上硬凿出九米宽的坦道，那不是唾手可成的。打炮眼的人是用一根皮带由腰间系住，一端绑在崖脚的树干上，然后，人如威尼斯桥上的竹篮那么垂挂下来。挂到路线上，便开始用锤斧凿眼。

仰头，重岩叠嶂，上面是衬了蓝天的乔木丛草，下面江水沸锅那么滚滔着，翻着乳白色的浪花。人便这样烤鸭般悬在大地的墙壁上。待一锤锤把炮眼打好，这才往里塞炸药。这并不是最新式的爆炸物，因而在安全上是毫无保障的。为了防止它突然爆响，须再覆上一层沙土，这才好燃。而且人要矫猿般即刻攀到崖上，“拔河”工夫慢一步，人便与岩石同休了。

那一天，这汉子手下也许特别勤快。打竣六个炮眼，回头看看，日头距峰尖还老高的。金黄色的阳光晒在大龙竹和粗长的茅草上，山岚发淡褐色，景色异常温柔，而江面这时浮起一层薄雾，一切都在鼓励他工作下去。

“该歇手了吧！”背着火药箱的妇人在高处催着他。她本是个强壮女人，但最近时常觉得疲惫，一箱火药的重量可也不轻呢！

他啐了口吐沫，沉吟一阵。来，再打一个吧！

这“规定”外的一个炮眼表征什么呢？没有报偿，没有额外酬劳，甚而没人知道。这仅是并没读过书知过大义的一个滇西农民，基于对国家赤诚的一份圣洁贡献了。

但每个人的体力和神经毕竟有限，而自然律原本无情，赤诚也不能改变物理因果。

这一回，他凿完了眼，塞完了药，却忘记敷上沙。

“訇”的一声，没等这个好人爬远，爆炸了，人碎了。而更不幸的，火星触着女人的药箱，女人也炸得倒在崖边了。

江水还浩荡滚流着，太阳这时已没山了，峰尖烘起一片红光，艳于玫瑰而淡于火。

妇人被担到十公里外工程分段的茅屋里，她居然还有点残息。血如江水般由她的胸脯肋缝间淌着，头发为血浸过，已凝成为稍黏的饼子。

过好一阵，而且就在这妇人和世界永别的前一刻，她用搭在胸脯上的手指指腹部，嘎声地说："救救……救救这小的……"随后，一个痉挛，这孕妇仅剩一缝的黑眼珠也翻过去了。

这时，天已黑了。滇西高原的风在旷古森林中呼啸着，江水依然翻着白浪，宛如用尖尖牙齿嚼啃着这悲哀的夜，宇宙的黑袍。

有一天你也许要在这条血肉筑成的公路上旅行。你剥橘子糖果，你对美景吭歌，你可也别忘记听听车轮下面咯吱吱的声响，那是"建筑"一段光荣历史不可少的原料。

原载于1939年6月17日至19日香港《大公报》，收入《人生采访》，上海：文化生活出版社，1947年4月版。

余墨

每逢瞻仰古代的巍峨建筑，长城也罢，祈年殿也罢，崇敬之余，心下总感到惊异。当年什么建筑机械都没有，我们的先辈光凭机智和膂力，竟能建起那么巍峨的建筑！

没想到一九三九年当各种建筑机械都已发明制造出来时，我在长达一千公里的滇缅公路上竟连一台推土机也没见到。一条那么长、那么艰险的公路，竟然光靠胳臂拉、肩膀挑，就那么赤手空拳地修了起来。在那些用拉壮丁办法硬征来的千百万民工中间，我还看到七老八十的。吃喝全不管，在那遍地“瘴气”（恶性疟疾）的地带，连一粒阿司匹林也休想找到。

这道抗日战争中的“长城”——大后方唯一对外的孔道，就是这么克期修成的。那三个月在这条修建中的公路上奔驰，比奔驰在西欧战场上要危险多了，经常看到死亡：有从险恶的山路上翻车葬身山谷的，更多的是由于“瘴气”而突然倒毙。稻草堆上一位旅伴头晚还跟我有说有笑呢，天明，他身子就全凉了。至于征来修路的“壮”丁，死的就更不计其数了。

那是我初次写那么大场面的题材，文字很难写出那工程的艰巨。我选了全路的一个重点：惠通桥，它是从壁立的悬崖中硬凿出来的。这里不但需要胆量，还得有技术。云南、广东，甚至印度的修桥专家们为了抗日，都来支援了。滇缅路当时是中国的大动脉。一九四一年珍珠港事变后，香港沦陷，它就更成为喉咙了。

那真是个大题材。只是我初出茅庐，笔力很嫩。虽然我写了点感人事迹，却没能表现出那工程的宏伟。

当时我还没学过社会发展史，不懂得人民是历史创造者的道理，我却称他们为“历史的原料”。当时我想的是：公路是用壮丁们的白骨铺垫而成的。

选自《萧乾全集·第二卷·特写卷》，武汉：湖北人民出版社，2005年10月版，略有改动。

它曾经是咱们的命根子

——序《山红谷黑》

萧　乾

黄豆米三月来信，要我为她的长篇纪实《山红谷黑》作序。随后又寄来《边疆文学》1990年第10期，其中有她写于两年前的《伟哉！滇缅公路》一文。五月下旬，我为中央文史馆工作来滇，见到了这位对滇缅公路、对文学事业充满执着精神的青年女作家。谈话间，她对“老滇缅”的感情使我感动。这条公路修筑时，她还未出生呢！她是带着历史责任感来从事这项写作的。

中国有千百条公路，有数不清的桥梁，然而没有一条像滇缅公路，也没有一座像惠通桥那样足以载入史册。滇缅公路真可称得起是“超级公路”。四十年代初，当沿海半壁山河沦陷之后，敌人以为这下可掐断了我们的喉咙。那时，滇缅公路就是我国对外唯一的通道。我们赖以御敌的武器、药品和器械都只能通过它运进来，同外界的关系也有赖于它来维系。世界上再也找不到第二条公路同一个民族的命运如此息息相关的了。四十年代，滇缅公路不仅仅是一条公路，它是咱们的命根子。

感谢女作家黄豆米！当大家的笔都朝向现实生活中的热门话题时，她却揣上一面历史透视镜，偕同她的丈夫何金武，不辞劳苦地跑了几趟“老滇缅”，写出令人缅怀过去、发人深省的《山红谷黑》。作者站在现实的高点上，跨越时空：既描绘了这条传奇公路的今天，又追忆了半个多世纪前它那万分艰巨的修筑过程。

他们二位是搭乘省公路局的交通汽车去的。三十年代末期我为《大公报》采访滇缅路时，首先面临的就是交通问题。路还在修筑当中，当然不会有公共汽车，而当时偌大的中国，恐怕找不到一位拥有专用汽车的记者。我是辗转托亲靠友才在属于一家银行的卡车上当了条“黄鱼”——一名靠人情搭车的乘客。从保山往西，就越走越荒凉了。原始森林里游荡着神秘吓人的“瘴气”——现在懂得那就是恶性疟疾。记得一晚在龙陵，我们四个人席地睡在一所牛圈里，身上盖了条苫布。头晚还有说有笑，次晨睡在我身旁的那位旅伴却不动弹了。再一摸，身上冰凉，早已停止了呼吸。

那时滇缅边境的集市上，农民、商贩只认银币或铜圆，而且还在用着中有方孔的制钱。我掏出一张纸币想买点土产，一群打扮花俏的老乡却用好奇而又怀疑的眼光仔细摆弄了好一晌，最后还是摇着头退给了我。

那时一路上很难喝到一口茶水。每过小溪，我们都必猫下腰用手捧喝上几口。从黄豆米的描绘中可以看出，六十年代路工就从提篮里拿出五磅的暖水瓶了。惠通桥也从铁索变成了钢骨水泥。她笔下九十年代的畹町街上,竟徜徉着穿港装筒裙,挽着男友去电影院的姑娘们了。如今,“大米自给有余,边贸年收入二亿三千余万元”,芒市机场上还起落着波音七三七。越是回顾过去,越能看到祖国前进的步伐。

公路是人修筑的,也是人保养的。写公路——正如写一切,都离不开人。这里,我们看到九十一岁的上海陆智程师傅和闽籍的蔡金山,他们和许许多多无名英雄一样,为了修这条公路而背井离乡在这里落户。文章写到汉彝杂居的寨子里的民族和谐,也写到怒江最后一任土司,如今当上了市政协副主席,多么惊心动魄、翻天覆地的变化啊!

作者追忆了这条公路的过去,描绘了它的现在,也展望了它的未来。到二十一世纪,滇缅公路就将筑成一条半封闭式的高速公路了,而且它将成为沟通东亚与西亚之间的大动脉。

作为半个多世纪前滇缅公路修筑过程中曾经在这里跑过的一名老记者,我热烈向读者推荐这篇佳作。

一九九二年五月二十日于昆明

该序收录于《萧乾全集·第六卷·文论卷》,武汉:湖北人民出版社,2005 年 10 月版,略有改动。

昆明偶忆

萧　乾

1937 年全面抗战展开后，昆明也经受了一场不小的变动。最突出的是西南联大的成立：忽然间从沿海城市疏散来成千上万的青年学子和他们的老师们，顿时冲破了这城市的沉寂。正义路上摩肩接踵出现了奇装异服的男女，个个不是江浙就是北方的口音。这么多外乡人，来得又那么突兀，既引起当地老乡的兴味，也一定是个不小的冲击。

那时，收容我和小树叶的杨振声、沈从文两先生住在北门街。每放警报，我们就一道外逃去躲避。战时，死神随时可以光临。相对而言，在大后方要算踏实多了。我们都是从烽火中逃出来的。对于昆明这个大后方，大都怀着感激之情。

游了翠湖和大观园，也登上了西山的龙门。但我们最爱的还是纯朴的昆明人。他们那浓重的口音里仿佛总饱含着人与人之间的深厚感情。

记得当时偌大个昆明只有一家电影院。每次放外国电影，大厅中央总有一个类似解说的小组。坐在正中央的是位白发老人——后来方知人们都称他为“白老师”。那里不像内地，不打字幕。演时，由白老师小声口译，然后再由旁边的年轻人大声嚷出。内地来的学生不大习惯。于是就传出许多笑话，例如说，不管什么片子，男的一律叫约翰，女的全叫玛丽。好事者还学着云南口音逗笑：

“约翰说，你爱我么？”

“玛丽说，是勒么，是勒么[1]。”

懂英语的学生有时对这种予异[2]口译不耐烦了，就用花生击打解说员。解说员气得大声抗议。观众也分不清哪是解说词，哪是抗议。

那位白老师引起了我极大的兴趣。我就托当地朋友带我前往，他住在南郊一个十分偏僻的角落，而且只有一间屋子。白老师白头发根上仿佛还带点黄色，眼珠发蓝。屋里凌乱不堪，堆满了书籍和旧报刊，最奇怪的是看不见一张床。带我去的朋友告诉我说，他不分昼夜地坐在那把椅子上，晚上也不脱衣服。

老人的父母大概有一方是法国人，他不大肯谈自己，也许还有顾虑，因为他是在安南（今越南）帮助那里的人闹革命而被殖民官赶出来的。他的英语很不错，非常喜欢谈莎士比亚。他就是靠教几个云南学生英语生活的。他的生活不能再简单了：窗台上有一排中型瓶子。他基本

---

[1] 是勒么　昆明土话“是勒么”，意为“是的”“对”。

[2] 予异　不是昆明方言，也不明知其意，应为首次发表时未校对出的错别字。这篇短文未收入《萧乾全集》，没有机会对这两个字做最后校改，此书照旧录入。

上“不食人间烟火”，到早市上买一篮水果，也能对付一天。

文学史家们常谈起京派文人。其中，几位大师都是北大或清华的教授，当时在翠湖边上常见到他们。有个时期好像梁思成、林徽因夫妇以及“三剑客”的另一位——金岳霖也在。记得一天徽因招待几位来后方休假的飞行员，听他们畅谈空中的战绩。徽因向来喜唱独角戏，可那天她也沉默不语了，聚精会神地听客人谈他们同太阳牌飞机在空中的周旋。她的一个弟弟就是飞行员，在打日本时牺牲的。

当时，常见名教授们上街买菜。归途一手提着条活鱼或青菜，一边还畅谈着学术心得或国家大事。

记得一位教授的太太是美国人。他们住处附近有个邻居常吵架，每次丈夫都把妻子打得号声震天，死去活来。那位美国太太大概是位女权运动者。她听到那妇人挨打时的叫喊声，先是出面干涉，继而索性跑老远地方去报警。警察的行动并不敏捷，他也许不大情愿管居民家里的事，大概硬是被那花旗女权主义说服了，勉强拽来的。

谁知却吃了闭门羹。那两口子打完了架——或者说，女的挨够了打，就关上门去睡大觉了。警察拍了好半天门，里头只回了一声：“睡觉啦！”警察回过头来就把报警者狠训了一通，怪她多事。

此佚文原载于《翠湖春晓》，昆明：云南民族出版社，2000 年 11 月版，略有改动。

澜沧江畔一对菩提树

——黄豆米和她的丈夫

文洁若

说来也真巧，三月间，萧乾正准备陪中央文史馆五位画家前往阔别经年的云南时，《工人日报》总编室主任王晓龙来访说，他刚从昆明出差归来，那里有位女作家黄豆米，新近写了一部长篇纪实文学《山红谷黑》，想请萧乾写个序。萧乾很怕写序。正犹豫时，晓龙早已从挎包里掏出一本《边疆文学》，印在红底白字的封面上的第一篇《伟哉！滇缅公路》，顿时就将他拉回到半个多世纪前。

一九三九年他曾以《大公报》记者身份沿着正在修筑中的滇缅路采访了三个多月，历尽艰辛，写出《血肉筑成的滇缅路》等一系列报告。黄豆米在信中说，她正是在此文的启发下，才沿滇缅路往返奔走了六十七天，行程二千多里，走完新的昆畹公路，又走完了已“退隐”的老路，寻找当年那些修筑、保卫过此路，至今还留在此路上的无名英雄的。她在这篇报告文学中，还引用了《血肉筑成的滇缅路》中的一段话："有一天你也许要在这条血肉筑成的公路上旅行。你剥橘子糖果，你对美景吭歌，你可别忘记听听车轮下面咯吱吱的声响，那是为这条路捐躯者的白骨……"

于是，萧乾爽快地答应下来了。在飞滇之前，他把在《伟战！滇缅公路》的基础上写成的《山红谷黑》的原稿三十万字，从中国工人出版社要了来，通读一遍，并将序言写好了。

动身的前夕，我正忙着打点行李，电话铃响了。拿起听筒，一个清脆的年轻女性的声音传入耳际："喂，我是昆明……"

我打断了她，说："你是黄豆米吧？"

"咦，你怎么知道？"

"不但知道，连你的大作我也在跟着拜读哪。序言已写好初稿，明天就带去。"

这时，萧乾正在住所另一间屋里看电视。

二十日我们飞抵昆明，住在有"睡美人"之称的西山半山腰。吃罢晚饭，正从设在另一栋平房中的饭厅走向客房所在的主楼时，只见一辆米黄色小汽车正沿着坡道缓缓倒车。原来黄豆米和她丈夫何金武已坐候在大厅中了。我们把这对年轻夫妇让进了客房。黄豆米穿着粉红色连衣裙，腰扎宽宽的黑皮带，越发衬出身材苗条。未烫过的长发松松地束在脑后。一个突出的印象是脑门宽，目光炯炯，神情欢快，充满机智。何金武是棕色脸膛，头发浓密乌黑，谈吐干脆，笑声响亮，显得颇有魄力。

这半个多月来，除了同行的几位，黄豆米和她的丈夫要算是我们接触得最频繁的朋友了。这对伉俪使我联想到挺立在澜沧江畔的两株枝叶茂密的菩提树。黄豆米原籍云南省易门县。她父亲从小是个孤儿，是一位比他大十多岁的姐姐把他拉扯大的，将他带到昆明落脚。至今这位姑妈还备受黄豆米一家人的爱戴。对黄豆米影响最大的是她的外婆。她姓萧，是黑井镇人。那是恐龙的故乡，禄丰的一个小镇，自古产盐。外公是做小生意的[1]，当黄豆米的妈妈两岁时，他死于旅次中。外婆那年才二十一岁，上有老母，膝下还拖着两个娃娃，全靠做女红（绣花、纳鞋底）来养活这四口之家。女儿长大后，跟一个从外地来的剃头匠的徒弟一见钟情。她不顾寡母的反对，与他结了婚，并在昆明安了家。新中国成立后，她当上一名女工，丈夫也参加了工作，成为一位干部。但因生活条件艰苦，接连生了两个娃娃都夭折了。生于一九五七年的黄豆米是第三胎。

外婆不忍心让女儿的孩子生一个死一个。她闻讯后把黑井镇的老房子处理掉，换得一点点盘川，背着小包袱，徒步走了一个多月（她是小脚），赶到昆明来照料小外孙女。所以黄豆米认为自己之所以活下来，是由于哥哥姐姐用生命为她铺下了路。外婆不但把黄豆米和她弟弟拉扯大，还当了二十几年的居委会委员，负责照料五保户，这一带的老弱病残无不受到外婆体贴入微的关怀。至今众多老人只要路途相遇，都必向黄豆米诉说外婆生前所做种种好事。黄豆米不禁为九泉

[1] 此处有误。“外公”其人非小生意人，行医为生，在黑井镇开个西医诊所养家，后因到近百公里（当时的人马驿道）外的楚雄出诊，被患者传染而丧命途中。

1992 年 5 月，萧乾（左一）、文洁若（左二）在黄豆米（左三）家中，右一为何金武。

之下的外婆感到骄傲：死后多年，还不断有人挂念，也不枉活了一世。

高中毕业后，黄豆米进了一家建筑公司。她被分配到离昆明最远的一个工区——宣威。站在宿舍后的山坡上，“走泥丸”般的乌蒙山峦尽收眼底。一年四季，又大又密的云朵总是低垂在宿舍的屋顶上。傍晚下工后，她喜欢独自躺在坡顶上欣赏云彩。那是她练习写作的开始。

一九八二年，她考上云南大学函授汉语言文学专业，一九八五年毕业后调到昆明的一家小工厂，重操在建筑公司办小报的旧业。这个时期，她在爱情的海洋中折腾来折腾去，给自己平添了不少烦恼。

黄豆米自称是个爱情至上主义者。她一直坚信一定要找到一个自己能够为之赴汤蹈火的男子汉。关于这位“白马王子”，她没有具体的想法，只有一点是明确的：不论在精神境界还是学识方面，“他”都必须胜她一筹。本着这一信念，她屡次谈恋爱，不管在感情上陷得多深，最后都告吹了。

一九八八年的一天，为了把小报办得生动活泼一些，她向厂领导提出到兄弟厂矿去取经的要求。她把采访心得写成一份总结，并送到《云南日报》理论部。那里的编辑劝她改投北京的《工人日报》。这样，她就来到与《云南日报》毗邻的北京《工人日报》驻云南记者站。接待她的正是该站负责人何金武。

何金武是在昆明相当有名气的记者。黄豆米还在云大就读期间，这位资深记者就曾前往讲课。黄豆米的同学们听过他的课，她却没去，所以他们二人这还是初次相见。

黄豆米的那篇“办厂报总结”，终于还是没能刊出，但以此为契机，她却与何金武迅速地接近起来。当时何金武在新闻界已工作了三十年，黄豆米完全是抱着拜师的目的和这位老记者交往的。

何金武的身世凄苦。他的祖父是滇中人，读过私塾。因家乡闹旱灾，只身逃荒到中缅边境镇康的一座小镇——德党镇。那是滇缅路上的一个驿站，佤、傣、汉族杂居的山寨。他发挥自己的特长，办起私塾，教了几年书。他为人质朴，被当地一大户人家看中，把闺女嫁给了他。他还做过文牍（即文书），陆陆续续添置了不少亩地，共生了五个儿子，金武爹是老五。祖父死后分了家，金武爹分到了几十亩地。他们住在原始森林旁的山坡上，金武呱呱落地后才几个月，父亲就患疟疾而死。当时缺医少药，不出一年，金武妈也因病去世。丢下七个孩子，最大的也才十三四岁。金武家有个佤族长工，在他家已干了七八年。他有个汉化的名字：杨老大。他发现，一岁多的金武哪里晓得妈妈已咽了气，还趴在她怀里讨奶吃呢。侠义心肠的杨老大决定留下来，支撑起主人家的门面。那时杨老大已丧妻，他把自己唯一的女儿春果寄养在亲戚家。金武的父母留下的田产被人侵吞，只给孩子们零零星星撇下点不毛之地。勤劳憨厚的杨老大起早贪黑地上山砍柴并垦荒，养活这一大群孩子。五个女孩儿勉强到了能结婚的年龄，便一个接一个地嫁到缅甸去了。金武的一个哥哥则在家里干些杂活儿。金武记得，他六七岁时，养父终于把春果姐接回来了，养父省吃俭用，送金武到小学读书，却没叫春果去读。金武不解，问养父（当时他还以为那是他亲爹呢）为啥不叫姐姐上学。回答说：“你是男孩子，这家要靠你读好书，改换门庭。”

到了一九四八年国民党要抓养父的丁，他便带着儿女们，跑到缅甸投奔金武的大姐、大姐夫去了。当时金武才十岁。

一九五〇年云南解放了，养父带着孩子们回到家乡，分了土地。那时师资极缺，金武因学习成绩优异，初三刚念了一学期，就被挑选到大山沟里去教书。一九五四年他就当上了六年制小学的校长，还附设一所农业中学。学校没有经费，他和老师们便带着学生开荒，逐渐扩充起来。起初只有 7 个学生，不出几年就发展到五百个，老师也有了十三位。由于办学成绩昭著，县里看中了他，将他调到县委去做工会工作。这期间，他抓紧时间把高中的功课补完。一九五八年，镇康县的妇联被评为“全国三八红旗先进集体”，由金武写成书面材料，上报到国务院。县妇联派代表到北京去领回周总理亲自颁发的奖状和国务院赠送的锦旗。在本县，这自然是一件大事。《云南日报》看中了金武，便把他调去当记者。一九八一年调到《工人日报》驻云南记者站。

何金武对佤族养父怀着比血缘关系还深的感情，他同其他少数民族相处，也是如鱼得水，亲密无间。他会讲佤族话和傣族话，善于在少数民族当中开展工作。各种荣誉纷至沓来，远的不说，一九九〇年他被云南省人民政府授予“民族团结进步先进个人”称号。一九九一年被评为“全国民族团结进步先进个人”。

金武与黄豆米结识后，曾以采访退休老人为名到她家去拜访。她的父母之朴实，弟弟的纯洁好学，给了他很深的印象，觉得不但能和她本人，也能与她的家人和睦相处，于是自自然然地就向她表示了爱慕之情。黄豆米也意识到，她终于遇见了能够与之白头偕老的人。

尽管已过了而立之年，原先黄豆米只在翠湖、滇池一带转。其间也曾乘半天的火车到过乌蒙山，但那半年，除了建筑工地就是宿舍，活动范围极其狭窄。和金武结婚后，她的生活发生了巨大的变化。

在何金武的建议下，他们做了一次别开生面的蜜月旅行。他们动身前往西双版纳傣族自治州首府允景洪，找到了老友老周。老周想要在城郊曼景兰旅游村订几桌傣族风味的酒席，为这对新人庆贺一番。他们说，正是为了逃避城市里的俗套才来这里的。他们要求老周领他们到原始一点的地方去拜天地。

于是，次日一早，老周便伴随这对新人搭上叶船长的小机船，沿着澜沧江航行一百多里，傍晚驶抵距中缅边境只有一里多路处——澜沧江与罗梭江的汇合口。那是金三角的起点，爱伲人称它作“南柯南巴葱”。船上只有米和酒。叶船长率领五六个年轻水手，一个猛子扎进江里，活捉了六对鱼：长胡子鱼、墨鱼、缅瓜鱼（土语）、青鱼、鲫鱼和鲤鱼，刚好都是一公一母。黄豆米寻思，这大概是鱼儿谈情说爱的季节。大家在沙滩上燃起一堆篝火，烤的烤，煮的煮，办起鱼宴。再加上从附近摘来的杜鹃花、耳朵叶子菜和水蕨菜，几道清香可口的凉拌菜便齐备了。酒足饭饱，祝贺的人们纷纷回船安歇，一对新人则入了大家七手八脚用芭蕉叶和野竹为他们搭起的“洞房”。

天明后，他们在相距不远的野竹林中发现了比牛粪还大的粪饼以及各种形状的野兽脚印。老周这才说，大象、马鹿、野牛，大多在夜间经过此地下江饮水。昨夜，他和船长又悄悄地下了船，通宵达旦地守护在沙滩上，以防众兽闯进那座芭蕉叶窝棚去“闹洞房”。下半夜果然瞧见三对闪闪发光的绿眼睛，是三只马鹿在这一带徘徊，所幸离得较远。

这是多么真挚深厚的友情！

当天，黄豆米坐在沙滩一块大石上，将散文《南柯南巴葱的婚礼》一气呵成。

黄豆米本名张丽萍，自一九八七年发表处女作《梦绕镜泊湖》以来，曾署名张若冰。她刚好与作家张恨水同姓，且又喜爱冰心老人的作品，这便是这一笔名的来历。写完《南柯南巴葱的婚礼》，当她照例要署上“张若冰”这个笔名时，新郎何金武说：“不要老跟在名人后面跑，你应该闯自己的路，形成自己的风格。今后你就叫黄豆米吧！”金武接着解释说，黄豆看上去不起眼，然而它浑身是宝，能制出各种营养价值十分高的食品，还能榨油。她和她一家人都使他联想到朴实无华的黄豆。《南柯南巴葱的婚礼》一文最早发表在《西双版纳报》（一九八九年五月十二日）上，后又由《昆明日报》（一九八九年七月二十五日）转载。一位前来西双版纳采访的台湾记者看中了它，带回去加上插图，刊载于台北的《中时晚报》（一九九〇年五月二十七日）。黄豆米意犹未尽，又写了它的续篇，广州《清远报》把它连同正篇，分两期刊载（一九九二年一月二十二日、二十五日）。

此文在年轻读者当中不胫而走。热爱三毛的《撒哈拉沙漠》的青年男女，简直不敢相信本乡本土也有如此神秘瑰丽的所在。其实，黄豆米所写的仅仅是头一天的经历。第二天，她就跟着丈夫上了山，在爱伲人的竹笆房里，一住就是半个月。接着又下了山，跟傣族同胞生活在一起，参加了傣历六月的泼水节，黄豆米还裹上傣族的淡蓝色筒裙，出水芙蓉般立在温泉小溪里拍了一张照。旁边是两个人才围抱得过来的菩提树（当地叫“大青树”）。绿叶婆娑，雾气蒙蒙，光线幽暗，给人一种扑朔迷离之感。这张照片刊在对外宣传本省风光的《云南旅游画报》上，广为流传。那一次，她还参加了一场斗鸡。由于傣族妇女向来不斗鸡，她便受到在场的中外尤其是港澳台记者的瞩目。她那只鸡获得了冠军，记者们便把她围起来，又是摄影，又是采访。记者们连珠炮般地问她这只鸡是怎样饲养和训练的，她便根据自己耳闻目睹的，对答如流，谁也不曾怀疑她不是傣族妇女。当然，功劳应归于鸡的主人——澜沧江上的叶船长，所以还鸡的时候，她把奖金五十元也交给了那位船长。

黄豆米和何金武是很般配的一对。他们有许多共同点，首先是对事业都有执着的追求。婚后，何金武凭着自己丰富的经验，从各方面对年轻的妻子给予了帮助。

结识金武前，黄豆米在繁忙的工作之余，已发表了十来篇散文、诗歌、评论、杂感。组建起小家庭后，经金武建议，她索性辞去工作，专心致志地从事创作。她开始立足于较高的精神层面上审视人生，在现实和历史中捕捉艺术的对象。由于她对人类的生存、命运、人生不断地关注和探索，她的作品就达到了一定的深度。

《伟哉！滇缅公路》问世后，引起了社会反响。云南省公路局为该文召开了讨论会，《春城晚报》《昆明日报》等纷纷撰文评介赞赏。《文艺报》也刊出王玮所写《走向深邃——评黄豆米的〈伟哉！滇缅公路〉》（一九九一年三月三十日）一文，指出：

> 作品讲述的是一个遥远的几乎已被人遗忘的故事，而且并没有炫人眼目的惊人之语，但作品却自有动人之处。它的独特的魅力在于作者是以情感来把握作品并感染读者，从中我们或许可以体会出报告文学创作的一个更加深邃的新的境界。……黄豆米在展示人物情感世界，创造作品的情感力量方面做出的努力不会是没有价值的。

今年五月下旬，黄豆米的《伟哉！滇缅公路》又荣获云南省文学艺术创作奖励基金颁发的“首届云南省文学艺术创作奖”三等奖。六月二日，我们在黄豆米家通过电视屏幕看到了这位年轻女作家在颁奖大会上上台领奖的场面，并由衷地向她表示祝贺。我们访滇期间，黄豆米还曾陪着萧乾到已经现代化了的滇缅路（现名“昆畹路”）去拍照留念。

云南省自然环境优美，气候宜人，自古以来，有二十四个（应为二十五个——编者注）少数民族在此繁衍生息。黄豆米扎根于这块美丽富饶的神奇宝地，她的作品有着浓厚的乡土气息。这位才华横溢、异常勤奋的年轻女作家，必然会做出惊人的成就。

一九九二年六月五日

于昆明西山滇池之畔

附记：

(1)本文原题《黄豆米和她的丈夫》(《人物》一九九三年第二期)，收入“书海浮槎文丛”《文学姻缘》，做了删节修改；

(2)文中提及的黄豆米散文《南柯南巴葱的婚礼》，于二〇一〇年七月获得中国散文学会等单位主办的“中国最浪漫感人的爱情故事征文”二等奖(一等奖空缺)，标题改为《婚礼，在南柯南巴》。

又“见”萧乾在昆明

黄豆米

我是萧乾生命最后七年做他学生的，自第一次相见至今二十年间，我写了数篇关于恩师的文章，首篇《重踏滇缅路——访萧乾》是《云南日报》副刊的约稿，如今隔了几十年又应约写萧乾与云南时，历历在目的是萧乾最后一次来昆明，我们初见面并共处的几日。

那是 1992 年 5 月的事，现在想来自己可笑又幸运。我在长篇纪实作品《山红谷黑》的后记里，详尽记述了我这个只有三四年写作经历的边疆无名之辈，如何仿照萧乾写于抗战时期的名篇《血肉筑成的滇缅路》，采写成了中篇报告文学《伟哉！滇缅公路》，发表后因反响好又扩写成 30 万字的长篇纪实作品《山红谷黑》。自己的第一本书要在北京出版了，想到它应该有个书序，就想到写序者非萧乾不可。我这样一个祖上与文不沾边儿，平民出身，才开始搞创作的无名小卒，就因崇拜大名鼎鼎的作家，异想天开地想请大作家为自己什么都不是的处女作写序，局外人看这事的可笑，拿今天流行话来形容，叫"搞笑"。至今回顾请萧乾写序这事，依然是那样真诚严肃，甚至是神圣，所以当时尽管知道一点萧乾很走红，知道人家年事已高，等等，这些我都不会去考虑，一心想的是谁叫《血肉筑成的滇缅路》在五十年后还那么吸引人，还让我模仿着写，而且一写就又是中篇又是长篇？凭这样大的理由，为什么不请他作序，为什么不能以这样的方式表达我崇高的敬意？想是横下心来想的，行动起来却根本没底，做这事，门在哪边都摸不着。现在有互联网，上网搜索，天上地下的事什么搜不出来，可那时拥有家庭电话的都很少，只能靠人找人。找下来的结果，无论是家里人还是文学上扶持过我的身边的老师们，没有一个不劝我打消请萧乾作序念头的，摆出的种种不可能，如一盆盆凉水浇下来。而越说不能我越要做，提笔就给萧乾写了几页纸的信，又请说得上话、时任云南省文联副主席的李鉴尧老师写推荐信。正苦于怕信件通过邮局寄出去后石沉大海，又没别的办法送达时，天上掉下来了个捎信人——正在云南采访的《工人日报》总编室主任王晓龙，他是我丈夫的同事，又是萧乾在咸宁五七干校下放劳动时的邻居的儿子，那时他隔一段时间去干校探父母一次，与长辈萧伯伯有点交往。凭很多年前这点关系，他愿为我送信当说客。他回京后怎么去送信，怎样说动了已在宅门上贴了"主人年高体弱，请勿谈话太久，请勿要求作序……"告示的萧乾的这一过程，在七年后即萧乾去世之际，他在纪念文章《托起新世纪的朝阳》里一五一十道出。求这个序，我至今歉疚：夺了萧乾与夫人文洁若赶译《尤利西斯》那几年里一小时也不能占用的时间和精力，而萧乾从此却对我付出了师与父一般并持续到生命终点的关爱。

话说回求序事上来。王晓龙3月带我的信回北京，波折一番后，我收到了萧乾4月18日的来信，开头这样说：

谢谢你托王晓龙同志转来的信。你写了我在青年时代想写而未写的滇缅公路筑路人的《山红谷黑》，我自是非常兴奋。我因年老体弱，一般不大为人写序，但这篇序我责无旁贷。而且我希望写得有点内容。幸好5月20日左右，我将为中央文史馆事去滇，先在昆明小住，还去西双版纳。我想索性先拜读一下你的大作，就地写来，以便征求你的意见如何?

无名晚辈接到大作家这样的回信，碰上谁谁都感动，我读着信哭了，哭出声来。泪雨过后，心里一片亮堂——不仅完全打消了初涉文坛的无知小辈对鼎鼎大名的作家不可避免的畏惧感，而且人未见，已倍感亲切，还可以随便说话了似的。

到预订时间，中央文史馆馆长萧乾率馆员一行来了，下榻在西山的云南武警部队招待所。当晚萧乾就来电话，让我们翌日接他和夫人文洁若进城，一整天时间都安排给我们。

第二天大清早，我和丈夫从城里驱车到西山，敲开了招待所里萧乾夫妇的房间。记不得谁来开门，忘不了的是圆圆的光脑袋上长着稀拉拉银发、穿件灰布夹克外套的萧乾手拄拐杖，神情和蔼，一脸乐哈哈地躬身相迎，仿佛来者是老熟人，加上说话幽默又非常朴实，让人顿时忘了他的身份，一见如故。夫人文洁若站在堆满书籍和文字稿件的桌子边与我们说话，她嘿嘿笑着，边说话边手不停地往书里夹纸条或在纸片上做记号，显得干练利索，精力充沛。她一身花色连衣裙，一点不像六十开外的人，后来我在萧乾文章里读到他把文洁若形容为他干事业的火车头时，不住地连连点头。如今也活到八十多岁的文洁若不只是独自一人生活，而且每年都有新书出版，这势头与当年初见她时的光景，相差无几。

萧乾夫妇下榻住的这间屋子有一张桌子、几把椅子、两个单人沙发，砖头样厚的精装本和普通封皮的书籍以及一本本的复印件资料，竟然把椅子和沙发全堆满了，好像随身带来了几箱书。主人让我们坐沙发，人坐下去就在书堆里了——两边扶手上和茶几上都堆着书。桌案上堆着一两叠写好的稿件和铺展开着正在写的文字稿，所用的稿纸都比普通的大几倍，纸边还拼出大大小小数不清的纸条来，仿佛鱼鳍。我第一次见这样大的稿纸，而且每页上都长着"鱼鳍"，好奇地俯身去看，见稿纸的格子里和四周都是密密麻麻的字，"鱼鳍"上全是红红蓝蓝的字。字有两种笔迹，一种潦草，长脚长腿；一种清秀规矩。原来前者是萧乾手迹，主要是眉批和边角上的字；后者是文洁若的，整页的格子里都是她写的字。这个早晨，我有生第一回听说世界上有《尤利西斯》这部晦涩难懂如"天书"的小说，知道这部小说是世界现代文学中的小说最高峰，把《尤利西斯》翻译成中文是中国译界迄今为止的巅峰，等等。两年后《尤利西斯》出版，我从当时全国报纸杂志对这部译著铺天盖地的评论报道中得知，书由文洁若初译，下道工序是萧乾的，难怪我见稿纸上有两种笔迹。

房间里另一件铭刻于心的事，是萧乾的一条裤子。我们彼此见面不多会儿就动身出发了，我刚走到门口，被从门侧边卫生间里出来的萧乾给叫住了,他把手里提着的东西往我面前一亮,说提去你家里晾晒。我一瞅，是条洗净后边脚还滴水的灰布长裤。当时我没在意，提到家挂晾起来完事,下午文洁若抽空提起萧乾肾疾的话题,才明白其中缘故，原来萧乾做过肾摘除手术，身上只有一个肾，而这个仅剩的肾又坏了，肾功能只有常人的四分之一。同时还了解到，只有这个残损的肾，又年过八旬的萧乾，是在文洁若这个“火车头”的带动下，才敢接下出版社的约请，开始向他40年代在剑桥王家学院攻读硕士时就研究过的《尤利西斯》重新进军的。

夫妇二人翻译这部小说用了四年时间，译著出版第五年，九十岁的萧乾溘然长逝，直接导致死亡的原因，正是唯一的肾彻底完了。文洁若处理萧乾遗物时，送了两件短袖衫给我们夫妇做纪念，日后睹物，无不想到那条灰色布长裤，不能不感慨萧乾与夫人合译《尤利西斯》，是在心脏有冠心病，肾只有一个衰肾，生命只有最后九年，即将走到人生尽头的残暮之年。不可思议的是，萧乾的翻译竟然是在这样的情形下攀上最高峰的。

萧、文的《尤利西斯》译本，是这部小说的第一个中文全译本，其难度如攀珠穆朗玛峰，加之时间要求紧，萧乾身上还有馆长的差事，所以翻译《尤利西斯》的几年间，人出差到哪儿，这部书的翻译工作就在那里进行。萧乾曾把他和文洁若木樨地的家，称作“一个车间两个老人”或“一对老人两个车间”，夫妇俩翻译《尤利西斯》的昆明“车间”里，还“生产”了一篇题为《它曾是咱们的命根子》的文章，那就是我处女作的书序。文洁若快人快语，一见面就说：“这有多巧，黄豆米要萧乾作序，萧乾就来了。”我实在幸运，不仅像文洁若这句话里说的这番幸运，还意外得到了一位精神和文学上的导师。

我和丈夫几次驱车把萧乾夫妇从西山的住地接进城，当中有一两次路过了北门街口，因为北门街上既有我家老屋，又有萧乾 1938 年与杨振声和沈从文流亡昆明时共住了大半年的旧居，而且街两边的老房子还完整，所以建议到这条街上转转，让萧乾看看他离开后再没来过的旧地。不想萧乾没采纳，只通过车窗口往北门街扭头瞥了一眼，轻轻说了声：“不用了。”我至今还在琢磨萧乾朝北门街投去这一瞥时的心思。萧乾走到街口也不愿意进去看一眼，可四年后他应邀写回忆昆明的文章时，写了一篇 1600 余字的《昆明偶忆》，忆到的都是他在北门街时的生活。这篇文章是萧乾最后一次直接写昆明，我至今珍藏着这篇文章的手稿。

与不走北门街不同，萧乾对重走滇缅路显得很激动。给丈夫单位开新闻采访车的驾驶员是位老司机，年轻时过了缅甸野人山到印度，沿史迪威公路打反攻回来的中国远征军。我在《山红谷黑》里写了驾驶员的这段经历，所以萧乾坐这位师傅开的小车重走滇缅公路，简直就是一对“老滇缅”不期而遇，路上他俩一个正驾驶一个副驾驶地并肩而坐，车窗外一山一水都是他俩共同的旧地，一路回忆得没完没了。二战时的滇缅路在萧乾的新闻和文学事业中是重笔，作为《大公报》

记者，萧乾从滇缅路一路采写到欧洲战场，成为驰名世界的记者，他的二战特写被史学家称为“欧洲发展史的重要见证”。可惜的是，他当年拍摄了滇缅路的照片（战争期间他在英国出版的几本英文书里用过后再也找不到），而本人却没有在滇缅路上留下一张照片。这次重踏滇缅路与我在路上的合影，竟然成了他在滇缅路上的唯一留影。

萧乾知道了我家三代住北门街，我还在我外婆寿终正寝的那间老屋里结婚，就提出要去看我父母。这厚爱让我受不住：父母十多年前从北门街的老屋搬到单位新建的宿舍楼，住三楼，是水泥预制楼板建的粗糙的大板房，谈不上有电梯，八十三岁、拄拐杖的萧乾还爬得上去？这还不算什么，主要是我那普普通通的父母和简陋的家，如何接得起萧乾夫妇这样的“大驾”？萧乾坚持要去，也就去了。文洁若爬楼一点没问题，萧乾就吃力了，一手拄杖，一手抓着油漆脱落、脏兮兮的楼梯铁扶手，一步一步爬上三楼，几分钟后又一步一步走下楼，弄得上气不接下气。果然，我父母不知如何待这对突然降临的大人物，主客之间笑脸相对，没话可说，所以萧乾夫妇在客厅沙发上屁股未坐热，见了一眼我父母和住所情形，就被我催着离开了。哪料萧乾夫妇回京后的来信里，每每问候我父母。

萧乾来滇，文学界想拜望他的人很多，但从城里到他下榻的郊区还有几十公里地，交通不便，我家自然成了萧乾在城里的会客厅。我们有次请大家来晚餐时吃了汽锅鸡。来人散尽后，送萧乾夫妇回住地。萧乾走出门来到走廊里，见栏杆边拴着一只白毛凤冠的乌骨鸡，问我汽锅鸡就是用这种鸡做的吗？一两天前正好有朋友送给一对白凤乌鸡，我们把公鸡宰了做云南名菜汽锅鸡招待大家，桌上没来得及相告，听萧乾这一问，我乐颠颠地回答：是。萧乾听罢，声调忽然变沉，说："吃那样好看的鸡，大煞风景！"他背着走廊的路灯站着，我虽然看不清他脸上表情的突变，从他顿时变得异常严肃的声调就知道，他生气了。我们根本理解不了这变化，当即建议把这孤单者送给萧乾带回北京饲养。

萧乾一行在云南半个月后启程回北京。临行前一天，又请萧乾夫妇来家。萧乾要给北京家里挂电话，我已经知道他此时的家里只有位老人，是与萧乾夫妇相依为命几十年的文洁若的三姐。萧乾拨通电话，告诉三姐回程的事，然后一转身，把听筒往我手里一塞，笑嘻嘻地让我接着说电话。我一头雾水：电话那边的老人，我没见过也没通过话，连怎么称呼都不知道，说什么呢？我眨巴眼睛望着萧乾，他催促我快给电话那边报喜讯："说呀，说说乌鸡。"萧乾此刻孩子般顽皮的劲头，令我印象太深了，不理解这位大作家怎么眨眼工夫就孩子样了？日后从萧乾的一封封来信中，读出了他，当真有一颗童心。

萧乾夫妇回京后两天就写信来了，萧乾的信说："乌鸡、萧乾与文洁若同机到达。三姐事先在阳台上铺了土，备了窝（竹筐底）和卧具。乌鸡憋了半日，刚到难免抗议了几声。现已完全安顿下来，请释念。它在等候原来主人来探视，并用乌蛋欢迎。"文洁若附言道："带来的两个乌蛋，昨天早点萧乾吃了一个，今天再吃一个。大概是换了地方，不习惯，还未再下。它有时从筐中出来散散步。"白凤乌鸡到萧家后四个月，萧乾关于这只鸡的信写来了六封，国庆节那天的信上写道：

2002 年 10 月 6 日摄于北京中国现代文学馆。自左到右依次为：何金武、黄豆米、文洁若、吴冰（冰心长女）、王晓龙（时任中国工人出版社社长）。

“乌骨鸡安然无恙，只是下了七个蛋之后，就再也不下了。我们一家把她当女儿养，倒不在乎下不下蛋。她一叫，我们就想到你们。”读到这封信，再木笨的脑袋也该开点窍。后来读他一本本的书，凡是写动物的地方，尤其是写他八十载人生中与猫狗和其他小动物相处的散文《透过活物看人生》，无不让我豁然，才慢慢悟出，为何作家、诗人们和漫画家笔下的晚年萧乾，是一副弥勒佛像。

原刊于2012年6月15日《云南日报》，收入黄豆米散文集《老昆明碎片：粉墙青瓦》，昆明：云南人民出版社，2017年6月版。

萧乾对北门街最后一瞥

黄豆米

上

1992 年我写滇缅公路的书要出版，请动了我十分崇拜却根本无缘相识的萧乾为书作序。实在是命中缘分，身为中央文史馆馆长的萧乾正好要率队于 5 月上旬从北京来云南采风，这是他半个世纪后第三次来滇，采风活动之一是重返他那脍炙人口的《血肉筑成的滇缅路》所写的二战时期赫赫有名的国际运输大动脉——滇缅公路。

萧乾此行时间充裕，除了滇缅公路还去了几个以前没去过的地方，几乎跑了半个云南。以我个人想法，八十三岁的萧老此趟行程既然跑了那么多的远路，在昆明又有几天的时间，城里有个地方应该重访，就是他抗战初期到昆明时与他的恩师杨振声和沈从文一起住过，在他名噪一时的回忆录《未带地图的旅人》[1] 里提到的北门街。这是否

[1] 萧乾：《未带地图的旅人》，中国文联出版公司，1991 年 9 月版。

可以成个理由我心里没底。另外，我在这条街上生长，老家的老屋里还有我自己的新家，如此一来当然想攀亲，与自己出生前二十年的“邻居”一起到北门街上走走，若有可能，还可以跟萧老去认认他曾经住过的地儿，也去我们大杂院认认门，去院门头上我的小阁楼家里坐坐，该是件多么美妙的事啊。又觉得这个建议在萧老这样一位大作家面前太小儿科，幼稚又冒昧，何况是初次见面，以至于我几次话到嘴边都不敢说出来。但我多么想做这件事。

有天开车带萧老和夫人文洁若去城里某处路经圆通街，走过圆通街就是北门街口，车子只需右拐即是，非常顺道。我以为机会来了，所以那天早晨车子才启动，就脸红心跳地把想过无数次的话说了出来。可惜话在肚子里想得头头是道，一开口，胆怯得嗫嚅，好像有不可告人的目的似的。毕竟初识，萧老要么没听懂，要么不屑一顾，总之没反应。小车开上了圆通街，眼看要到北门街口，我再不开口就错过了，于是鼓起勇气对坐前排副驾驶座的萧老说“顺路进北门街看看”。萧老仍然不作声，只是偏头朝窗外张望，好像寻找什么。驾驶员把车速减到最慢等待着。萧老默默地紧盯着车窗外的街景看，小车缓缓前行。北门街口出现时，我说“到了”。萧老把头伸出窗外，朝渐渐展开来的北门街定神地望着。我的眼睛沿着萧老视线的方向，扫了一眼闭着眼睛也能说出一二三的北门街：直而窄的街道上空，桉树婆娑，树梢间电线横穿而过。没有人行道的街面上，人、自行车和马车挤在一起走，街两边一楼一底砖木结构、临街木板铺面的老房子鳞次栉比。我边望边猜想这些老房子当中，哪一个是萧乾书里所写的“同住北门街的一所小院”？正想着，忽听萧老回答说：“不用了。”

我一听急了，直瞅坐我身旁的师母文洁若，看她是否有意走北门街。因为她未嫁之前就是萧乾小说《梦之谷》的粉丝，几年前她代萧乾去看望这部小说女主人公原型后，写了一本《梦之谷奇遇》出版，我读过这本书，又因为《梦之谷》是在北门街打上句号的，所以此刻用目光向她求助——没反应。后悔死了，没有挑明讲而失掉了文老的支持，又没有坚持自己的想法而彻底错失良机——这是萧乾最后一次到云南，也是对北门街最后的一瞥。

小车慢慢开过北门街口，下大兴坡，往翠湖边开去。不料就在我的期待成为泡影的几分钟内，萧老已经与一小时前才认识的年近七旬的驾驶员倪师傅攀谈起来，一对故人似的兴高采烈，话题是滇缅公路和远征军。我望着前排两位老人才意识到，他俩并肩而坐多么恰好。因为在第二次世界大战中，一位是采访滇缅公路写下名篇《血肉筑成的滇缅路》后，从昆明启程到香港再赴伦敦，成为欧洲战场上最早的中国记者；一位是在缅甸与日军作战中临阵为孙立人将军开过车，后来过野人山到了印度的中国远征军士兵。两人当年在云南不相识，五十年后在昆明路遇，那段岁月的激情之火，怎能不一点就着。后来我才反应过来，点火的不是别的，正是我的建议。因为萧老向驾驶员讲自己住过北门街，一讲就讲到抗战时跑滇缅公路的往事。我心里别扭起来，不出声地嘀咕道：既然如此，为什么不顺道去看一眼？半个世纪后才又走来旧地，却只用眼睛一瞥，这一眼所见的北门街，虽然没了当时的城门望京楼，没有了青石板路面，但建筑依旧，树还是那时的老桉树，足以忆旧思故了。为何一边在文章里念念不忘五福堂，而到了跟前却不寻，哪怕是开车路过晃一眼，都拒绝呢？这个谜从此埋进了我的心。

这之后四年，萧乾写了《昆明偶记》并把手稿寄给我。第七年他躺在北京医院，临终前一两个月里断断续续写成《吾师沈从文》。这两篇都只是千把字，里面竟然都提到北门街五福堂往事，重复着以前回忆录所涉及的。萧乾身后几年《萧乾全集》问世，我通读后发现，里面好几篇写作时间相距十四五年的文章均回忆到了北门街，最后一次忆起是临终前。这段往事被萧老在文章里一而再，再而三叨念着，可是一旦亲自走到北门街口时，在街口停一停都不愿意，更甭说坐车穿过。如此巨大反差，震得我开窍了一点，于是每想到萧乾过北门街而不入时，眼里满是泪水——那时他的两位共住北门街的恩师均已作古。而如今的我，失去恩师已十余载。因为失去，萧乾投向北门街的一瞥，愈来愈清晰地浮现来眼前，宛如昨日，埋在心深处的谜，芽一样冒出来，日渐地长，已占据整个心，不解不安了。

非常有意思的是，为解谜，我走进了萧乾寄寓北门街的那个时候和那时身边的那些人，并牵引着，撞进了中国文化名人们在昆明的时光。现在回头来看那天，仿佛天意在安排，让当事人全蒙在鼓里，直至本来可以解惑的一方离开人世，另一方被迷惑缠得心神不安时。

其实，谜就藏在萧乾的北门街足迹里。

下

1. 北门街“五福堂”

萧乾回忆录中有一句看似平淡无奇的话：“‘五福堂’搬到了昆明的北门街。”没想到就是这句话打动了我。如果我是亲历者，读这句话一定会读出杜诗中“风火连三月，家书抵万金”般的欣喜，或许能读下两行热泪。

五福堂诞生于七七事变后不久。1937 年 8 月 13 日淞沪会战打响，上海《大公报》大幅缩减版面，在报馆失业的萧乾同小树叶（萧乾的第一任妻子）绕道香港经广州辗转逃难到武汉时，身上仅有的报馆辞退时给的半个月薪酬，花得所剩无几。小夫妻俩逃到武汉是投靠朋友，可此际对方已是自顾不暇，夫妻俩交不起旅店房钱只得赊账。好不容易有燕京大学老同学刘德伟为萧乾谋到个中学教员的差事，人未来得及赶去，学校所在地已经落入日本之手。找不着工作，囊空如洗，丧家之犬一样走投无路之际，萧乾恰巧遇见自己的两位老师杨振声和沈从文并被收留。杨、沈二人从北平逃来武汉，也住在小旅店里。北京大学、清华大学、南开大学三所大学南迁长沙成立临时大学，杨振声参与筹建长沙临时大学，于是在城外的珞珈山脚下租了座小院来安顿他一手主持的《高小实验国语教科书》和《中学国文教科书》编辑部人马。这套由朱自清和沈从文协助编审的民国政府教育部中小学教材已编了四年进行到最后阶段时，抗战爆发，北平沦陷，编辑部只得随高校南迁到长沙。杨、沈二人让萧乾夫妇搬珞珈山同住，又让萧乾协助编教科书，每月领取五十元生活费。编辑部租的是山下一座独门独户的院落，因竹篱笆院门的横楣上编着五个“福”字，大家戏谑称这里是“五福堂”。

编辑部接纳萧乾一样逃亡来的友人与日俱增，来者没钱的没钱，失业的失业，全靠编教材经费和杨、沈二人的其他收入来维持。战局动荡又导致教材经费时有时无，两三个月后就捉襟见肘到沈从文给北平家里写信所说的“自己的钱又用完了，杨也窘”[1]的困境。编辑部在珞珈山难以为继又迁至长沙，紧接着南京沦陷，长沙遭日机轰炸，编辑人员们只得分头渡难关。12 月，沈从文带着萧乾夫妇、杨振声女儿杨慰等若干人回故乡沅陵投奔大哥家。1938 年春节过后，杨振声随临时大学向昆明迁移，萧乾等人先后从沅陵出发去昆明会合，二三月间到达。

1938 年的昆明因西南联大成立和其他大学迁至而人口陡增，住房紧俏，别说学生们没住处，教授们租房子都一房难求。杨振声是联大的主任秘书，他为自己的编辑部找地点，换过几个地方后才在青云街租到房子，把半途走散了的编辑人员们聚拢来，又租下北门街唐家花园对面蔡锷旧居的几间屋子做大家的起居处。战乱中，编辑人员和各自家眷由北而南辗转半个中国，走了大半年以后，终于一个不少地在北门街“五福堂”团聚，组成一个临时大家庭，一起吃住。“大堂主”

［1］沈从文：《沈从文家书》，北京：人民文学出版社，2010 年 10 月版。

为杨振声，“二堂主”是沈从文。如此的万般庆幸实在难以言表，萧乾几十年后回忆起来也没有言语能够形容,唯有直截了当说:“‘五福堂’搬到了昆明的北门街。”

2.“堂”中苦闷人

对于流迁来的人们而言，1938年春夏未遭空袭的昆明城，还是世外桃源。明清建筑的城池虽小,但城外有滇池,城里有翠湖,街巷有溪流。蓝天白云的宜人气候和丰富又廉价的当地物产，喜得从日本轰炸机下逃生而来的人们无不尽情享受，翠湖划船，滇池泛舟，爬西山逛名胜，把颠沛流离路上所受的惊吓、困苦和疲劳一扫而光。翠湖四周住满了西南联大教授，教授们的家和五福堂一样，成了聚会场所，人们异乡聚首有说不完的话，这里传播的消息比报纸广播还快。这一带街巷到处是教授们的身影，他们三三两两的边交谈学术和战争局势边往家走，每人的两只手上，一手拿书，另一只手上，不是提条用草拴着鳃的活鱼，就是提一篮带露水的时鲜蔬菜，这一幕令失业中找不着出路的年轻萧乾，垂涎三尺，暮年忆起仍然羡慕不已。

五福堂在北门街安扎下来，萧乾兴奋一阵子后，苦闷袭来，安不下心来守着黄卷青灯地编教材了。他失业的日子里唯一的生活来源，是给杨振声和沈从文做助手编教材，可是他性格太好动，不适合做编教材这种冷清闲散的工作。不适也罢，战乱中找不到别的活路，编教材已是一份最好的工作，不用饿肚子，还有一张七尺床。却发现这份工作是临时的加塞，分了别人口袋里仅有的一点收入。因为编教材本来就有正式的助手，编辑和助手都在编制内领取一份政府发给的薪酬，萧乾发现自己做助手却不在编制内，每月所得的50元薪水，只能是杨、沈两位老师“从自己的薪水中硬撙节出来”[1]。本来两位老师尤其是沈从文靠这份薪水养家都成问题，还要节约出来给他和上西南联大的小树叶做生活费，哪能心安理得把这份工作干下去？

萧乾在昆明找不到别的出路，想去抗战前线。他有个读大学认识、早他两个月到昆明在欧亚航空公司工作的好友曹维廉，此人要去苏区参加新四军，萧乾和小树叶为之送行后认真商量起是否去延安的问题，因为之前从珞珈山到长沙时，担任国共联盟抗日联络工作的徐特立先生曾邀请沈从文、曹禺、茅盾、老舍、萧乾等八位作家去延安，那时有人请没想去，现在想去又却步，因为周围人劝阻说去延安一路上关卡多，一旦查出行迹可疑被扣下，抓去蹲集中营受种种酷刑，这样一来两人吓得不敢去。萧乾早就盼着“大时代”到来有一番作为，结果“大时代”来了，在沦陷的上海作为不了，逃来大后方，身边好友都辗转到前线打鬼子去了，自己想去延安又没胆子，接二连三受挫，倍感自己是个不折不扣的懦夫：“昔日许多朋友都各有作为，我这个奥勃洛莫夫却恰似一条惯走江湖的小货轮搁了浅。”[2]

自信心受创的萧乾沮丧又迷茫，时常在翠湖边百无聊赖地转悠。出北门街住所，沿丁字坡下青云街，走几十步路就是翠湖。湖边土堤

[1] 萧乾：《萧乾全集·第四卷·散文卷》，武汉：湖北人民出版社，2005年10月版。

[2] 萧乾：《萧乾全集·第五卷·生活回忆录文学回忆录》，武汉：湖北人民出版社，2005年10月版。

上，野花盈目，空中拂柳，岸边开遍紫色的水葫芦花。清澈见底的湖上，游弋着小小竹篷船。如画的风景和温暖的五福堂都宽慰不了萧乾，在忧郁失眠最严重的一段日子里，有天路过闹市区药店集中的威远街，见一家西药店的大字招牌上写着专治闷郁症的药，便不问三七二十一把药买回来就吃，吞几粒后再瞧处方，上面写着：专治妇女月经期间闷郁症。

3. 失魂落魄中开出的艺术之花

一筹莫展的萧乾为消除精神苦闷，编教材之余埋头文学创作，这对解决当下现实问题毫无意义，但能在精神上自救。在北门街五福堂写下的《灰烬》《刘粹刚之死》《三个检查员》和《贵阳书简》等中短篇散文特写，主题贴近现实，与时代共鸣。其中，《刘粹刚之死》发表四十年后的20世纪80年代初，因为此文是抗战期间写到国共在空战方面合作的唯一的文章，北京一家报纸为纪念七七事变后国共两党联合抗日，翻出这篇文章来整版刊登。这篇特写是萧乾在一位联大教授家里听到的故事，他讲给与昆明空军圈子交往密切的林徽因听，林鼓动他写下来。此际，住城南巡津街的林徽因家被一群年轻飞行员视为家，林有个弟弟是飞行员（后来与日军空战牺牲），萧乾从这里了解空战常识。萧乾毕竟是报人，失业中谈不上有采访条件，但还是写与时代息息相关的事件，以此参与社会，写小说的才情最大限度地用在了新闻特写上，使得这类文章可以当小说来读，有的就是散文，被称为“中国新闻中具有开拓性的、有艺术魅力的新闻特写”。这里说个题外话，萧乾日后作为香港《大公报》战地记者，在欧洲战场上与美国某家报纸的战地记者海明威，在一家俱乐部里擦肩而过。细想这情节颇有象征意味，因为海明威创造了“新闻体”小说，而萧乾创造了可以当小说来读的新闻，同在一场战争中，同在新闻的基础上创造出各自文体的这两人，以擦肩而过的方式，照了个面。

五福堂里的萧乾在小说创作上出现了他一生中的巅峰，即创作完成《梦之谷》。他这部唯一的长篇小说还是应巴金之命被逼着写下去的。小说原序中说，1937 年春靳以筹备《文丛》月刊，一定要萧乾为月刊写文章，萧乾受都德小说《小东西》和《格莱齐拉》启发，以自己初恋故事为基础构思《梦之谷》。小说才写了序幕并刊登在《文丛》创刊卷上，抗战爆发了。逃亡昆明后，接连收到坚守上海孤岛的巴金的几封信，催促务必把《梦之谷》写完，并告诉说已把这部书编入自己主持的《现代长篇小说丛书》里。1938 年 5 月，《梦之谷》在五福堂里打上句号，如期完成，于 11 月出版。五十八年后萧乾为《梦之谷》补“余墨”写道：“我确实就是在他这么热情督促之下，在时而放警报的昆明北门街把它完成的。”[1]

那阵子五福堂里有两人同时在创作中国现代文学史上占一席之地的长篇小说：一个是萧乾在写的《梦之谷》，另一个是沈从文在写的《长河》。幸好那时昆明只是放警报，空袭还未开始，《梦之谷》得以一气呵成。而沈从文的小说写到日本飞机来轰炸还没写完。

---

[1] 萧乾：《萧乾全集·第一卷·小说卷》，武汉：湖北人民出版社，2005 年 10 月版。

令萧乾始料不及的是《梦之谷》所取得的艺术成就奠定了他在中国现代文学中的地位，其次是他写小说的这支笔，在北门街就此放下后，直到晚年想拾都拾不起来，五福堂既是他小说创作高峰的地方，也是长篇小说创作的终结处。文洁若总结萧乾一生说："《梦之谷》搁笔后，他永远地被文艺女神抛弃了。"[1] 被弃了么？我以为没有，萧乾在完成《梦之谷》后第二年春所写的《血肉筑成的滇缅路》，再远点是他到欧洲战场后写出的那些被史学家誉为"欧洲发展史的重要见证"的通讯特写里，都是他小说艺术创作才情的发挥，尤其是晚年翻译《尤利西斯》，发挥到了极致。

4. 一下子热闹起来的那张小桌子

萧乾在吃错药，内心备受煎熬的日子里，邮递员送来一封令他喜出望外的信，《大公报》老板胡霖从武汉来信，说许多读者要求恢复报纸副刊《文艺》版，让萧乾在昆明遥编。萧乾读着信，眼前浮现半年多前在上海的报馆里被突然辞退的情景：那天老板把他叫去办公室，因为他是老板的红人，以为有什么美差或征询意见什么的在等着自己。不想老板说出一番国军抵挡不了来势汹汹的日军，战事迅速扩大的悲观论调后，以不愿看着年轻人同报馆一起困在上海同归于尽为由，把他婉转辞了。萧乾反复读信，逃难途中身上只有报馆给的半个月薪金作盘缠所遭的罪，历历在目，想狠心回绝，说自己现在正在编教材，

[1] 文洁若：《巴金与萧乾》，上海：上海三联书店，2012 年 7 月版。

衣食有着落，老板你也尝尝碰钉子的滋味吧。然而，兵荒马乱中竟然还有读者想到《文艺》提出要求复刊，让人心热。现实的严峻让萧乾完全发不起狠来，协助编教材这份活儿，明摆着是杨、沈二位老师的救济，而且这套正在收尾的教材前景暗淡，影响到所有编辑人员的生计，所以手里这封暖人心的信，成了救命稻草。于是，萧乾干劲十足地在北门街遥编起《文艺》来，“一时，许多朋友又从敌后，从游击区，从陕北寄来了文稿。我在昆明那张小桌又热闹起来了”[1]。《文艺》版复刊同样让萧乾身边的作家们欢欣鼓舞，从几个月后香港版《大公报》创刊，8 月 13 日萧乾编辑的第一期《文艺》开始连载沈从文系列散文《湘西》上面可以看出，已经变得沉闷的五福堂因此注入一股活力。

初来的暖流在九九严寒面前转眼散尽，萧乾每次热情洋溢编好一个整版的《文艺》邮寄去后，收到的报纸令人泄气：《文艺》有时变成半个版，有时压缩到两三栏，成了个不定型的报屁股。萧乾不明白是广告太挤还是报馆的上层意见相左所致？想写信问其中原委，又不是信上几句话问得了的，远离报馆的遥编工作，变得一次比一次没劲，也就歇手了。

那张只热闹了一阵子的小桌回到更加冷清的日子里，萧乾与《梦之谷》主人公“我”一样，心中仅有的一点光亮和梦被全部“吞走”，彻夜失眠的夜晚，独自在小桌前枯坐到窗口微明，迎来的还是茫然的一天，萧乾的这种心理感受，沈从文也同时体验到了，并在当时所写

[1] 萧乾：《未带地图的旅人》，北京：中国文联出版公司，1991 年 9 月版。

的一篇文章《潜渊》里写道："一个战败之士受伤后，武器没了，力气丧尽，只有独卧荒草间弹泪。"这就是萧乾的写照。

7月里一天，萧乾收到封电报，拆开一看，还是胡霖拍来的，正不想理睬之际，电报纸上简短几字立即抓住了他的心：一是胡霖对在上海遣散同仁"有悖情理"而歉疚，二是要萧乾不日启程到香港创港版《大公报》。萧乾反复读电报，打字机打出的冷冷几行字在他心里已变成一团热烈明亮的火，虽然不知创刊之事是否又要熄火，但在黑暗的低谷，已是夜空中透出的一束曙光。接电报后不几天，萧乾又接到胡霖寄来的一封航空信，这封长信里，老板再次对遣散萧乾等同仁而深表歉意，表示今后无论遇到什么困难再不轻易散摊子，然后谈到创办港版《大公报》把它作为宣传抗战前哨的用意和决心，最后让萧乾接到电汇路费就火速赴香港编副刊《文艺》。

这一次是真的了，萧乾拿到了路费汇票。被杨振声、沈从文收留近一年时间后失而复得的这份职业，不仅让萧乾因自食其力而恢复了自信，还让他对自己没有像血性男儿一样去投奔延安或去敌后直接参战的那份自卑，有了恢复自尊的地方，因为创刊的报纸就是宣传抗日救国的前沿阵地。萧乾为此亢奋到令素来性情平和的小树叶都颇为不悦的程度。他此时看到的还只是眼前可见的，还有看不到的人生大转折在等待他——因战争而失业，也因战争而成为驰骋在欧洲战场上的第一位中国记者。他离开北门街去香港，开始迈出了这一命运转折的第一步。

1938年7月下旬，萧乾告别五福堂离开北门街，与在云南大学应聘教书、放暑假回上海省亲的施蛰存结伴，从昆明乘滇越小火车，转道越南坐轮船到香港。他手里提着的那只从上海逃难出来后一直随身携带的小手提箱里，放着一叠厚厚的《梦之谷》手稿，或许还带上了沈从文到昆明后续写的《湘西》文稿。

5. 感情风波与名篇问世

萧乾在北门街时，既于落寞中创作出唯一长篇小说《梦之谷》，又在感情风波中写出名篇《血肉筑成的滇缅路》，大起大落得形如狂涛，忽而跌下深渊，忽而直升巅峰。

1939 年初春，萧乾从香港原路返回昆明。这时的昆明遭日机空袭已五六个月，北门街五福堂未受损，跑警报也方便，出北门就是躲飞机的荒野，只是住满了人——原有的人员除萧乾之外都还在，新增加的有沈从文的家人和杨振声好友父女俩，变成个十一二口人的大家庭，萧乾再回这个热乎乎的家时，只能是过客。

萧乾重回昆明有两件事要做。作为香港《大公报》记者，要采访引起国际关注的援华抗战物资运输大动脉——修筑通车只是半年的滇缅公路。萧乾托人找了家银行的卡车，作为一条“黄鱼”（驾驶员私下收钱载客）上路，沿滇缅公路从起始地昆明到终点站缅甸腊戍，用三个月时间跑了个来回，写出系列通讯《血肉筑成的滇缅路》在 6 月 17 日至 19 日的《大公报》上连载。关于这篇文章的写作地，萧乾自己没说在哪里，大概是施蛰存说，在昆明。这有可能，因为萧乾采访滇缅公路回昆明，已是 5 月左右，接下来还要处理个人的重大问题，回香港的路必须转道越南要花好几天时间，所以在昆明写比较合理。在昆明写，就是在空袭下写，在个人感情狂澜中写，这些影子可以在《血肉筑成的滇缅路》中那种激情澎湃和酣畅淋漓中捕捉到。

回昆明要做的第二件事是为摆脱个人的情感困境。香港《大公报》创刊萧乾回到岗位上后，与一位漂亮的女钢琴家坠入爱河。他想把在香港的婚外情忘掉，回昆明与一直在西南联大上学，与自己没有半句口角的小树叶加固感情纽带。

我们不妨通过汪曾祺晚年的回忆来看这时小树叶的状况。回忆文章里写道，王树藏（即“小树叶”）、萧珊（日后巴金的夫人）、刘北汜、萧荻和王文焘几位学生一同住在文林街金鸡巷4号，他们住的楼上有个小客厅，吸引得联大教师和同学们常去。汪曾祺是常去的男同学之一。汪住在若园巷，房东家的一棵缅桂花树花开时节，香气弥漫，香出巷。这时候汪就送缅桂花给同学，给萧珊和王树藏送过两次。来小客厅的教授，沈从文爱拉上个熟人一起去，在小客厅给同学们讲点什么，有次拉金岳霖同去，出了个小说与哲学的题目让金岳霖讲，金讲不下去还闹出个笑话[1]。

萧乾采访滇缅公路三个月里所遭受的生活艰辛和沿途热带雨林瘴雨蛮烟的恶劣气候，让人死里逃生一般。他以为如此一来可以使自己的感情纠葛自然化解，可是一回到昆明跑去见小树叶，又全都失败了，只得老实招供并提出离婚。一番曲折后，萧乾深陷于两个女人之间的

[1] 汪曾祺：《昆明的雨》，济南：山东画报出版社，2004年1月版。

感情沼泽无法自拔，只得一走了之，9月1日从香港乘上开往马赛的轮船到英国伦敦去了。他身后的两个女人各有所归。

此时的萧乾，一边写采访文章寄往报社，一边与小树叶谈分手，伏案疾书时回到了令人热血沸腾的一路经历中，放下笔时又重回感情泥潭。春夏之交的昆明城空袭频繁，联大教授绝大多数都疏散到乡下了，只有学生们还住城里。联大高原文艺社得知萧乾回昆明，请他去联大做报告。北门街五福堂正在散伙，沈从文一家搬东边呈贡，杨振声搬北边农村，其余的各搬一处。不知萧乾离开昆明回香港报社之前，是否去北门街住地再看了一眼？如果去了，不论杨、沈二位老师搬走与否，五福堂都到了终结时，都让麻烦缠身的萧乾不是滋味。

尾声

梳理了萧乾二十多岁在北门街印下的这串脚迹，才明白耄耋之年的他路过这条街时为何只是一瞥。轻易去触动这段往事，显然不是一个人年老以后的所为，萧乾只是不由自主地瞥了一眼。如果这一眼里浮现出了那时的人，从此之后到生命不剩几年时光里的反思文章，尤其是病逝前夕写的短文《心债》，明显可见，能立即来到眼前的身影，除了成为心债、早已过世的那个“她”，最强烈亲切的莫过于杨振声和沈从文，而两位也作古多年。一切的一切总令人惆怅，虽然说是“不用看”，还是情不自禁地看了一眼。

萧乾发出过这样一句感叹：“我以活到今天，还能提笔追忆我们师生间这段情谊为幸。”[1]我如今之幸，是终于知道解读恩师萧乾二十多年前对北门街，投去的最后一瞥。

此文选自黄豆米散文集《老昆明碎片：北门先生》，云南人民出版社2017年6月版，选用时有删减。

[1] 萧乾：《萧乾全集·第四卷·散文卷》，武汉：湖北人民出版社，2005年10月版。

如烟滇缅路，萧乾依旧在

黄豆米

如烟滇缅路

寒冬在滇西高黎贡山寻幽滇缅路，山寂路空，石缝挤出稀稀拉拉荒草的残断弹石路上，落叶打在道路护栏桩和生锈铁链上唰唰直响，寻声望去，猛见一排排“滇缅公路遗址”字样，定神看，是几步一个的水泥护栏桩上刻着的大字。每个护栏上只刻着这六个字，没有多余的内容，令人好奇得要数数有多少个桩。路桩多得没数尽，六个大字已变成一排排感叹号打在心上，不容人不想起《血肉筑成的滇缅路》，不能不想起萧乾,往前方路断处的树林望去,依稀有年轻萧乾身背行囊、胸前挂照相机、英气勃勃的身影。这应该是七十多年前香港《大公报》记者萧乾采访滇缅公路时的样子，那时他在高黎贡山上俯瞰滇缅公路被震撼时朝大峡谷发问这“是可能的吗？”的声音，此际依稀可闻。

二战中，为抗击日本侵略而抢修起来的滇缅公路，曾是运输国际援华物资唯一的大动脉和生命线，中国公路史上还没有哪一条路像它那样，足以牵动世界各国的神经，它曾是同盟国与日德联军对阵棋盘上举足轻重的一粒棋子。英国拿这粒棋子与日本、中国做交易，时舍时保，1940 年封锁滇缅公路三个月以讨好日本，1941 年转而与中国签署《中英共同防御滇缅公路协定》，中国远征军为保滇缅公路入缅作战，与同盟国一起抗击日本，第一次十万人出征，撤回国的只有四万人和戴安澜将军的骨灰。日本承认在亚洲作战，有三次是被全歼的“玉碎战”，这三次“玉碎”都碎在滇缅公路上：一次是怒江西岸的松山战役，一次是滇西的腾冲战役，一次是缅甸北部的密支那战役。敌方的惨败与我方的巨大伤亡已经说明滇缅公路是怎样的一条路。

第二次世界大战使滇缅公路瞬间显赫于世，几十年的和平岁月又让这条路成为遗迹。新中国成立后，它渐渐被改造变成 320 国道，进入高速公路时代，它几乎被杭瑞高速公路替代，只有深山旷野中尚存的几段故道作为历史文化遗迹被保护下来，“滇缅公路”变成书本上的历史名词。此时的故道上，大自然替代了战争年代的滚滚车轮，继续销蚀擦拭着残缺的弹石路面，石头光滑得似乎能在上面映现出当初的场面。路下方原本怒涛翻滚的怒江水，因峡谷太深已看不见它的暴怒，四顾茫茫，只有啸啸山风，唰唰落叶，万般寂寥里正是诵读《血肉筑成的滇缅路》以祭祀这条奇迹般的公路，遥想烽火滇缅路上的萧乾之时。

滇缅公路边开挖边通车的第一个春天

那是1939年春，京城已有名气的作家、香港《大公报》记者、二十九岁的萧乾来到滇缅公路采访，从昆明托关系做“黄鱼”搭货车上路。公路通车没几个月，仍在不断开挖修建中，萧乾用三个月时间从昆明到腊戍，腊戍再返回昆明，冒险走完全程，被这条为运输国际援华抗日战略物资而抢修、在滇西连绵不绝的崇山峻岭中和缅北热带丛林里穿行的大动脉所震惊。他形容自己被这条路的宏大工程慑服到“屏息”“微颤”的程度，如同儿时第一次踏着高耸的石阶上到寺院被罗汉堂奇形怪状的塑像所惊讶，又像初见万里长城被那伟大的工程惊愕得倒吸一口冷气。这种感觉最集中的地方在惠通桥西岸陡峭的高黎贡山上，公路在陡坡上拐出一道道令人心惊胆战、让人眩晕的急弯，萧乾说自己搭乘的“汽车呜咽喘嘘”三个小时才从江边爬上山顶，停车休息回过神来后，抱手俯视脚下从汹涌的怒江边蜿蜒而上的公路和公路上蚂蚁样结队爬行的军用卡车，禁不住摇头自问：这条上千公里大动脉的修筑是可能的吗？

这条大动脉让当时以至现在的人们都难以置信之处，不只是修筑的时间速度——九个月修成通车，更是没有机械全靠人力完成的奇迹。萧乾采访的一路，不见一台推土机或其他简单机械，只有“密如蚂蚁”的筑路民工，“一条那么长、那么艰险的公路，竟然光靠胳臂拉、肩膀挑，就那么赤手空拳地修了起来”。

对此，拥有世界王牌筑路机械凯斯的美国不怀疑不行：那么短的时间内，靠机械筑路都难以修成，何况全靠人力！这个事实，在萧乾来到滇缅公路前两三个月，美国大使詹森已奉命驱车从起点昆明到终点腊戍走完整条公路亲自证实了，但现实还是不可思议。

1937 年 7 月日本发动全面侵华战争，8 月日侵军封锁中国海岸切断中国获取外援的通道。中国人不做亡国奴向日本鬼子宣战，但中国抗战需要外援。世界反法西斯同盟需要日军陷入中国战场不能抽身去对付其他国家，当务之急是让中国有支撑下去的源源不断的战略物资。如此一来，必须在抗战大后方的云南抢修一条从昆明到缅甸腊戍的滇缅公路，接仰光港出海口，开辟运输国际援华抗战物资的新通道。1938 年 11 月，历时 9 个月，全长 1146.1 公里（中国境内 959.4 公里）的滇缅公路在没有任何机械、全靠人力开挖的情形下建成通车，消息传到美国，总统罗斯福怀疑，下令驻华大使詹森取道这条新通道回国直接向他报告。詹森从昆明驱车到腊戍，车轮碾过滇缅公路的每一公里路和每一座桥梁后回到美国向总统当面呈述。

香港沦陷后，滇缅公路成为中国抗战唯一的国际援华物资运输线，来自反法西斯同盟国的所有援华物资通过滇缅公路运入中国。公路从通车之日到 1942 年 5 月被日军切断——侵占了缅甸的日军沿滇缅公路快速进入云南，最后被阻挡于天堑怒江，在西岸与中国远征军长期隔江对峙——的三四年里，运进的战略物资中，仅汽油就是 20 多万吨，真正成了抗战输血管。

这条大动脉的修筑，连当时的萧乾都发出叹为观止的自问，今天生活于现代化的人们，就更匪夷所思了：在海拔落差千米的高山峡谷间开凿一条上千公里的汽车公路，竟然没有用一点机械设备，哪怕是一台推土机，全靠沿途百姓一锄一铲挖，一箩一筐挑，用土制火药炸山，用小锤敲石铺路。修路人全是保甲制度征派来的，有男劳力，还有为数不少的妇女、老人和儿童，萧乾眼见“老到七八十，小到六七岁，没牙的老媪，花裤脚的闺女”，既然是征派，所有民工自然没有一文钱报酬，也不管吃住，自带口粮铺盖，病死伤亡也是自己的事，很多死了没人知道。这样什么都不管只让干活的事，现今可能吗？所以现在人崇敬滇缅公路的修筑崇敬到词穷时，干脆用一个“抠”字来形容——那可是包括老弱妇孺在内的公路沿途百姓在既无报酬也不管生活和伤亡的前提下用自己的双手生生“抠”出的一条汽车公路！修建这条公路的伤亡人员没有官方统计数字，史料大多记载死亡 3000 人以上。萧乾悲天悯人，唯恐这些无名筑路者被世人忘记，怕后世不知道这条国际大动脉怎样修筑而成，在《血肉筑成的滇缅路》中一次次提醒：“有一天，也许你会跨过这已坦夷如平地的横断山脉，请侧耳细听，车轮下咯吱吱压着的有人骨呵！”结尾又直呼：“有一天你也许要在这条血肉筑成的公路上旅行。你剥橘子、糖果，你对美景吭歌，你可也别忘记听听车轮下面咯吱吱的声响。”

滇缅公路现存不少历史照片和影像，记录了男女老少民工如何用原始工具在大山里硬生生修出一条公路的场景。萧乾采访滇缅公路时，随身带相机，可惜如今哪怕上网海量搜索滇缅公路老照片，均找不到一张署名萧乾的，所以萧乾在滇缅公路上留下的唯一影像，仅有他 83

1942 年萧乾在英国广播公司

岁时以中央文史馆馆长身份率馆员来滇考察期间重走滇缅路时拍摄的，那时的滇缅路虽然叫320国道，但是路基本还是半个世纪前萧乾采访时走过的。作为记者的萧乾，没能留下滇缅公路的照片；作为作家的萧乾，在当时港版和渝版《大公报》上刊发了五六篇通讯，其中七千多字的《血肉筑成的滇缅路》（刊载在1939年6月17日至19日香港《大公报》）既是记录滇缅公路修筑的名篇，还是传颂至今的文学佳作。后来萧乾任香港《大公报》驻英国记者，又发表了英国政府对滇缅公路反应的报道，他因此用文字为滇缅公路留下了全影。

滇缅路历险

萧乾笔下，滇缅公路筑路场景壮烈凄绝不忍卒读，他一路采访一路与死神擦肩，也让人心惊肉跳。

滇缅公路上恶性疟疾“瘴毒”的流行对所有人构成严重威胁，平时体验不出多少，在全球新冠病毒肆虐之下的今天来重温《血肉筑成的滇缅路》和萧乾晚年为这篇文章续写的“余墨”，才体会到了当年萧乾从香港来采访滇缅公路的无畏。他头一年虽然随杨振声、沈从文一起流亡昆明了大半年，但在城市做难民，再难也只是饥饿和躲日本飞机轰炸。从昆明出发走仍在修筑中的滇缅公路，就格外需要勇气了，在国内段要面临路途危险与瘟疫，国外段还要面临政治敌视等等。

滇缅公路穿越的地带大多是瘴疠之区，萧乾对此有防备，带蚊帐上路，给餐具消毒，让他没料到的是，修路工地缺医又无药，休想找到一粒治恶性疟疾的药，《血肉筑成的滇缅路》里用不小篇幅记录工地上流行的泥鳅痧、哑瘴、羊皮痧等瘟疫，有一个县来修路的人，死于恶性疟疾的就有五六百；造一座石桥的两百名石匠，只有一半生还，“死于瘴毒的数目很惊人”。

萧乾在通讯《被遗忘的人们》（1939年6月29日香港《大公报》）里写自己走到龙陵即将前往芒市坝子时，好心人都劝阻，说，常言“要上芒市坝，先把老婆嫁”，你进去，可能有去无回。萧乾相信自己睡觉支蚊帐、吃水煮沸、食具消毒，凭这些卫生防护，可以闯闯这闹鼠疫似的“死亡的陷阱”。他走向芒市坝子，迎面果然一派恐怖气氛：入口道路两侧围着一层层荆棘，远处高悬一块“前面危险行人止步”的木牌。他没止步，径直往前走，见到的芒市却是一个“美丽得使人叹息的地方”。几十年后萧乾把写芒市的这一节单独成文，起名《我爱芒市》收入散文集。

幸运地闯过芒市，前面仍有瘟神把守。有天，萧乾与在路上结识的一位旅伴找不到落脚的旅店，天黑后只得露宿，两人在公路边找个稻草堆躺下，人年轻，地为铺天当被，很是潇洒，说说笑笑睡去了。半夜，萧乾被湿漉漉的夜露冻醒后再也睡不着，他推推身旁旅伴，一推，旅伴全身僵硬，再伸手一摸，对方身子全凉了，喊叫不应，摸摸鼻孔，没气，已是一具尸身。当地人一看，说是瘴气致死。死神抓走了旅伴，放了萧乾。

萧乾继续往前，准备在通过畹町口岸出境的头天晚上，去向一位从马来西亚志愿来滇缅公路开车的印度籍南洋机工告别，这位受过中等教育、马来西亚的家里开着汽车公司、年轻富有的机工开着运送军用物资的卡车与萧乾搭乘的货车同行过一段路，对萧乾很敬重，每见萧乾，必行个不标准又僵直的军礼。这位机工染瘴气病倒了，躺在床上，见萧乾来告别，仍挣扎着从被窝里伸出消瘦如柴的手臂，颤巍巍地要行个军礼。

滇缅路修筑工地上，被采访者含泪讲述身边人为路捐躯的事，数不胜数，而采访者自身，同样眼睁睁瞧着旅伴们一个个被瘟疫夺去生命，可以想象即将踏上缅甸境内滇缅路时的萧乾，内心怎样的悲壮与热血沸腾，而迎接他的，却是兜头一盆凉水——反对中国物资和国际援华抗战物资过境的空气充斥缅甸。缅甸是英国殖民地，日本要牵制英国封锁滇缅公路掐断国际援华物资的大动脉（一年后英国就范），迫使中国投降，哪容得萧乾把中国抗战的声音带入境。

萧乾在《印缅友谊值得争取》（1939 年 6 月 15 日、16 日香港《大公报》）一文里写道，在缅甸，旅缅的日本侨民只有区区五百人，却以一当百成为日本牵制英国、扼断滇缅公路的间谍，而旅缅华侨三十万，声势却小得可怜，有个救亡组织还遭破坏，没有一点助祖国抗战的声音。在缅甸所见，从政党到民众一边倒的亲日排华声势：半年前是大罢工；眼下五月浴佛节“大光寺前麇集了数万群众，反对中缅交通”；看报纸，《太阳报》等缅文报刊都对日本入侵中国持为虎作伥的论调；在滇缅公路尽头的腊戌小镇上，萧乾用英语与仇华的缅甸年轻人就滇缅公路对缅甸是福还是祸的问题，公开辩论……在这样的敌视气氛中，萧乾一度受困，几经周折才脱身回国。

萧乾从缅甸腊戍沿滇缅公路返回昆明，从昆明经越南抵达香港，安全地坐到报馆编辑部办公桌前，一口气写下五六篇滇缅公路见闻时，回顾一路所遇，还心有余悸。

这几篇集中刊登在 1939 年 6 月中下旬香港《大公报》的文章，均未提在缅甸受困一事，萧乾晚年在回忆录中也只用了在腊戍“我几乎被困住”一笔带过。在缅甸大失所望的原因，从《印缅友谊值得争取》一文里推测得出是缅方的敌视和自己侨胞的冷漠。萧乾冷静分析，在文章末尾解剖道：“该埋怨缅甸人吗！……我们怪缅甸人观念错误，然而我们从没有把更真切的事实传达给他们。”

今日来看萧乾在缅境内受困，不是坏事，反而必要，一条公路在两个国家一个似火一个如冰的情形对比，激发萧乾斗志，让他看清自己作为一名采访过滇缅公路的记者所肩负的责任，即要让世界知道这条中国抗战大动脉修筑的不易和中国人抗战坚忍不拔的意志。所以胸中没有蕴积起愤怒的火山，哪来气吞山河之势，哪有慷慨当歌的笔力，哪写得了让人热血沸腾的《血肉筑成的滇缅路》。滇缅公路一千多公里，哪里是要害？这条公路在缅甸境内不过两百公里，整条公路修筑最艰险的地方在滇西，有五百多公里，其中以怒江惠通桥两岸为甚，只有走完整条公路的人才会抓住这个要害，《血肉筑成的滇缅路》就是从这个地方展开写的。萧乾晚年为这篇文章续写“余墨”道，滇缅公路“那真是个大题材。只是我初出茅庐，笔力很嫩”。让年轻萧乾第一次面对大题材就写得下笔如有神，一气呵成，除了滇境内的主要经历，少不了缅境内的受挫。

1944 年萧乾在英国阅读自己在《大公报》上发表的文章

离开滇缅公路三个月后，萧乾到英国做香港《大公报》驻英记者，后来赴欧洲战场做战地记者，一共七年时间。这七年的战争体验，其中所遇最大的危险，竟然不是在欧洲战场，而是在滇缅公路上：我“那三个月在这条修建中的公路上奔跑，比奔驰在西欧战场上要危险多了，经常看到死亡：有从险恶的山路上翻车葬身山谷的，更多的是由于‘瘴气’而突然倒毙。”

要把滇缅公路修筑“真切的事实”传达给世人，萧乾不只在当时中国的舆论重阵《大公报》不断发表文章，还以香港《大公报》驻英国记者、全程采访报道过滇缅公路的特殊身份到国际上发声。

滇缅公路与欧洲战场上的中国记者“如影随形”

萧乾从滇缅公路返回香港两个多月就到英国做伦敦大学东方学院讲师，同时任香港《大公报》驻英记者。他 1939 年 9 月底一踏上英国本土，当地进步人士组织的援华会立即发出邀请，让这位中国派驻英国唯一的记者到英伦三岛各大城市和小城镇演讲中国抗战和滇缅公路。萧乾在《一个中国记者看二战》（生活·读书·新知三联书店 1996 年 5 月版）中回忆：在大学授课之余，担负起了这项义务演讲员的工作，英国各地到处跑，“一下子是苏格兰北端的阿伯丁，一下子又是南威尔士的矿山”，演讲开初一个月一两次，“1941 年后，中国同学陆续走光了，我几乎成为全英唯一来自国内的中国人。这种‘演讲旅行’就更加频繁了，很少有一个星期不走一两趟的”。频繁的演讲累人不说,最麻烦的是碰上不怀好意甚至别有用心者的纠缠,能把人气得肺炸。“例如1940年丘吉尔为了讨好日本侵略者，竟悍然封锁我国在抗战中唯一的对外通道——滇缅路。我采访过那条路，所以援华会多次要我去讲”，听众提问中，有人“居然为这种国与国之间赤裸裸的不义行为进行狡辩。可喜的是，听众中间主持正义的也总不乏其人，他们有时甚至抢在我前头去痛斥那些为虎作伥者”。

因为世界大战，那么遥远的一条公路在英国人尽皆知，应该不是萧乾意料得到的，他一踏上英国，刚采访报道过的这条公路如影随形而至——从踏上英国的1939年底到1941年，全英各地去演讲滇缅公路。

事情就这么巧合：英国因政府封锁滇缅公路激起全民反对，民众渴望了解这条路真相之际，一个刚全程采访报道过这条路的中国记者被派驻到了英国。而这位记者，不仅被滇缅路滇境内的男女老少以血肉筑路的伟大精神所感动，又在公路的缅甸境内了解到全缅反对滇缅公路、不支持中国抗击日本侵略者的实情，而且还有着要把中国抗战运输大动脉滇缅公路“真切的事实”传达出来的高度责任感。上天安排了这样一位要替滇缅路发声、以此为使命的人来到英国，来到世界反法西斯同盟国的核心之一，这里正是为滇缅公路发声的最好舞台。萧乾“为宣传中国抗战而遍走战时英国内地”进行演讲，同时给本报写通讯及时报告英国政府怎样打滇缅公路这张牌和英国民众如何支持滇缅公路。

1940年德军横扫半个欧洲，5月盟军在敦刻尔克大溃退，6月英军逃回英伦三岛，7月日本与英国达成《克莱琪——有田协定》，英国封锁滇缅公路三个月，9月德国对英国伦敦进行“不列颠之战”大轰炸。就在这样无语可言的噩梦日子里，萧乾深深忧虑着遥远的滇缅公路。4月在剑桥听完一场《英国是否应该援助中国抗日》的辩论后，独自一边在灯火管制下的这座大学城的中古小巷兀自走着，一边叹息着：“每个人在世上都有好朋友，唯独国家的好朋友只有自己！”7月在威尔士从报纸上读到英国宣布关闭滇缅公路的消息时，痛心得仰天发问：英国为不开罪日本，仅仅为了减少两国局势的紧张，“千万人的血汗筑成的滇缅路……就被关闭了”。8月在伦敦密切关注舆论反应，《曼彻斯特卫报》社论指责政府封闭滇缅路的失信行为，民众上街抗议游行，全英商人反对关闭滇缅路。走访中国驻英国大使倾听呼声，密切关注援华会向外交部交涉提出准许国际红十字会药品及汽油通过滇缅公路运往昆明的要求何时应答，与援华会一起做全英民众“立即开发滇缅路”的签名活动……萧乾在英国为滇缅公路东奔西忙的这些轨迹留在了1940年10月17日香港《大公报》刊发的通讯《滇缅公路开放之前》里。

英国重新开放滇缅公路前夕，伦敦正经历着纳粹德国的大轰炸，萧乾与伦敦市民一起躲空袭时，目睹到战火瓦砾中生存的伦敦民众仍在关心滇缅公路。冬雾中一个警报解除后的早晨，萧乾从香港《大公报》驻英国办事处的舰队街前往援华会所在的维多利亚街，在被炸得不成样子的援华会办公室等待负责人时，来了好几位来访者，萧乾听见其中一位老年男子告别时问援华会人员说：“滇缅公路不是下礼拜重开

后排左起依次为：胡廷武、费嘉、刘德伟、薛仲平（李鉴尧夫人）、李鉴尧、萧乾、周良沛、钱杰林、张永权。前排左起依次为：张布琼（张永权夫人）、黄豆米。1992年5月摄于黄豆米家楼下。

吗？我想准备一面中国旗，那天挂在我家屋顶上。”伦敦人在希特勒“不列颠之战”大轰炸之下生死未卜，却关心着世界那一头的滇缅公路。萧乾记下的这一幕穿过八十年时光让今人感动。

英国封锁滇缅公路三个月后又重新开放，萧乾谈自己看法：“滇缅公路未封锁前，除保守党报纸外，全英一片反对声，但还是封锁了。重开也不是因为舆论，或由于我们的抗议，而一半是美国对英国给予了保证，一半是因日本对英逼迫太甚所致。”[1]通过萧乾国内国外全方位报道，这条二战中驰名世界的公路的命运，得以完整呈现，他无意中成了滇缅公路的发声人。

滇缅公路随着它的重新开放而退出英国公众视野，两年后的1942年萧乾也先后随英军和美军驰骋于欧洲各个战场，滇缅公路再不用萧乾操心了，这反而让萧乾念念不忘起来，如果要问在欧洲战场上有什么让这位中国记者最难忘的？最难忘的不是那些众所周知的著名战役，而是战争中不开一枪的事件——英国封锁滇缅公路三个月。萧乾在《一个中国记者看二战》书中回忆说：“作为一个中国记者，最难忘是丘吉尔为了保住英帝国在亚洲的领地——到头来也并没保住——在1940年夏天为了绥靖日本，竟悍然下令封锁了我们的滇缅路。那在当时是中国抗战唯一通向外面世界的孔道，我们的喉咙。”

采访达豪集中营是萧乾在欧洲战场所见最惊心的一幕，见了达豪集中营的当晚做噩梦说呓语，直到翌日到阿尔卑斯山一座湖畔小村庄，

---

[1] 萧乾：《一个中国记者看二战》，北京：生活·读者·新知三联书店，1996年2月版。

美丽宁静的景色才让萧乾缓过神来，其实，眼前风景只是舒缓剂，把他受惊吓的魂给唤回来，让神定下来的，是想起了祖国，具体说是想起了滇缅公路上的古城昆明和傣族村落："第一个感觉是宛如从上海刚到昆明，或是由昆明刚到芒市。"（刊载于1946年1月4日至5日重庆《大公报》的通讯《阿尔卑斯雪岭》）

可见萧乾不管走到世界的哪一端，不论所遇怎样，也不论生前生后，滇缅公路这根无形的线，总牵着他。

路之魂

萧乾采访滇缅公路后整整半个世纪没见这条路了。这条路随着二战结束从世界视野里消失，在和平年代回归到它平常状态，作为一条经济落后地区的边疆国道而沉寂着。但它在萧乾心中难以忘怀，成了情结，以至于在生命最后几年、没日没夜翻译那部世界文学史上最难读懂而被视为"天书"的《尤利西斯》到了冲刺阶段之际，竟然为素不相识的边疆无名小卒写滇缅路的处女作序、又与作者结成忘年交、书信往来至生命终结前一年，成为一段文坛佳话。

20世纪80年代末我第一次读到《血肉筑成的滇缅路》，给我的震动不只让我接连写出了中篇和长篇，还想入非非不知天高地厚起来：一个边疆初学创作的人，竟然一定要打听到那位素昧平生、连人在哪儿都不知道、甚至怀疑是否还在世的文学大家，为自己的第一本书《山红谷黑》写序言。结果梦想成真，偶像成了我的文学恩师。

后来我才悟出，这个佳话好像属于一个人的幸运，实际上是萧乾与滇缅公路一辈子都剪不断的纽带使然——任时光流逝，岁月风霜侵蚀，这条公路一直是萧乾心系的纽带：年轻时写《血肉筑成的滇缅公路》后，仍觉有朝一日还要写写那些伟大的筑路人，可惜人生短暂，老来也没顾上："你写了我在青年时代想写而未写的滇缅公路筑路人的《山红谷黑》，我自是非常兴奋。我因年老体弱，一般不大为人写序，但这篇序我责无旁贷。"这是恩师给我写的第一封信的开头两句，一切都在这两句话中道明了。萧乾写这封信时已八十三岁，正与夫人、著名翻译家文洁若没日没夜、争分夺秒翻译詹姆斯·乔伊斯的《尤利西斯》，无论年高体弱与所患的疾病，尤其是信中只字未提赶译《尤利西斯》之事，哪容得其他事插入，可滇缅公路的事偏偏在这时候闯入了，年轻时有两三年时间不停为之宣传呐喊的这条路，年轻时想做而未了的事，年老时，又来到面前，"自是非常兴奋"，于是责无旁贷，欣然允下了一个陌生的边疆无名小辈的请求，在翻译皇皇巨著之际挤时间为我写滇缅公路的《山红谷黑》作序。萧乾离世后十年，著名老诗人周良沛在为萧乾编辑出版的《从滇缅路走向欧洲战场》（云南人民出版社 2011 年 2 月版）一书里写序指出：萧乾当年从滇缅路走向欧洲战场，无论在英国写下滇缅公路被英国封锁后的忧心，还是随英军和美军奔赴不同战场所写下大量通讯中的那些"远离浪漫""排除了情绪"而呈现冷静、深刻、真实的云南影子，都是萧乾的滇缅路情结，五十年后，萧乾"为今日有人在做他当年对滇缅路想做却顾不上做的事欣慰"。

萧乾身后若有知，还应该为今人正在做着的一桩本是他心愿的事而欣慰。他当初对滇缅公路上耳闻目睹到的无以计数的修路民工因山洪、瘴疠、饥饿、用原始方法开山炸石等死去，随后几乎是弃尸荒野的情景，格外触目惊心，想到应该给死难者建个集体墓地，告慰逝者，也让将来不要忘记这条平坦的生命线是民工白骨铺成，萧乾连这样一个墓地的位置都选好了："如果有人要为滇缅路建一座万人冢，不必迟疑，它应该建在惠通桥畔。"整条滇缅公路修筑工程之艰险，莫过于在怒江陡峭悬崖上建惠通桥，萧乾形容为"活生生一幅人与自然的搏斗图"。萧乾的这个选址，现在的人也认为没有比这里更适合的了，这里既是滇缅公路咽喉之地，也是天堑。云南省滇西抗战历史文化研究会多年四处奔走，呼吁修建滇缅公路筑路历史纪念设施。前几年，研究会按时任省长陈豪和宣传部部长赵金批示拿出了方案，方案中"滇缅公路筑路罗汉雕塑园"的选址，依据的就是萧乾提议的怒江惠通桥畔，具体位于桥东端的孩婆山。其园名，也依照《血肉筑成的滇缅路》中对筑路人的"罗汉"尊称。现在，惠通桥畔已建起了滇缅公路祭祀台，萧乾应是天上有知。

萧乾晚年称滇缅公路为"它曾是咱们的命根子"，这几个字是为《山红谷黑》作序时取的标题，当时无知的我嫌这个标题普通得大白话一样，所以书出版时擅自删了。书出来送给萧老，他没追问，直到仙逝也不提，事后整整三十年我才体悟出自己的无知和恩师的胸襟，因为几十年来一直读滇缅公路方面的文章和书，始终没有读到比"它曾是咱们的命根子"这样十分贴切又一语道尽滇缅公路的，明白了这是只有年轻时亲历过正在修筑中的滇缅路，尤其是亲历过整个欧洲战场的人，晚年回首才道得出的非凡之语和对滇缅公路无可替代的生命体验。

中外史学家把第二次世界大战中萧乾写于欧洲战场的通讯特写，誉为“欧洲发展史的重要见证”，由此及彼，萧乾为修筑中的滇缅公路所写的特写和在英国写下的滇缅公路报道以及在英伦三岛各座城市所做的滇缅公路演讲，一样是这条公路历史的重要见证。万里长城是世界奇迹，却没能留下修筑史，萧乾为滇缅公路不留下这样的遗憾而作《血肉筑成的滇缅路》，这篇脍炙人口的文章在滇缅公路的历史落幕、有形之路消失、仅残存遗迹的今天，成了其精神与灵魂的长存之所。

此际书房窗前，恩师萧乾 1992 年暮春来昆时与他的老友燕京大学同学刘德伟、老相识诗人周良沛和新交李鉴尧、张永权（及二位的夫人）、胡廷武、费嘉、钱杰林几位作家以及本文作者合影的那篷硕大竹丛，正在浩荡春风中摇曳吐翠，睹物思人，竹下人大半离世，唯有那篇众人因它竹下一聚的《血肉筑成的滇缅路》不朽。

2022 年 3 月 13 日于昆明

书信手迹选

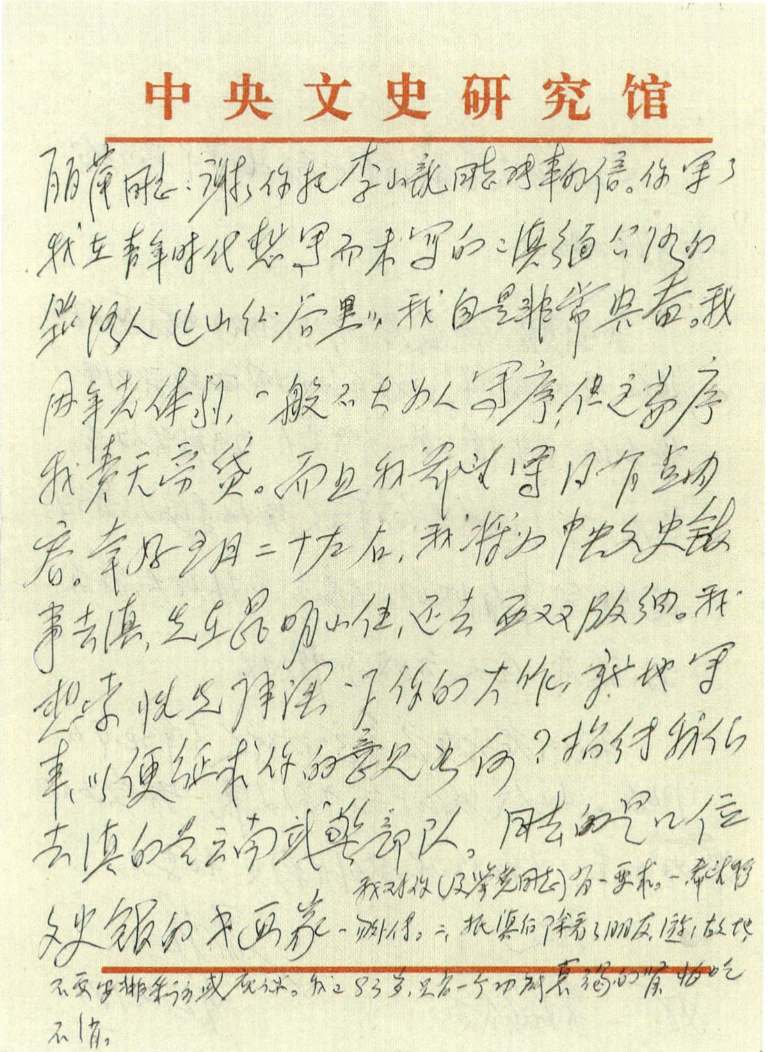

中央文史研究馆

丽萍同志：谢谢你托李小晓同志对来的信。你写了我在青年时代想写而未写的"滇缅公路的筑路人进山从谷里"，我自是非常兴奋。我因年老体弱，一般不大为人写序，但这篇序我责无旁贷。而且我希望写得有点生动。幸好三月二十左右，我将为中央文史馆事去滇，先在昆明小住，还去西双版纳。我想索性先详读了你的大作，我也写来以便征求你的意见如何？托付我们去滇的是云南武警部队。同去的是八个位文史馆的书画家。我对你（及学觉同志）有一要求。一、希望你们不必陪伴。二、抵滇后除看看朋友谈谈，故决不要安排参观或应酬。我已83岁，只是一个动脑袭稿的写作者吃不消。

第一封信：1992 年 4 月 18 日，信正面

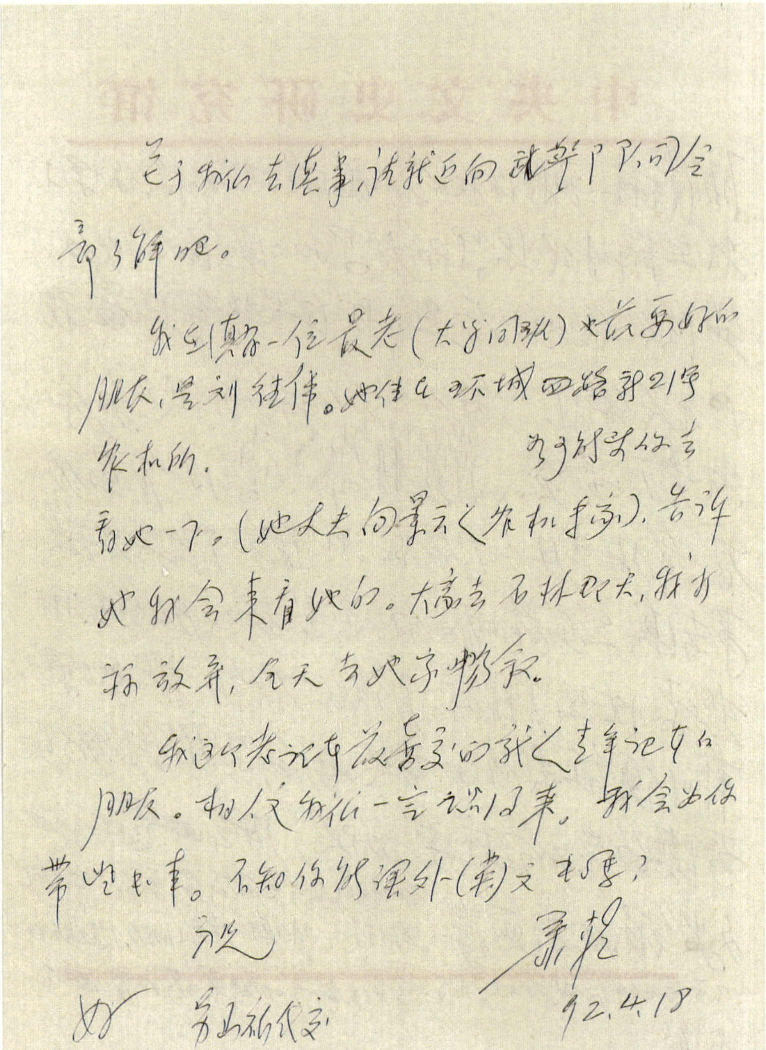
关于我们去滇事，请就近向武学门了解吧。

我在滇有一位最老（大学同班）也最要好的朋友，是刘绍伟。她住在环城西路新21号农机所。请你能去看她一下（她丈夫是向景云，农机专家），告诉她我会来看她的。大家去石林那天，我打算放弃，全天去她家叙叙。

我通常在那儿放着的我之主笔记本的朋友。相信我们一定谈得来。我会为你带些书来。不知你能读外（英）文书否？

祝

好

萧乾
92.4.18

另函祝代笔

第一封信：1992年4月18日，信背面

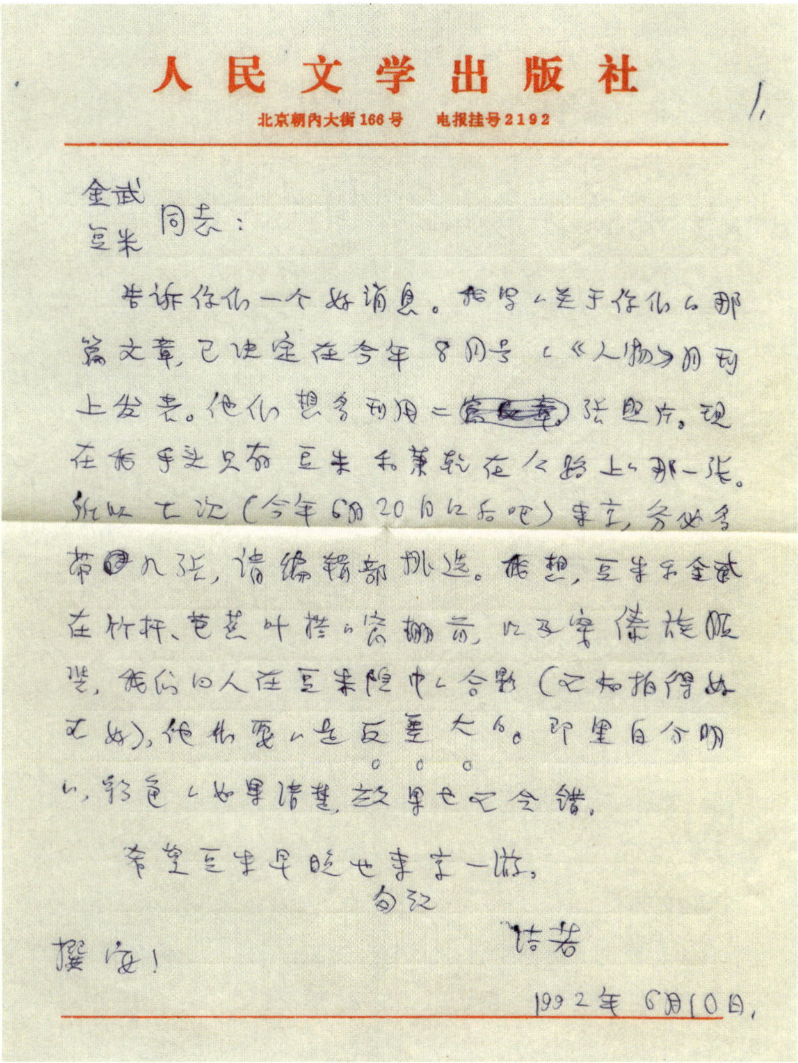

人民文学出版社

北京朝内大街166号 电报挂号2192

1,

金武
亘米 同志：

告诉你们一个好消息。我写的关于你们的那篇文章，已决定在今年8月号的《人物》月刊上发表。他们想多刊用一~~篇文章~~张照片。现在我手头只有亘米和萧乾在路上的那一张。所以下次（今年6月20日以后吧）来京，务必多带几张，请编辑部挑选。我想，亘米和金武在竹杆、芭蕉叶搭的窝棚前，以及穿傣族服装，我们四人在亘米院中的合影（不知拍得好不好），他们需要的是反差大的。即黑白分明的，彩色的如果清楚，效果也不会错。

希望亘米早日也来京一游。

匆祝

撰安！

洁若

1992年6月10日。

第二封信：1992年6月10日，第一页

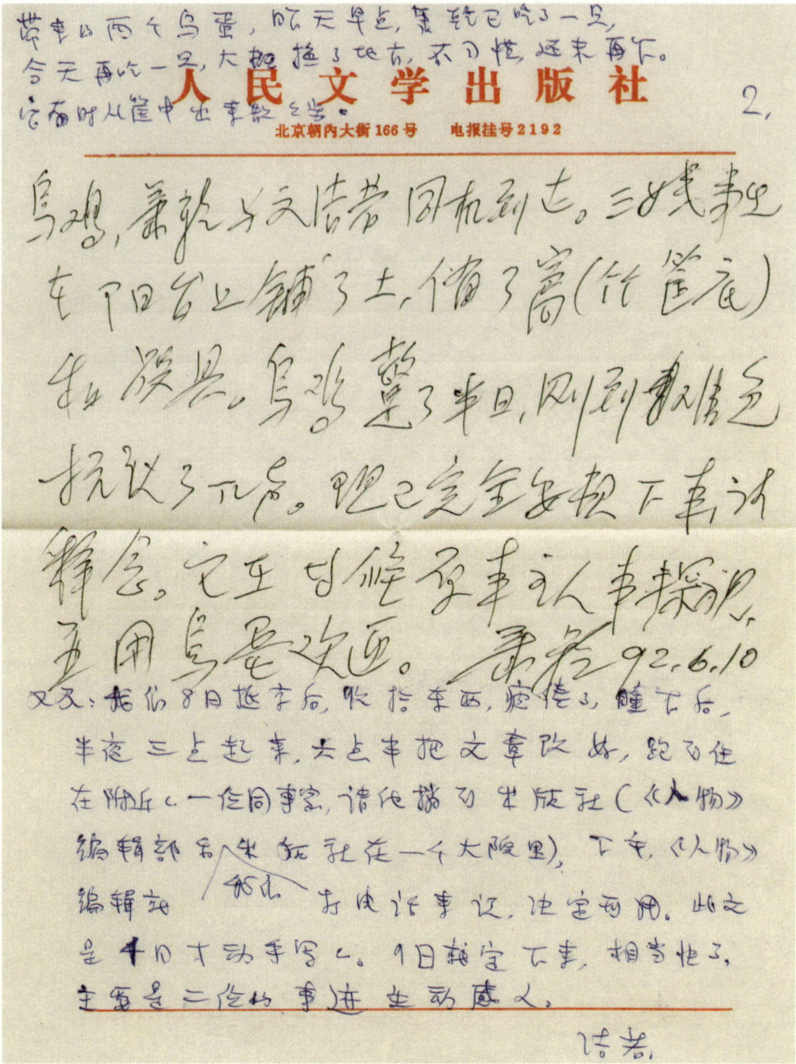

带来的两个鸟蛋，昨天早上，萧乾已吃了一只，今天再吃一只，大概换了地方，不习惯，还未再下。它当时从笼中出来就下蛋。

人民文学出版社

北京朝内大街166号　电报挂号2192

2，

鸟鸡，萧乾与文洁若同机到达。三姐先弟已在阳台上铺了土，借了窝（竹笼底）和饮具。鸟鸡整了半日，刚到就抗议了几声。但已完全安顿下来，请释念。它在此能享受主人来探视，再用鸟蛋送还。萧乾 92.6.10

又及：我们8日抵京后，收拾东西，安顿了，睡下后，半夜三点起来，六点半把文章改好，给了住在附近的一位同事家，请他带到出版社（《人物》编辑部与出版社在一个大院里），下午，《人物》编辑部打电话来说，决定可用。此文是8日才动手写的。9日敲定下来，相当快了，主要是二位的事迹生动感人。

洁若。

第二封信：1992年6月10日，第二页

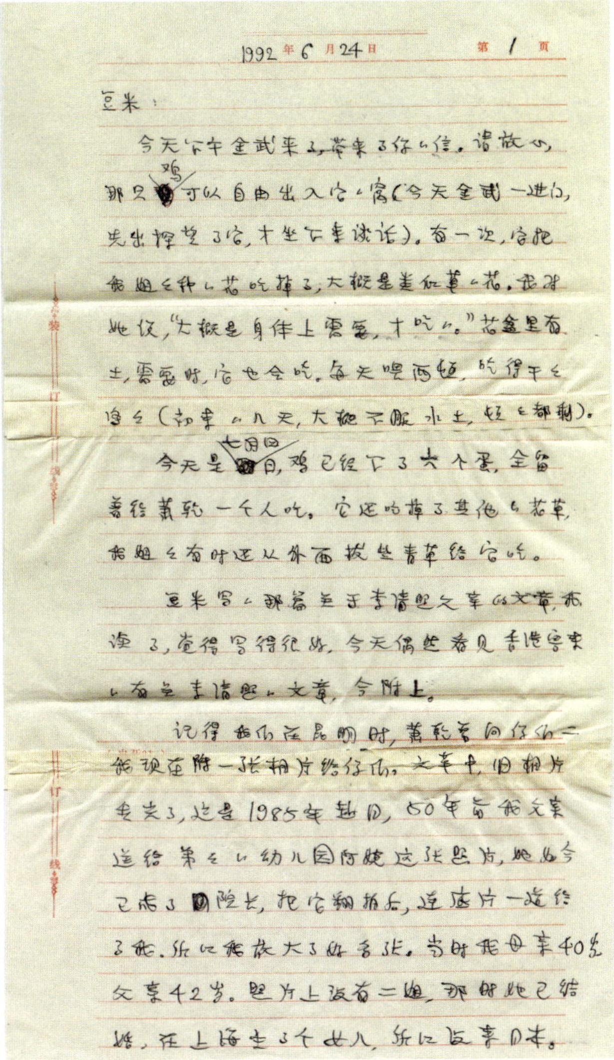
1992年6月24日　　第1页

豆米：

今天下午金武来了，带来了你的信。请放心，那只鸡可以自由出入它的窝（今天金武一进门，先出探望了它，才坐下来谈话）。有一次，它把我姐姐种的花吃掉了，大概是美人蕉的花。我对她说，"大概是身体上需要，才吃的。"花盆里有土，需要时，它也会吃。每天喂两顿，吃得干干净净（初来的几天，大概不服水土，顿顿都剩）。

今天是七月四日，鸡已经下了六个蛋，全留着给萧乾一个人吃。它还啄掉了其他的花草，我姐姐有时还从外面拔些青草给它吃。

豆米写的那篇关于李清照之辛的文章，我读了，觉得写得很好。今天偶然看见香港寄来的有关李清照的文章，今附上。

记得我们在昆明时，萧乾曾向你们二能现在附一张相片给你们。~~文革中~~旧相片丢失了，这是1985年秋日，50年前我父亲送给弟弟的幼儿园阿姨这张照片，她如今已成了园院长，把它翻拍后，连底片一起给了我。所以我放大了好多张。当时我母亲40岁，父亲42岁。照片上没有二姐，那时她已结婚，在上海生了个女儿，所以没来日本。

第三封信：1992年6月24日，第一页

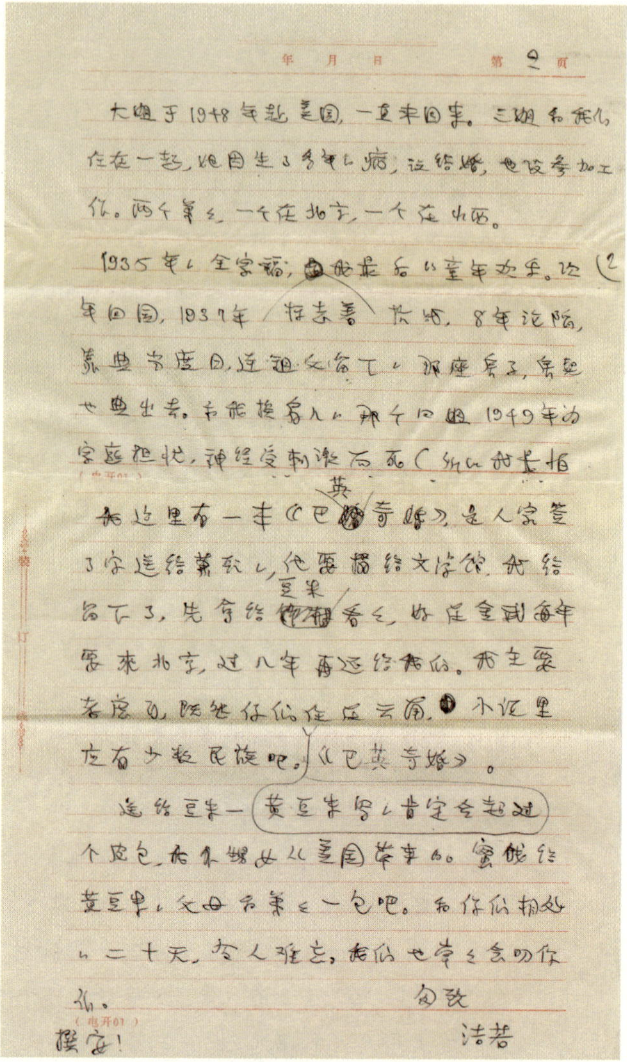
年 月 日 第2页

大姐于1948年赴美国，一直未回来。三姐和我们
住在一起，她因生了多年的病，没结婚，也没参加工
作。两个弟弟，一个在北京，一个在山西。

1935年的全家福，是我最后的童年欢乐。次 (2
年回国，1937年抗战，8年沦陷，
靠典当度日，连祖父留下的那座房子，房契
也典出去。我能挨家儿的那个四姐1949年的
家庭担忧，神经受刺激而死（所以我老怕

我这里有一本《巴英奇婚》，是人家签
了字送给萧乾的，他要捐给文学馆，我给
留下了，先拿给豆米看看，好在金斌每年
要来北京，过几年再还给我们。我主要
考虑到，既然你们住在云南，那个地里
应有少数民族吧。《巴英奇婚》。

送给豆米一（黄豆米穿穿肯定会超过）
个皮包，是我女儿从美国带来的。实能给
黄豆米的父母和弟弟一包吧。和你们相处
的二十天，令人难忘，我们也常常念叨你
们。 匆致

撰安！ 洁若

第三封信：1992年6月24日，第二页

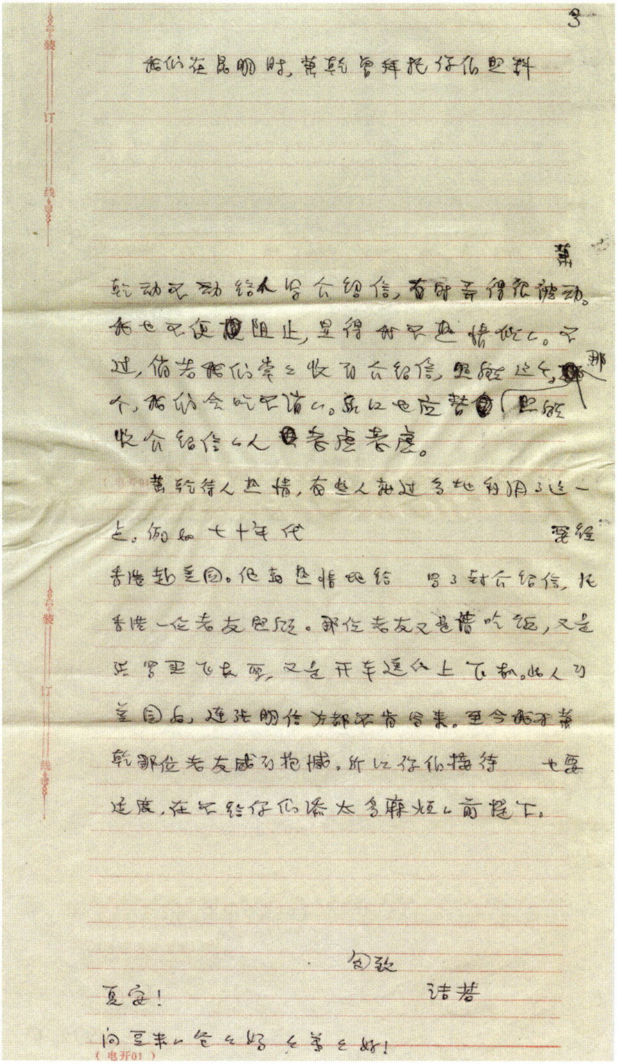

3

我们在昆明时，萧乾曾拜托你们照料

萧乾动不动给人写介绍信，有时弄得很被动。我也不便阻止，显得我不近情理。不过，倘若你们常常收到介绍信，照顾这个，那个，你们会吃不消的。所以也应替那些收介绍信的人考虑考虑。

萧乾待人热情，有些人就过分地利用了这一点。例如七十年代　　　曾经香港赴美国。他就热情地给　　写了封介绍信，托香港一位老友照顾。那位老友又是请吃饭，又是陪买飞机票，又是开车送他上飞机。此人到美国后，连张明信片都没肯写来。至今我对萧乾那位老友感到抱歉。所以你们接待　　也要适度，在不给你们添太多麻烦的前提下。

匆致

夏安！

洁若

向豆米米爸爸好、弟弟好！

（电开01）

第三封信：1992 年 6 月 24 日，第三页

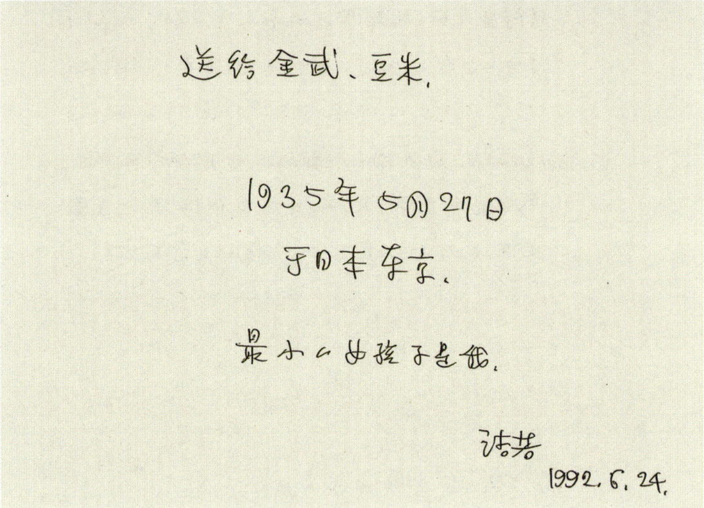
送给金武、豆米。

1935年6月27日
于日本东京。

最小的女孩子是我。

洁若
1992.6.24.

第三封信所附照片

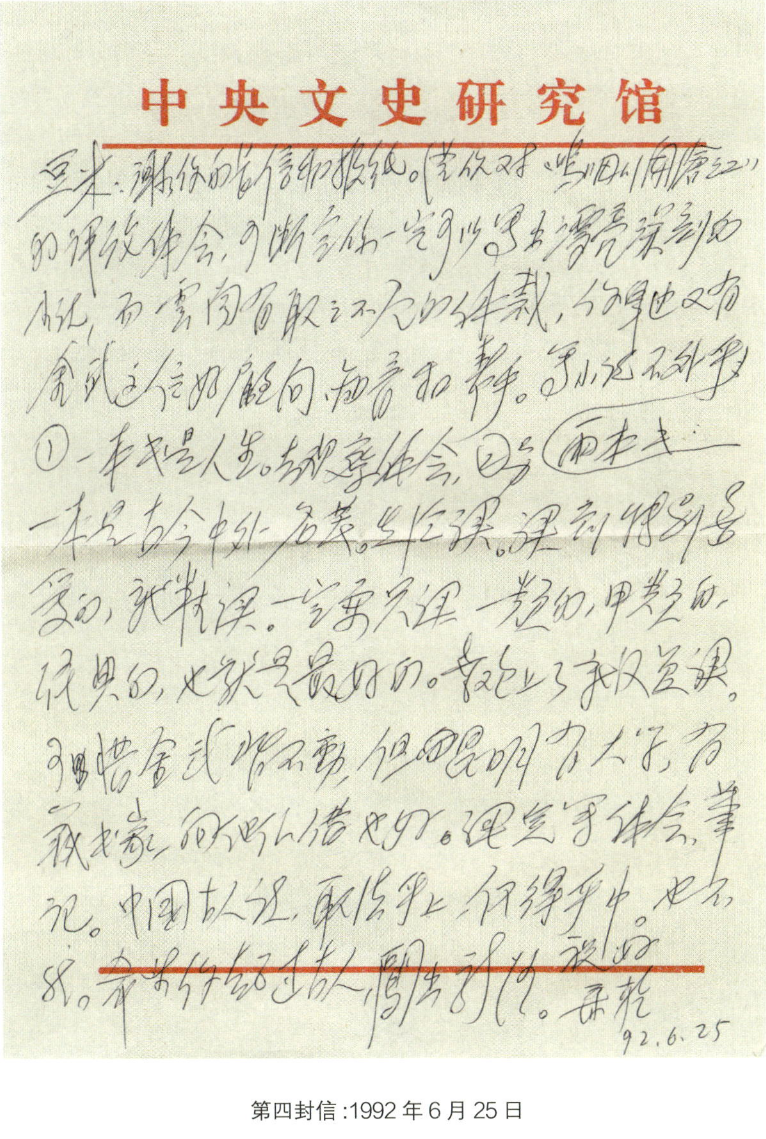
中央文史研究馆

92.6.25

第四封信：1992 年 6 月 25 日

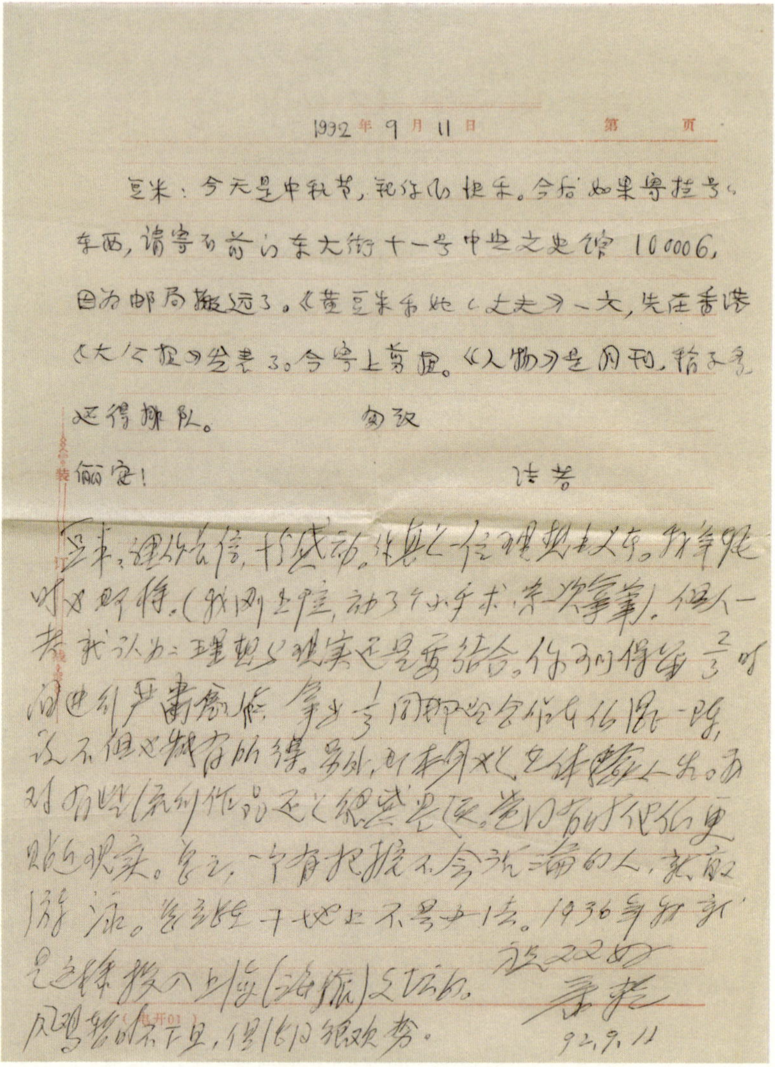

1992年9月11日　　　　第　页

豆米：今天是中秋节，祝你们快乐。今后如果寄挂号东西，请寄前门东大街十一号中央文史馆 100006，因为邮局搬远了。《黄豆米和她〈丈夫〉》一文，先在香港《大公报》发表了。今寄上剪报。《人物》是月刊，稿子多，还得排队。　匆致

俪安！

洁若

豆米：读你的信，十分感动。你真是一位理想主义者。我年轻时也那样。（我刚出院，动了个小手术，第一次拿笔）。但人一老，我认为理想与现实还是要结合。你们俩得先[illegible]可以进行严肃创作。[illegible]这不但必须有所得。另外，[illegible]。对某些（系列）作品还得[illegible]贴近现实。总之，一个有把握不会沉溺的人，就敢游泳。[illegible]站在地上不是办法。1936年我就是这样投入上海（海派）文坛的。风险对谁都有，但你们很欢势。

祝双好

萧乾

92.9.11

第五封信：1992年9月11日

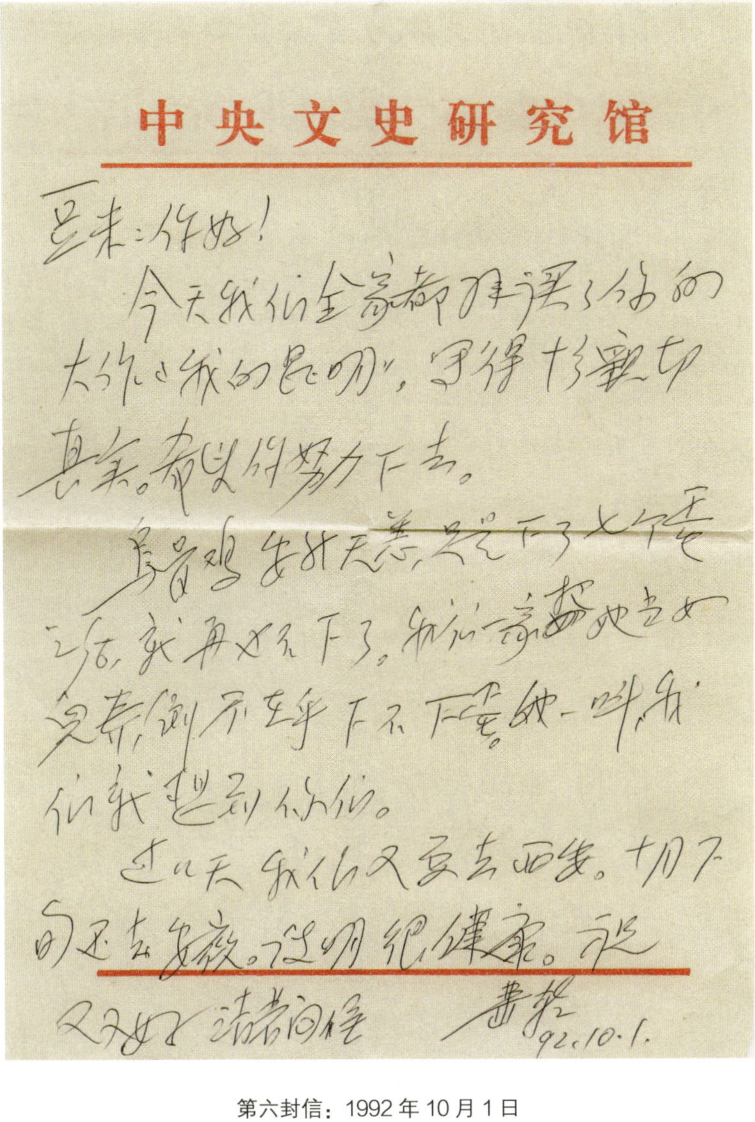
中央文史研究馆

亚来：你好！

今天我们全家都拜读了你的大作《我的昆明》，写得十分亲切真实。希望你努力下去。

乌骨鸡生4天总是下了七个蛋，就再也不下了。我们家要她也去见亲，倒不在乎下不下蛋，她一叫，我们就想到你们。

过几天我们又要去西安。十月下旬还去安徽。证明很健康。祝父母好，请代问候

[illegible]
92.10.1.

第六封信：1992年10月1日

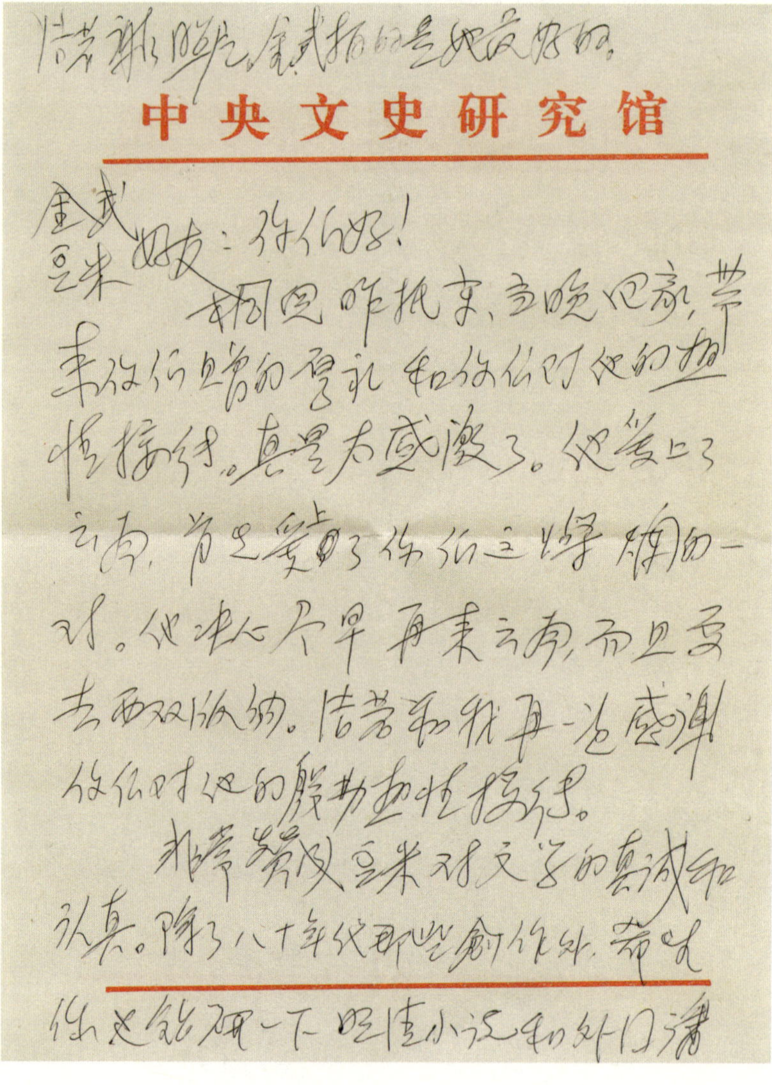

洁若补：照片，金武拍的是她最好的。

中央文史研究馆

金武
豆米 好友：你们好！

我俩昨抵京，当晚回家，带来你们赠的厚礼和你们对我们的热情接待。真是太感激了。我俩这次到云南，肯定爱上了你们这个辉煌的边地。我们决心尽早再来云南，而且要去西双版纳。洁若和我再一次感谢你们对我们的殷勤热情接待。

非常赞赏豆米对文学的真诚和认真。除了八十年代那些创作外，希望你也能研究一下旧体小说和外国清

第七封信：1992 年 11 月 13 日，第一页

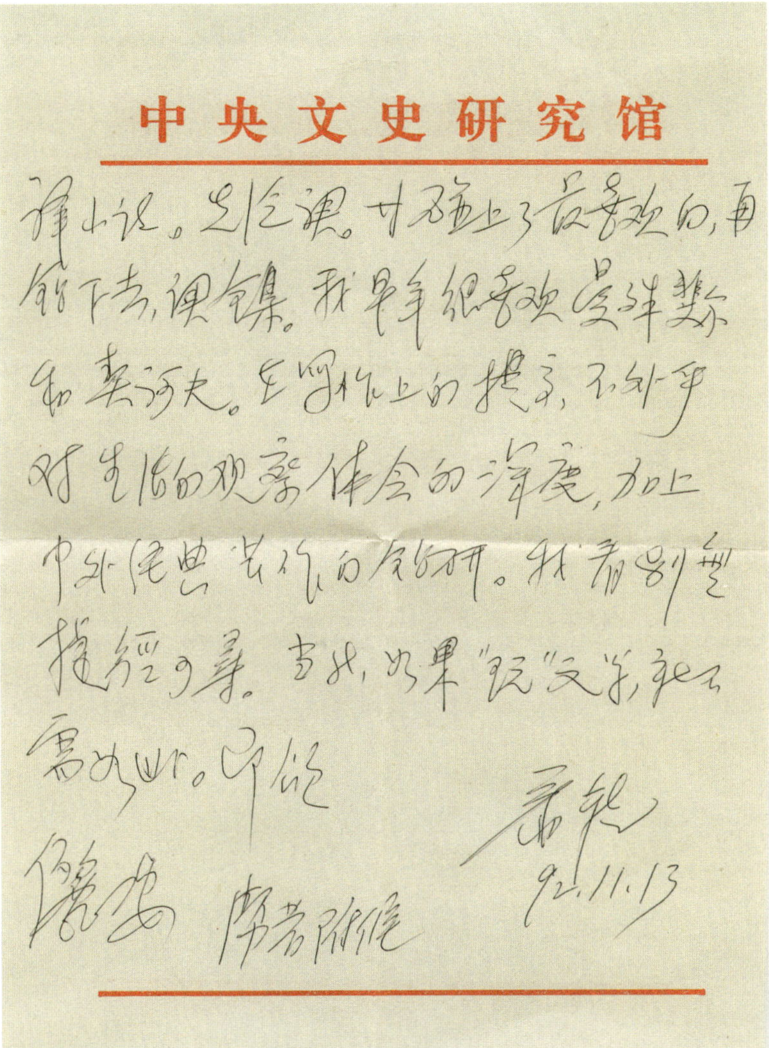

中央文史研究馆

译小说。这阶段，才碰上了最喜欢的，再往下去，便全集。我早年很喜欢屠格涅夫和契诃夫。在写作上的提高，不外乎对生活的观察体会的深度，加上中外经典著作的钻研。我看别无捷径可寻。当然，如果"玩"文学就不需如此。即祝

俪安

萧乾
92.11.13

洁若附候

第七封信：1992 年 11 月 13 日，第二页

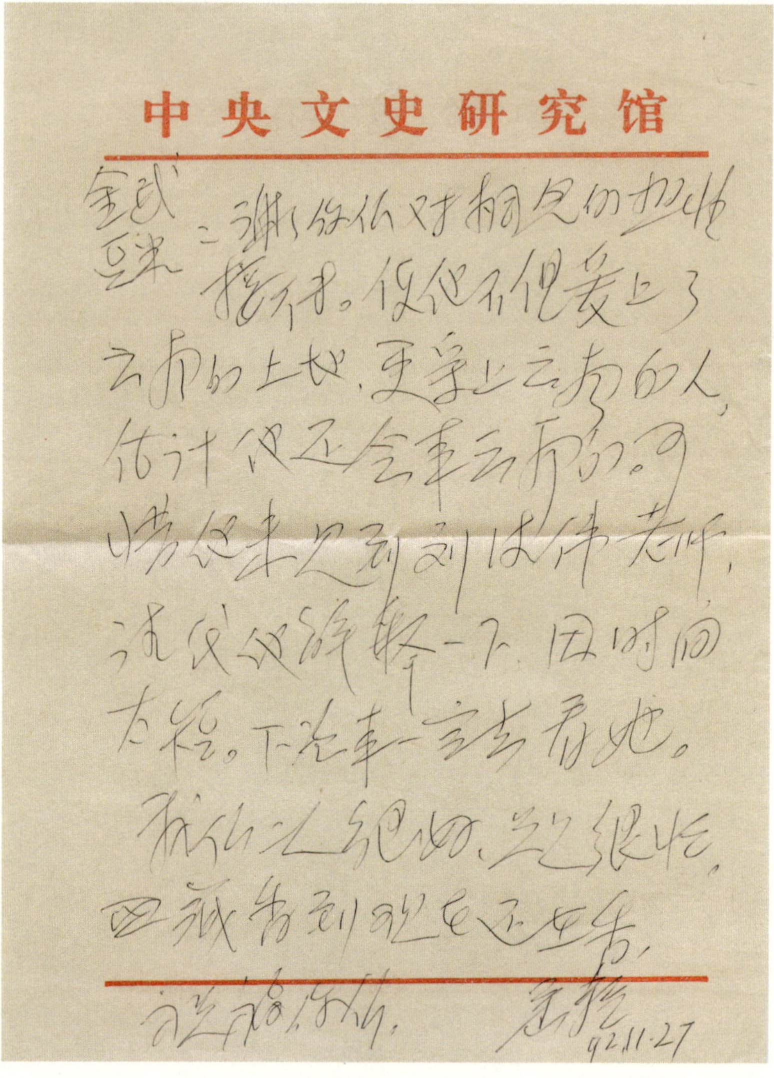

中央文史研究馆

金武、豆米：
谢谢你们对肖乾的热情接待。使他不但爱上了云南的土地，更爱上云南的人。估计他还会再去云南的。可惜他未见到刘以伟老师，请代他解释一下，因时间太短。下次来一定去看她。
我们一切很好，只是很忙。西藏书到时已还出书，
祝福你们。
洁若
92.11.27

第八封信：1992 年 11 月 27 日

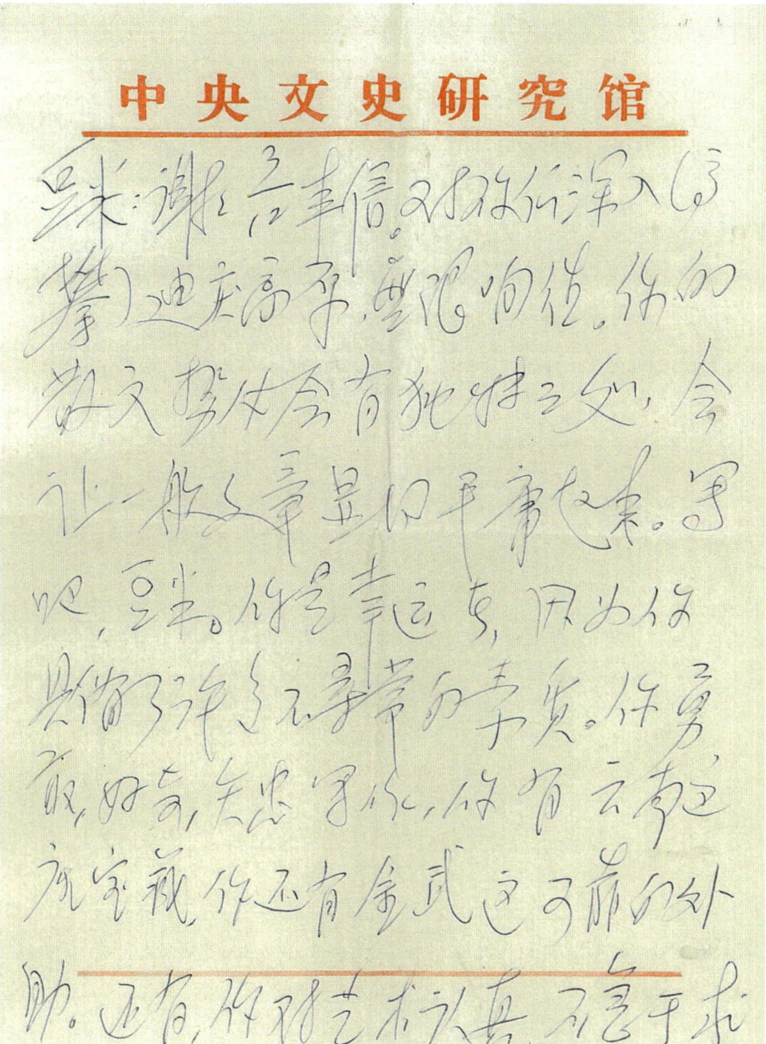

中央文史研究馆

亚米：谢谢你来信。对你们深入的
攀登迪庆高原，无限向往。你的
散文写作会有独特之处，会
让一般文章显得平庸乏味。写
吧，亚米。你是幸运者，因为你
具备了许多人所罕有的素质。你勇
敢，好奇，关心写作，你有云南边
疆宝藏，你还有金武这可靠的外
助。还有，你对艺术认真，不急于求

第九封信：1992 年 12 月 9 日，第一页

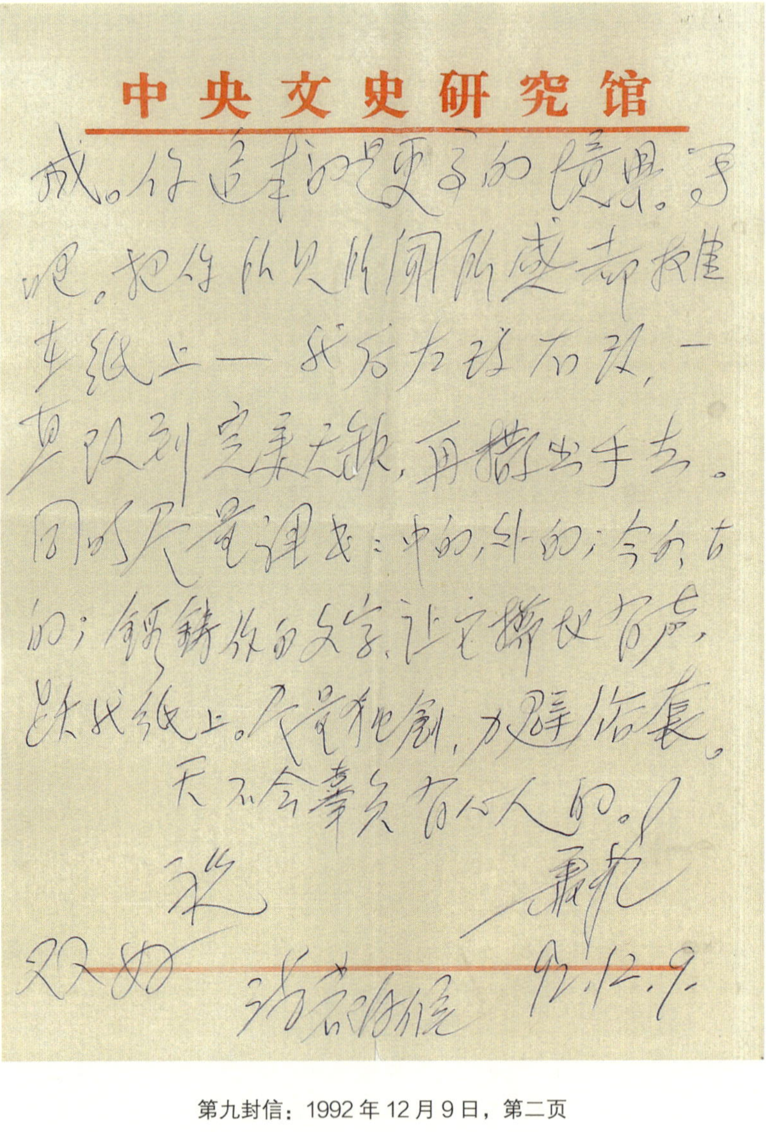
中央文史研究馆

成。你追求的是更高的境界。写吧。把你所见所闻所感都搬在纸上——然后左改右改，一直改到完美无缺，再拿出手去。同时尽量汲取：中的，外的；今的，古的；锻铸你的文字，让它掷地有声，跃然纸上。尽量独创，力避陈套。

天不会辜负有心人的。

祝

双好

萧乾

洁若附候

92.12.9.

第九封信：1992 年 12 月 9 日，第二页

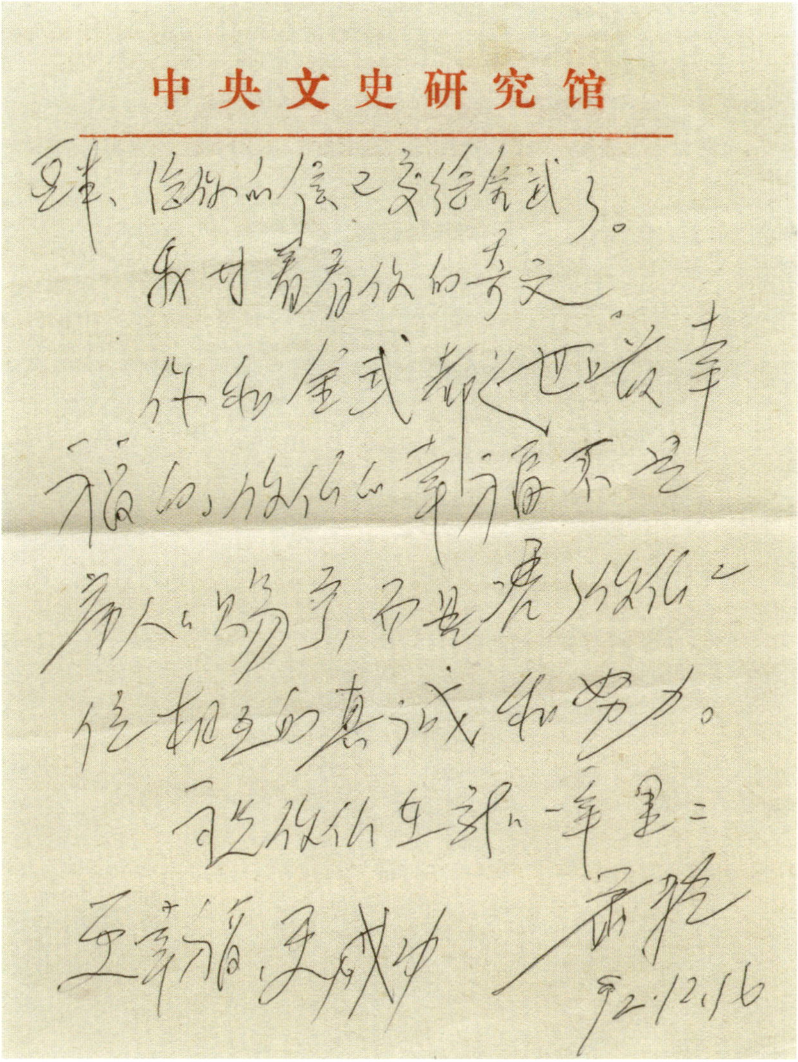

第十一封信：1992 年 12 月 16 日，第一页

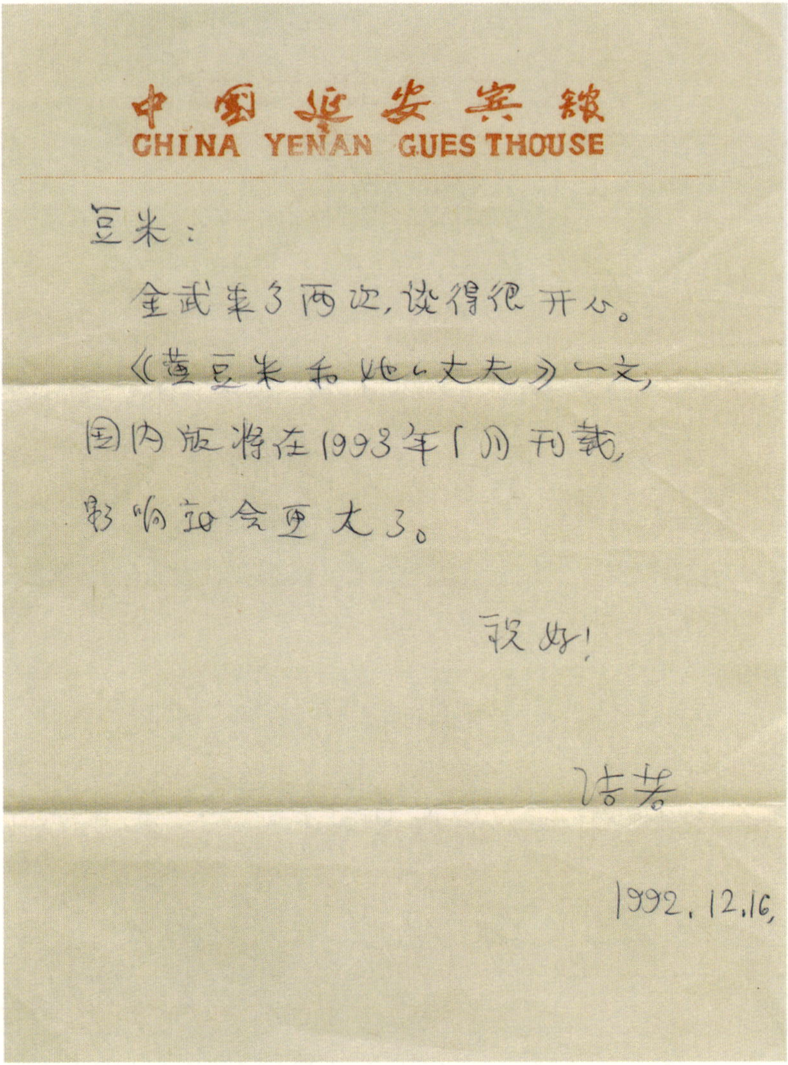

中国延安宾馆
CHINA YENAN GUESTHOUSE

豆米：

金武来了两次，谈得很开心。

《黄豆米和她的丈夫》一文，国内版将在1993年1月刊载，影响就会更大了。

祝好！

洁若

1992.12.16，

第十一封信：1992年12月16日，文洁若附言

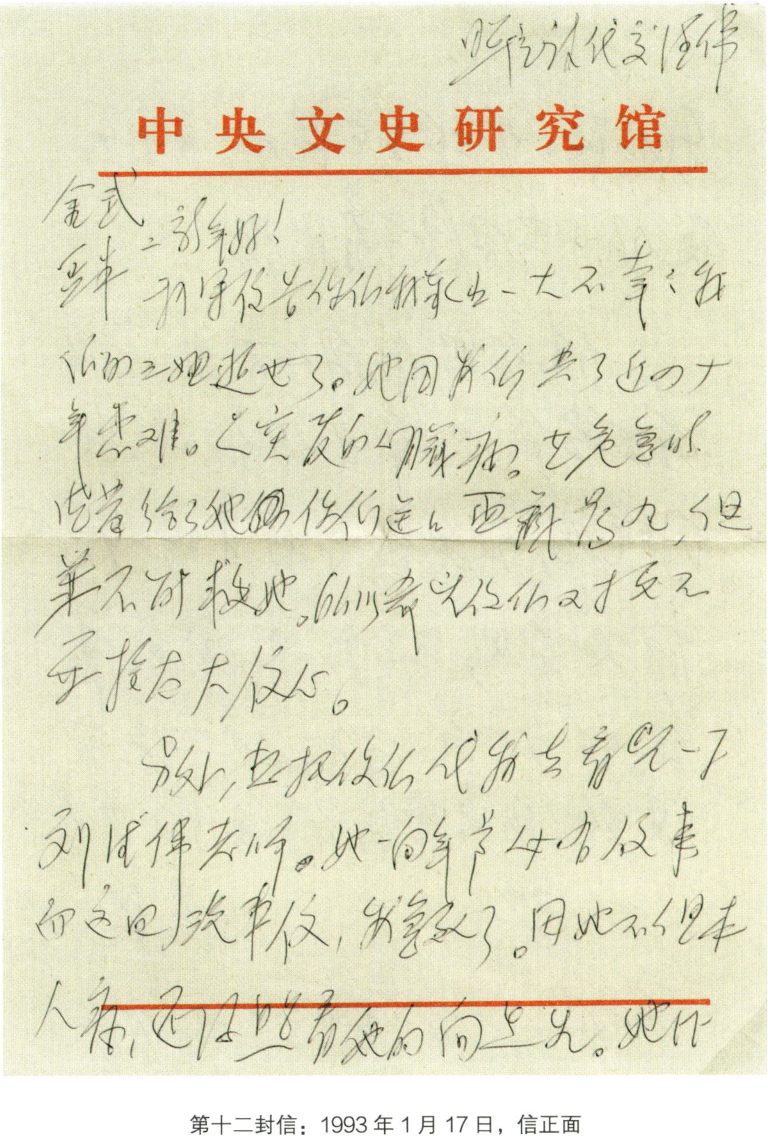
中央文史研究馆

第十二封信：1993 年 1 月 17 日，信正面

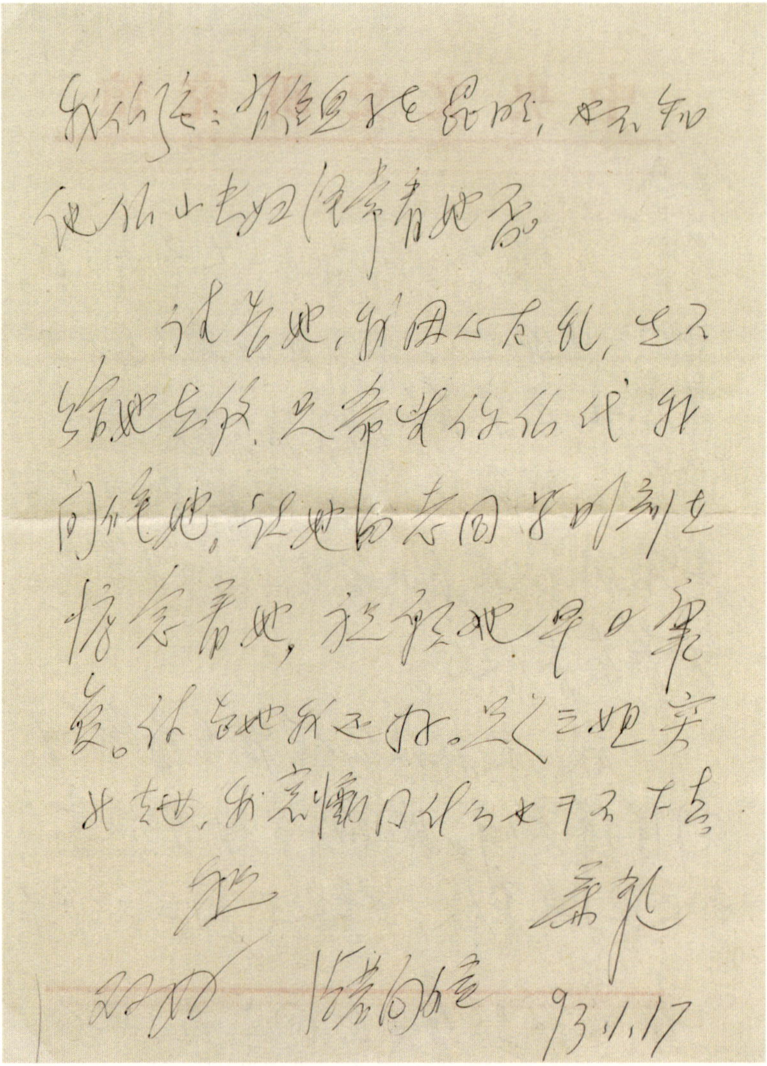
我们说：你信见了也说了，也不知
他们山东妇保存看她否。
请告她，我因心太乱，也不
给她去信，只希望你们代我
问候她，让她告诉同学时刻在
怀念着她，祝愿她早日康
复。你告她我还好。只是三姐实
在辛苦，我实惭愧了他们也干不下去
祝 好 萧乾
妈妈 洁若问候 93.1.17

第十二封信：1993 年 1 月 17 日，信背面

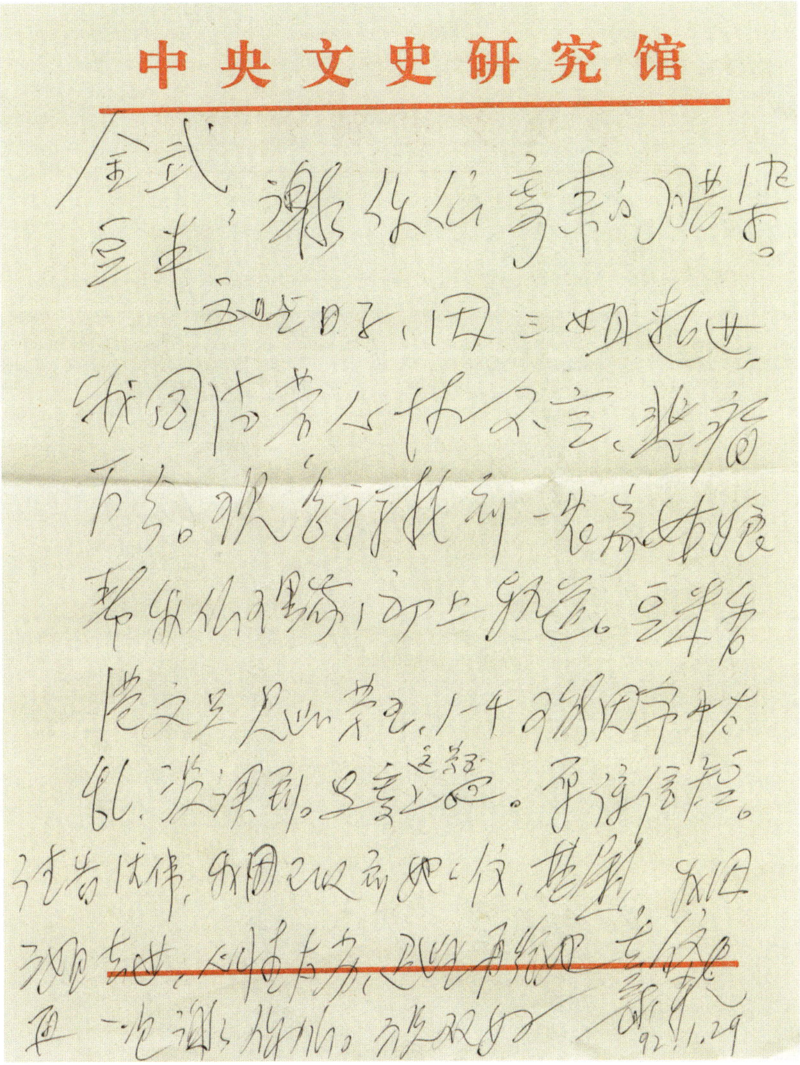
中央文史研究馆

第十三封信：1993 年 1 月 29 日

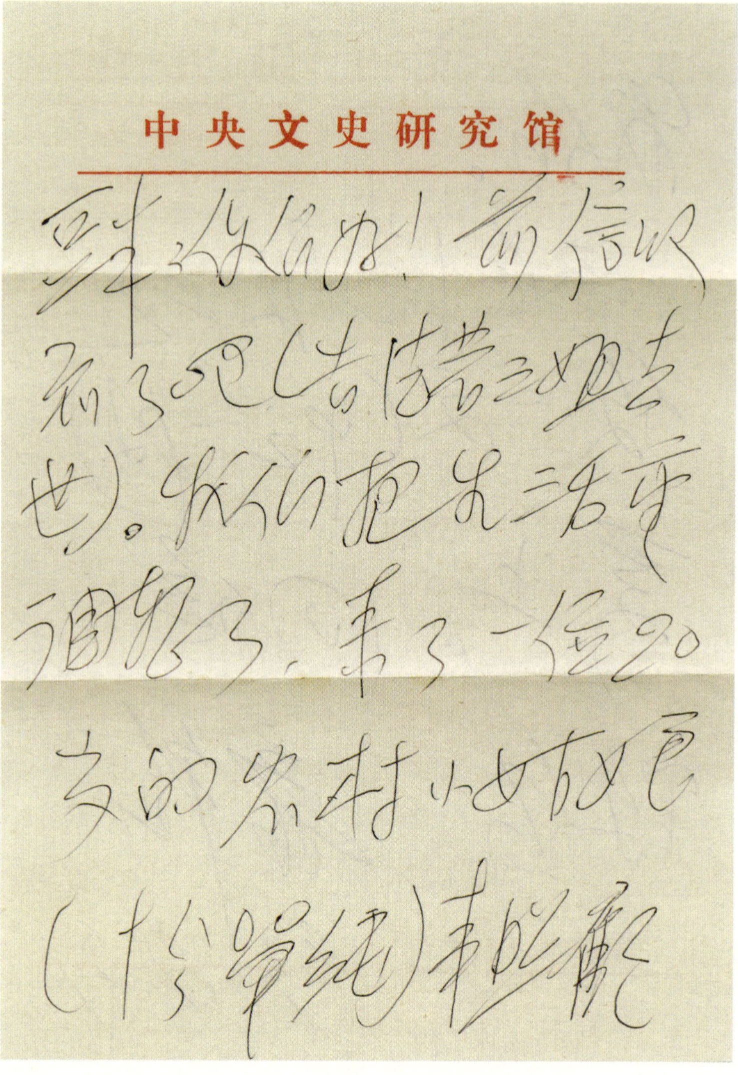
中央文史研究馆

豆米：你好！前信收
到了吧（吉陵黄三姐去
世）。我们起居生活有
调整了，来了一位20
岁的农村小女孩
（十分单纯）来照顾

第十四封信：1993年2月3日，信正面

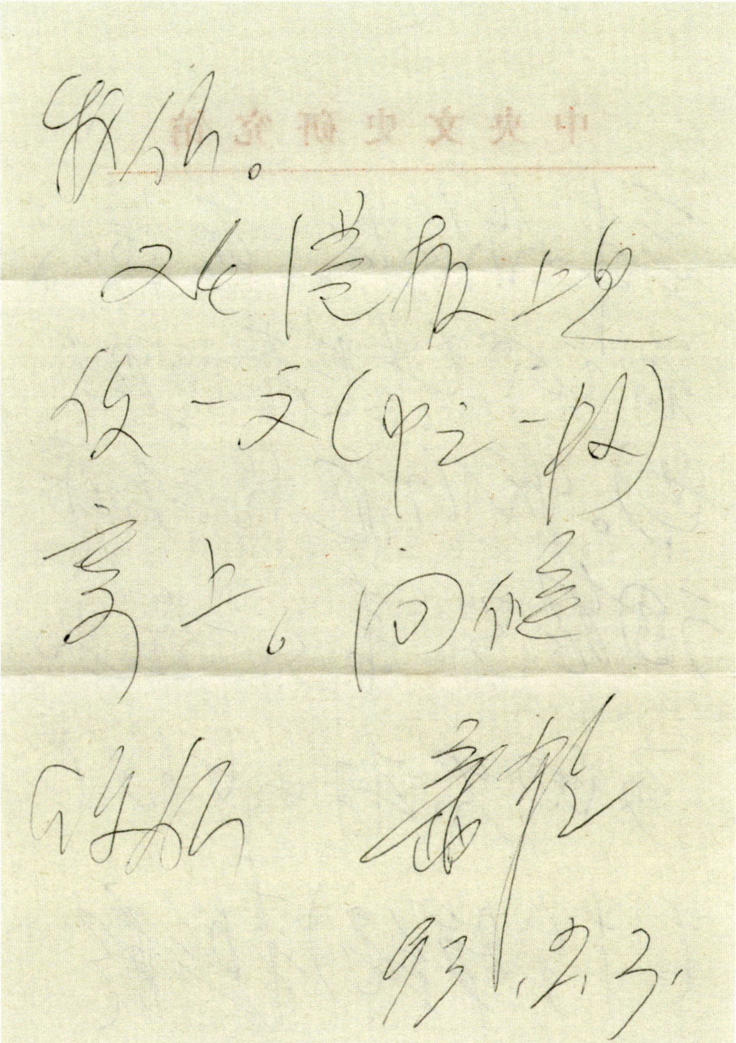

第十四封信：1993 年 2 月 3 日，信背面

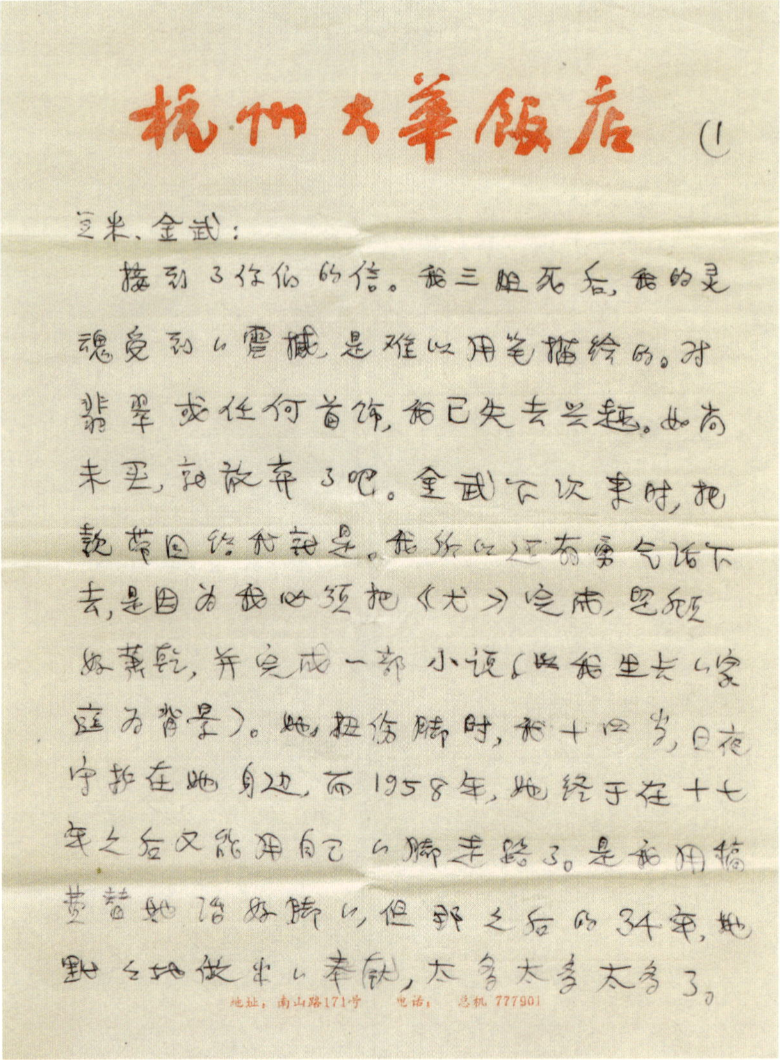

杭州大華飯店 1

豆米、金武：

接到了你们的信。我三姐死后，我的灵魂受到的震撼是难以用笔描绘的。对翡翠或任何首饰，我已失去兴趣。如尚未买，就放弃了吧。金武下次来时，把钱带回给我就是。我所以还有勇气活下去，是因为我必须把《犬》完成，照顾好萧乾，并完成一部小说（以我生长的家庭为背景）。她扭伤脚时，我十四岁，日夜守护在她身边，而1958年，她终于在十七年之后又能用自己的脚走路了。是我用稿费替她治好脚的，但那之后的34年，她默默地做出的奉献，太多太多太多了。

地址：南山路171号　电话：总机 777901

第十五封信：1993 年 2 月 4 日，第一页

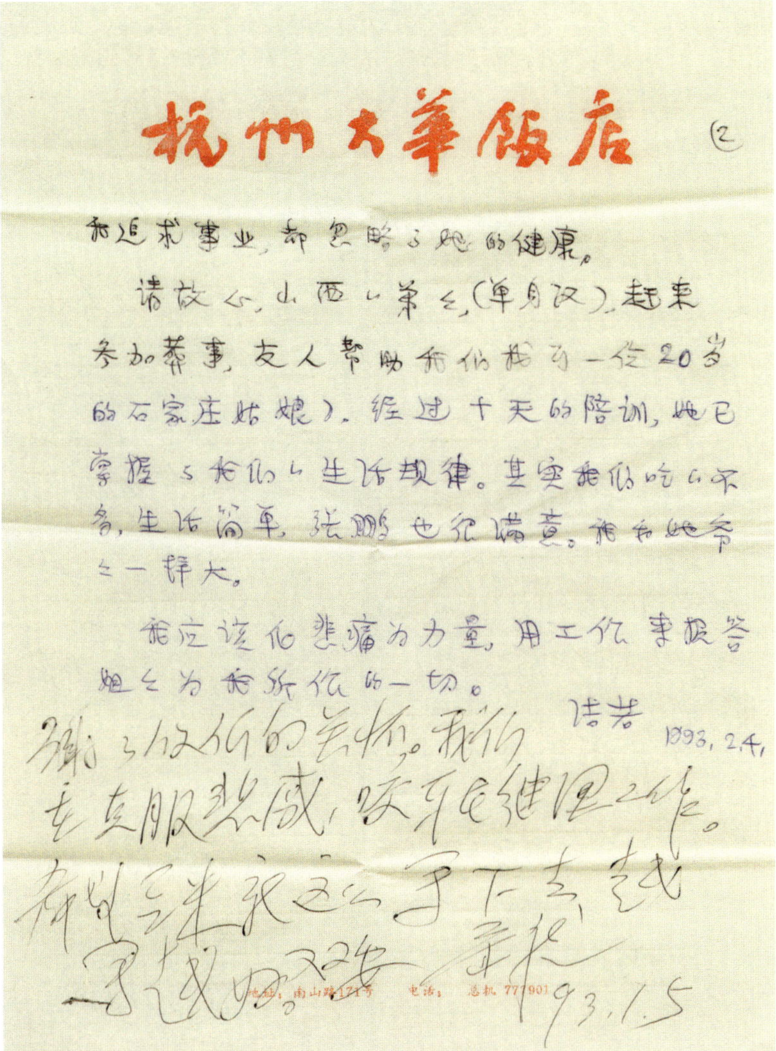
杭州大華飯店 ②

和追求事业，却忽略了她的健康。

请放心，山西的弟弟（单身汉）赶来参加葬事，友人帮助我们找到一位20岁的石家庄姑娘）。经过十天的陪训，她已掌握了我们的生活规律。其实我们吃的不多，生活简单，张鹏也很满意。我和她爷爷一样大。

我应该化悲痛为力量，用工作来报答她为我所作的一切。

洁若 1993.2.4.

谢了你们的关怀。我们要克服悲感，咬牙继续工作。存的三洋录音机过了年下去送 [illegible] 萧乾 93.1.5

地址：南山路171号　电话：总机 777901

第十五封信：1993年2月4日，第二页，萧乾附言

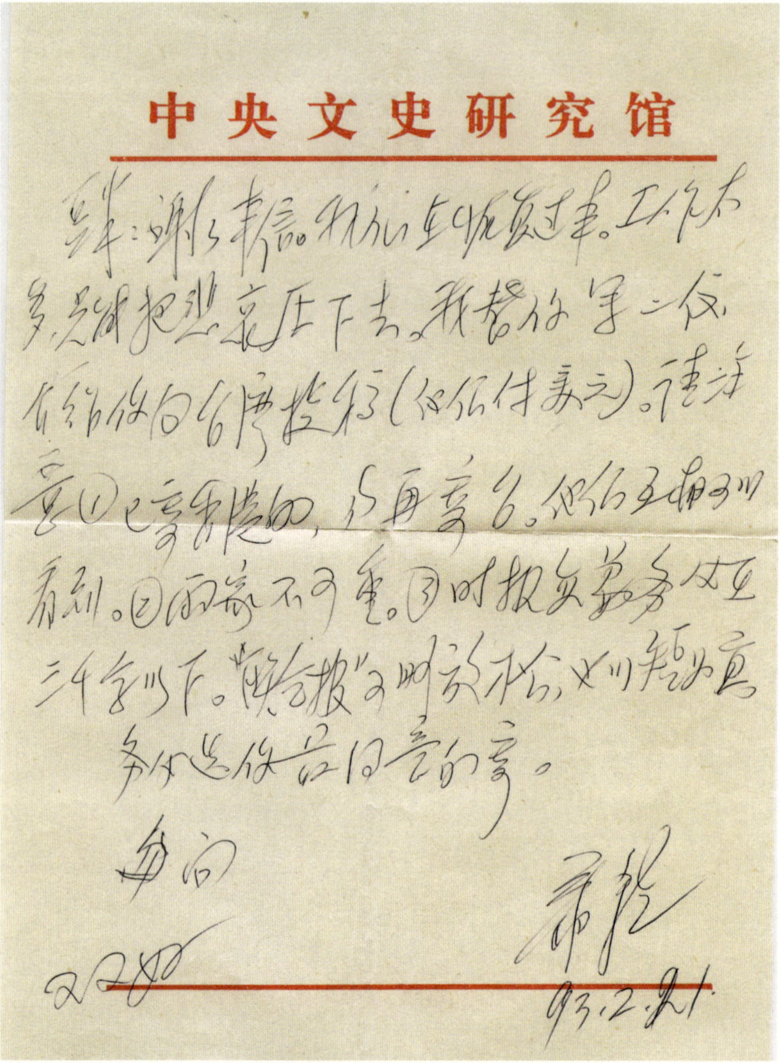
中央文史研究馆

[illegible]

萧乾
93.2.21

第十六封信：1993 年 2 月 21 日

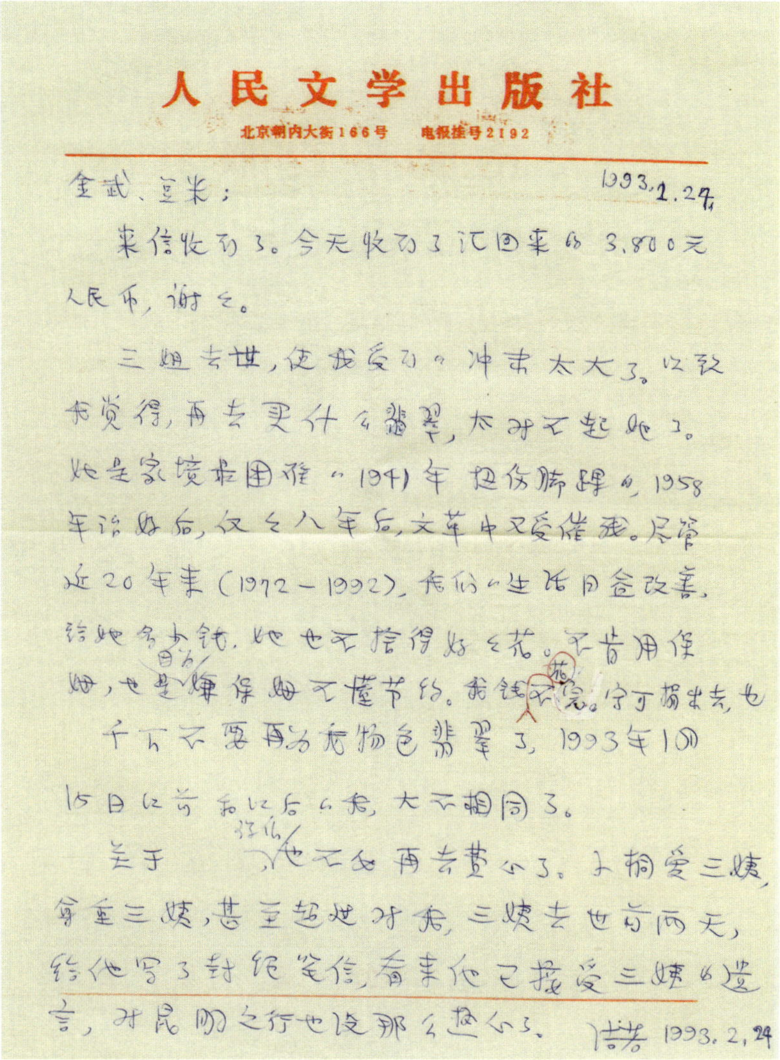

人民文学出版社
北京朝内大街166号　电报挂号2192

金武、亘米：　　　　　　　　1993.2.24.

来信收到了。今天收到了汇回来的3,800元人民币，谢谢。

三姐去世，使我受到的冲击太大了。以致我觉得，再去买什么翡翠，太对不起她了。她是家境最困难的，1941年得的肺病的，1958年治好后，仅仅八年后，文革中又受摧残。尽管近20年来（1972－1992），我们的生活日益改善，给她多少钱，她也不舍得好好花。不肯用保姆，也是自己嫌保姆不懂节约。我钱花不完。宁可捐出去，也千万不要再为我物色翡翠了，1993年1月15日以前和以后的我，大不相同了。

关于　　　　你也不必再去费心了。小桐爱三姨，尊重三姨，甚至超过对我。三姨去世前两天，给他写了封绝笔信，看来他已接受三姨的遗言，对昆明之行也没那么热心了。　信芳　1993.2.24

第十七封信：1993年2月24日，第一页

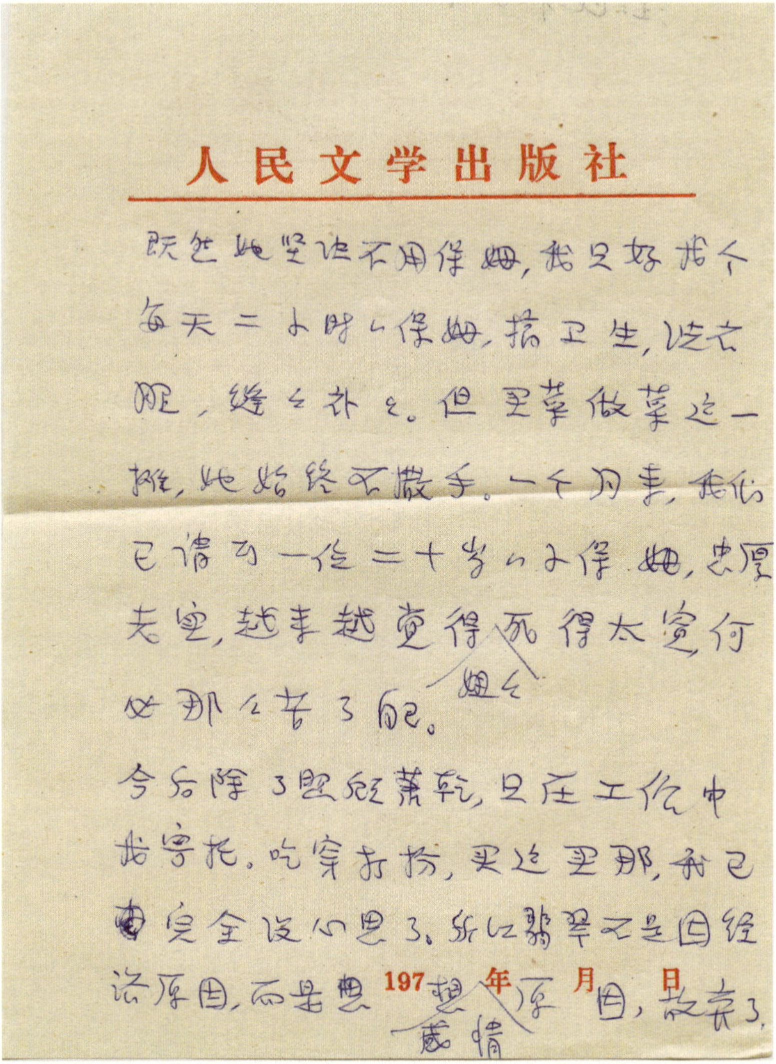

人民文学出版社

既然她坚决不用保姆，我只好找个每天二小时的保姆，搞卫生，洗衣服，缝缝补补。但买菜做菜这一摊，她始终不撒手。一个月来，我们已请了一位二十岁的小保姆，忠厚老实，越来越觉得姐姐死得太实，何必那么苦了自己。

今后除了照顾萧乾，只在工作中找寄托。吃穿打扮，买这买那，我已完全没心思了。所以翡翠不是因经济原因，而是思想感情原因，放弃了。

197　年　月　日

第十七封信：1993 年 2 月 24 日，第二页

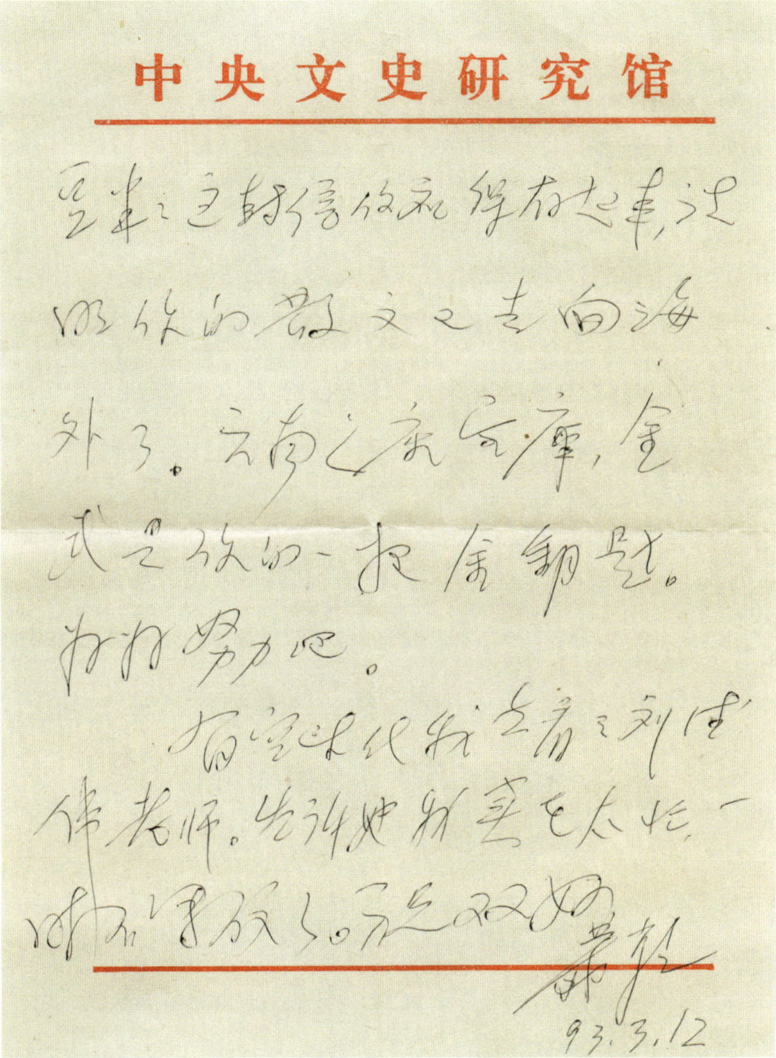

第十八封信：1993 年 3 月 12 日

1993年3月30日　　第1页

金武、

豆米

你们好！《黄豆米和她的丈夫》一文，终于在《人物》1993年第2期上刊出来了。已经给你们寄去五本，大概不久即可收到。

于桐七月回京，和我们一道去山西五台山，昆明大概不去了。去年我给他留了一些书，如果方便，金武同志下次来京，可否带给他？尤其是其中介绍苗族情况的，今年八月有英国朋友来访，我想送给他。

我还未从三姐突然去世这个打击中恢复过来，所幸请来了个石家庄姥姥，

（电开01）

第十九封信：1993年3月30日，第一页

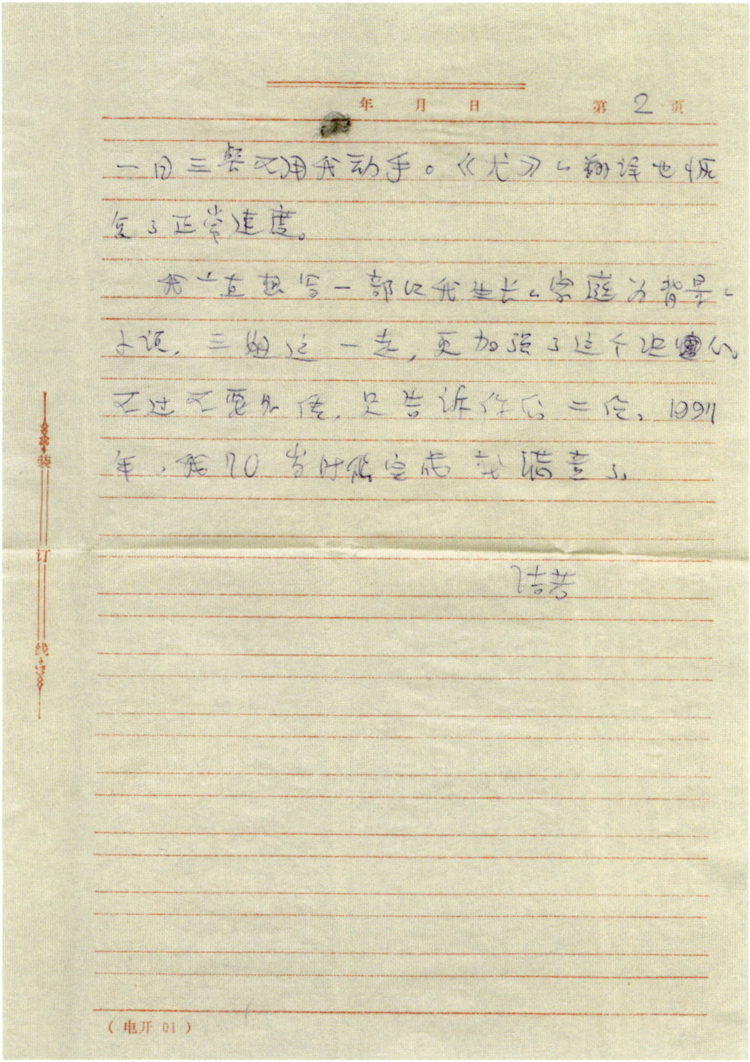
年 月 日 第 2 页

一日三餐不用我动手。《犬》的翻译也恢复了正常速度。

我一直想写一部以我生长的家庭为背景的小说，三姐这一走，更加强了这个决心。不过不要外传，只告诉你们二位。1997年，我70岁时能完成就满意了。

洁若

（电开 01）

第十九封信：1993 年 3 月 30 日，第二页

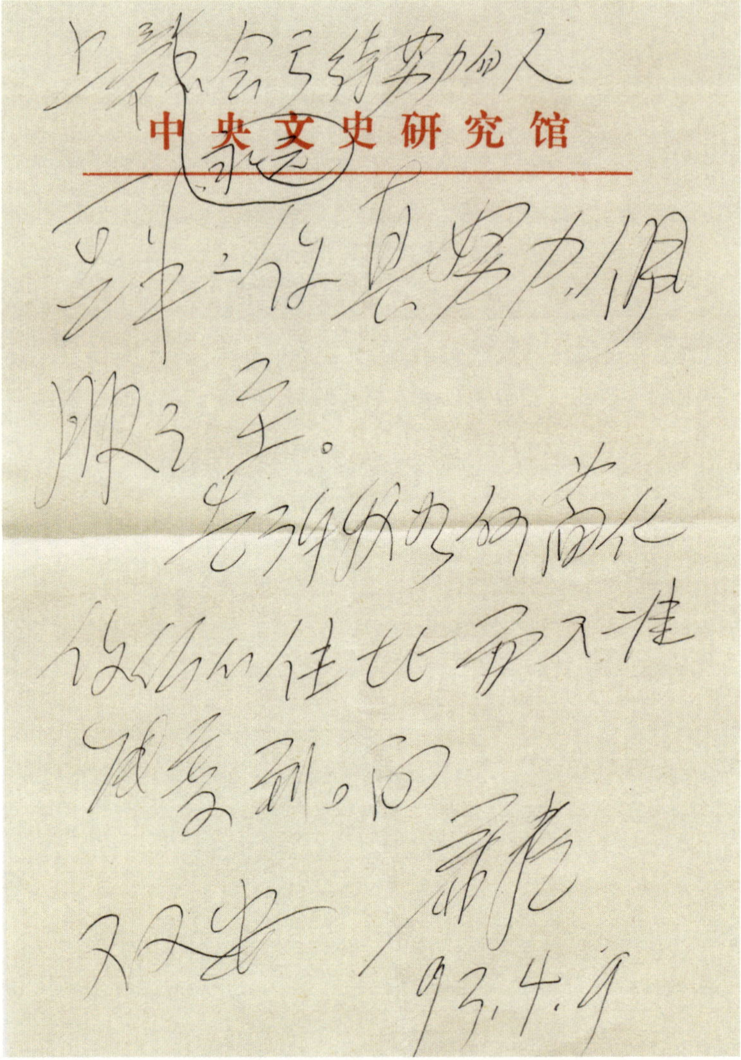

中央文史研究馆

文洁若　萧乾

93.4.9

第二十封信：1993 年 4 月 9 日

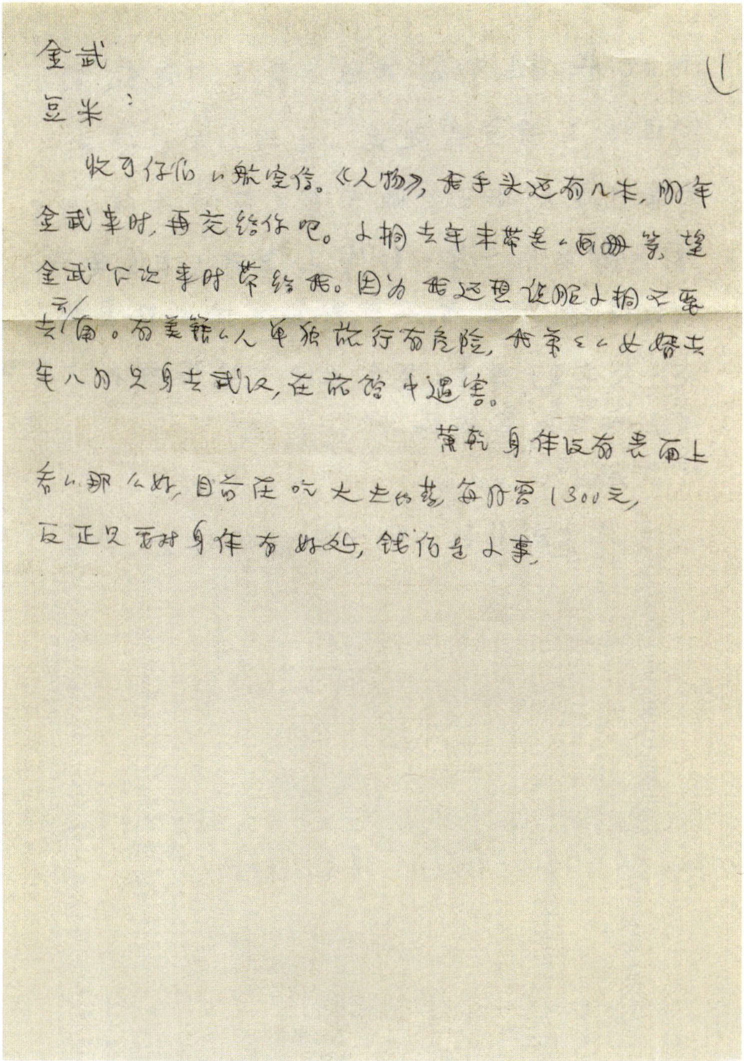

金武
豆米：

收到你们的航空信。《人物》，我手头还有几本，明年金武来时，再交给你吧。小娟去年来带走的画册等，望金武下次来时带给我。因为我还想按照小娟之愿去云南。有美籍的人单独旅行有危险，我弟弟的女婿去年八月只身去武汉，在旅馆中遇害。

萧乾身体没有表面上看的那么好，目前在吃大夫的药每月要1300元，反正只要对身体有好处，钱倒是小事，

第二十一封信：1993年5月1日，第一页

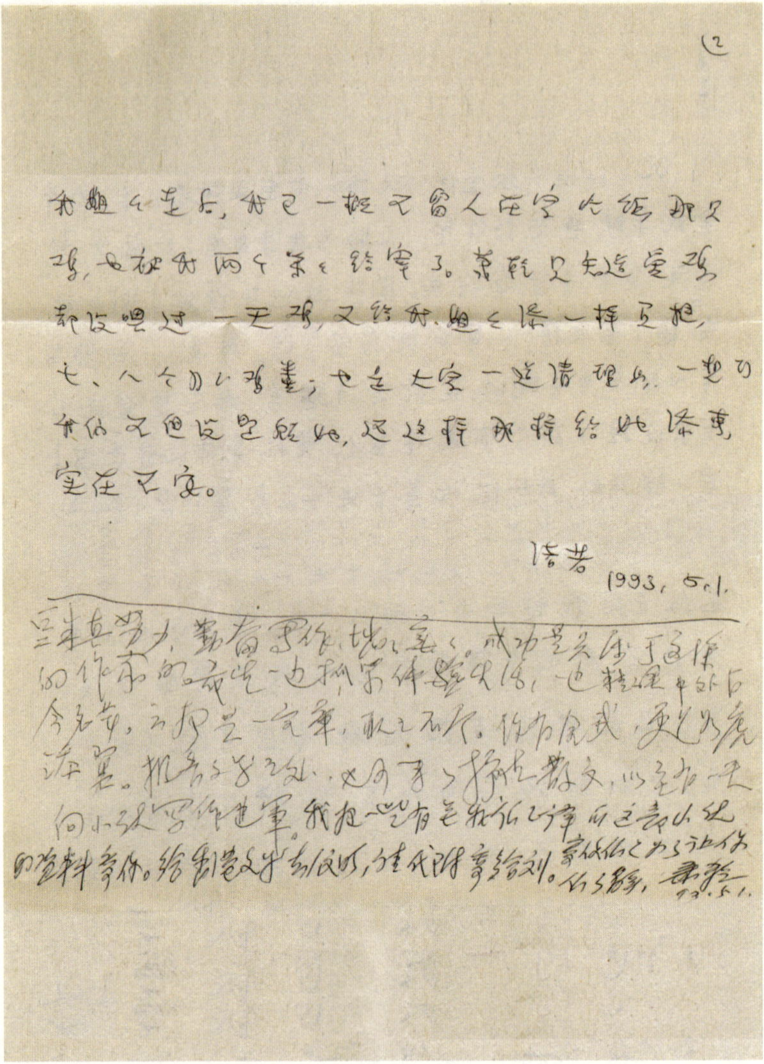

(2

我姐姐走后，我已一概不留人在家收拾那只猫，也把我两个箱子给卖了。萧乾只知道要猫，却没喂过一天猫，又给我姐姐添一样负担，七、八个月的小猫羔；也在大家一边清理出，一些可[illegible]我们又[illegible]给她，还这样那样给她添事，实在不安。

洁若
1993，5.1.

豆米真努力，勤奋写作，[illegible]，成功是必属于这样的作家的。[illegible]一边[illegible]生活，一边精[illegible]中外古今名著，[illegible]。[illegible]向小说写作进军。我[illegible]给刘[illegible]。[illegible]，萧乾 93.5.1.

第二十一封信：1993年5月1日，第二页，萧乾附言

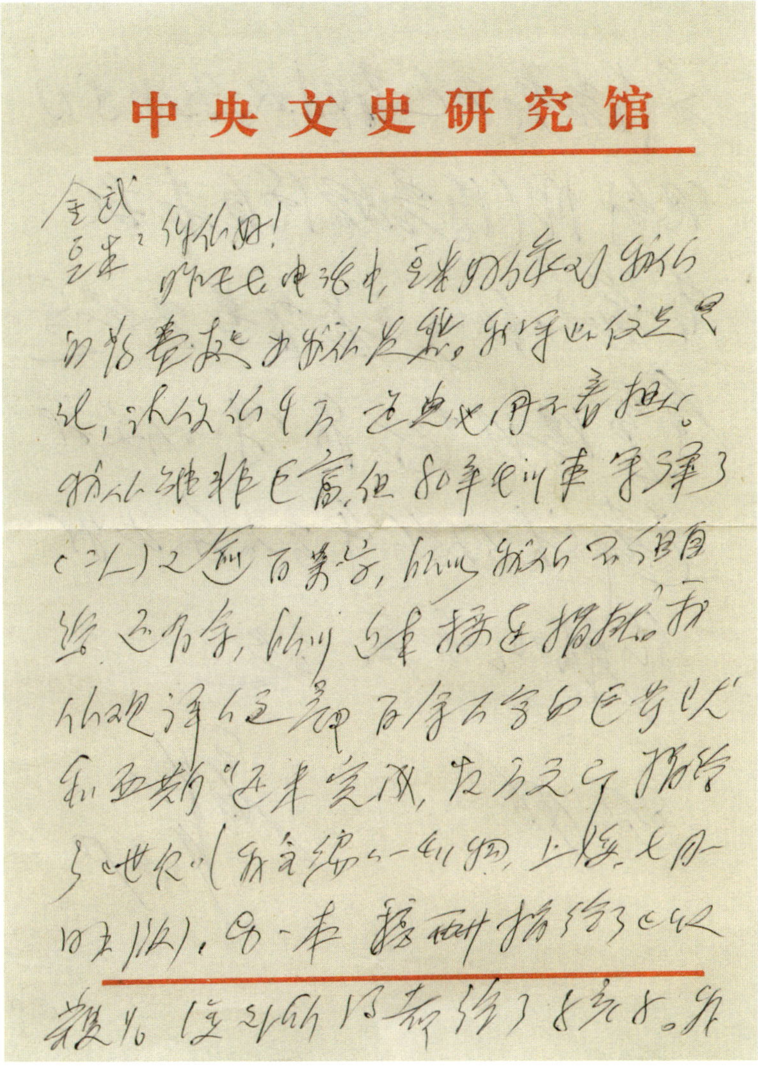
中央文史研究馆

全武兄：你们好！

第二十二封信：1993 年 5 月 10 日，第一页

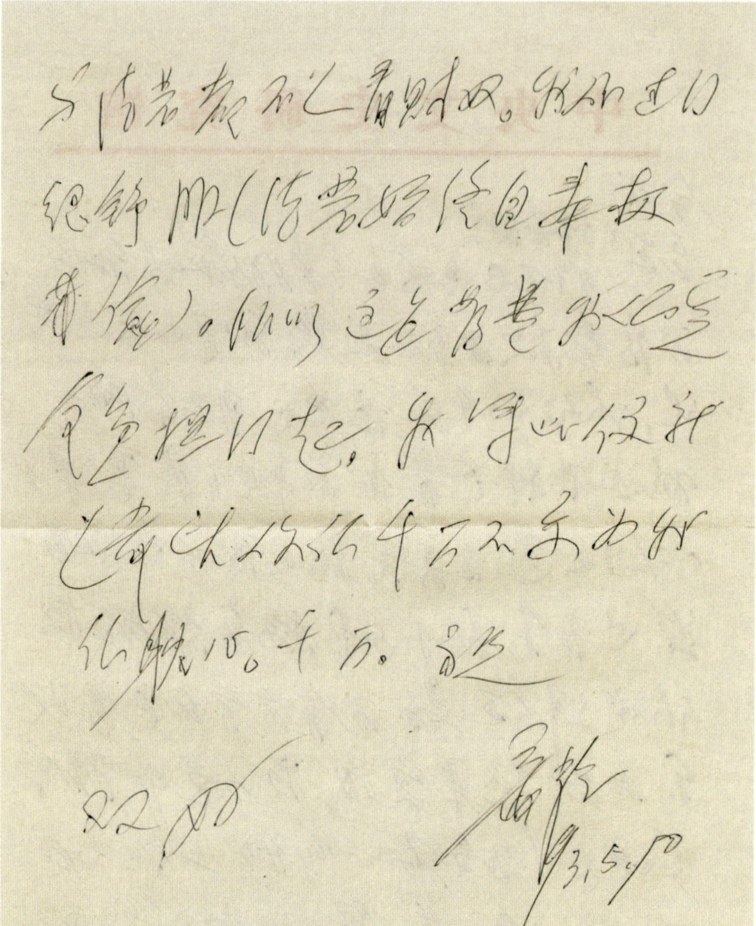
萧乾
93.5.10

第二十二封信：1993 年 5 月 10 日，第二页

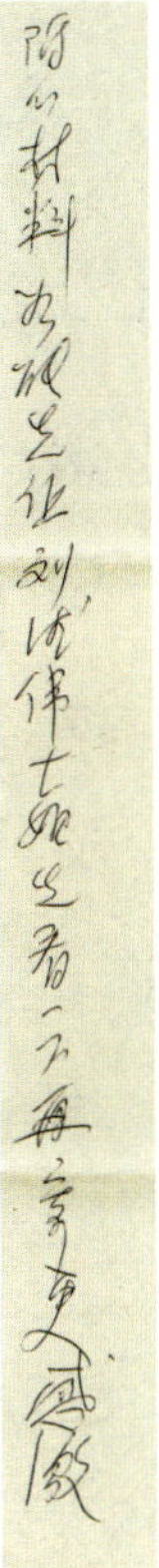
附上材料为我之作，刘洪伟大姐也看一下再寄交。感激

第二十二封信：1993 年 5 月 10 日，第二页所附便条

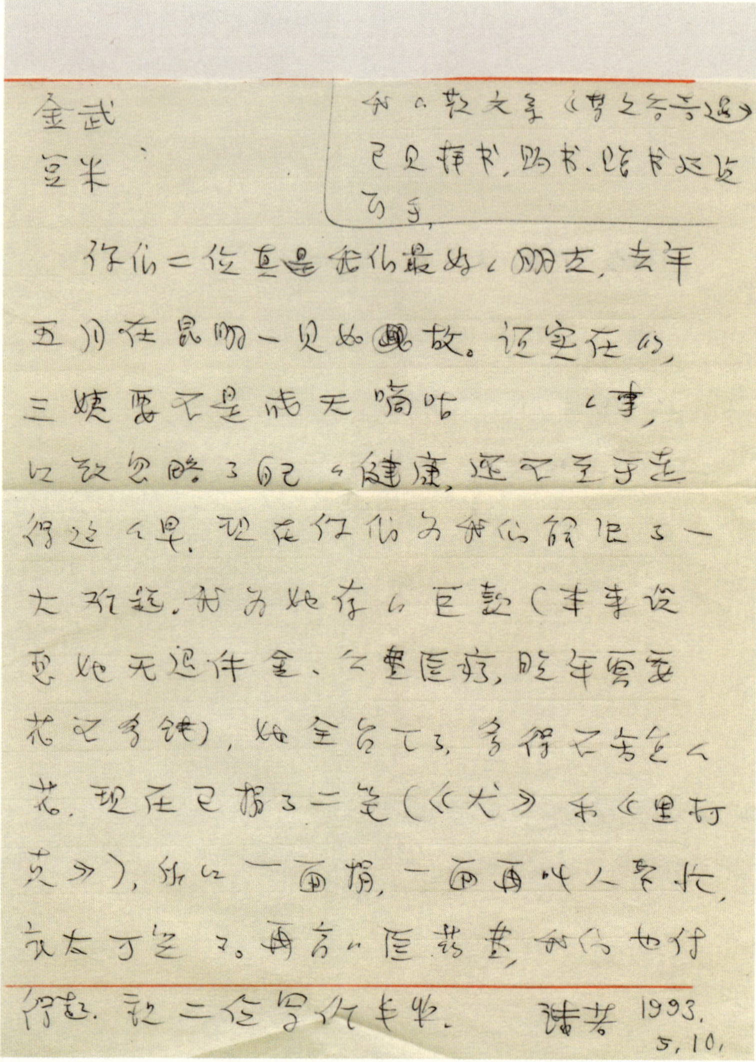

金武
豆米：

我的散文集《萧乾合译选》已见样书，购书、赠书已近百本。

你们二位真是我们最好的朋友，去年五月在昆明一见如故。说实在的，三姨要不是成天嘀咕　　的事，以致忽略了自己的健康，还不至于走得这么早。现在你们为我们解决了一大难题。我为她存的巨款（本来是想她无退休金、公费医疗，晚年需要花的钱），她全留下了，舍得不舍得给人花。现在已捐了二笔（《犬》和《里村支》），所以一面捐，一面再叫人帮忙，就太可笑了。再有的巨款，我们也付得起。祝二位写作丰收。

洁若 1993.5.10.

第二十二封信：1993年5月10日，第三页

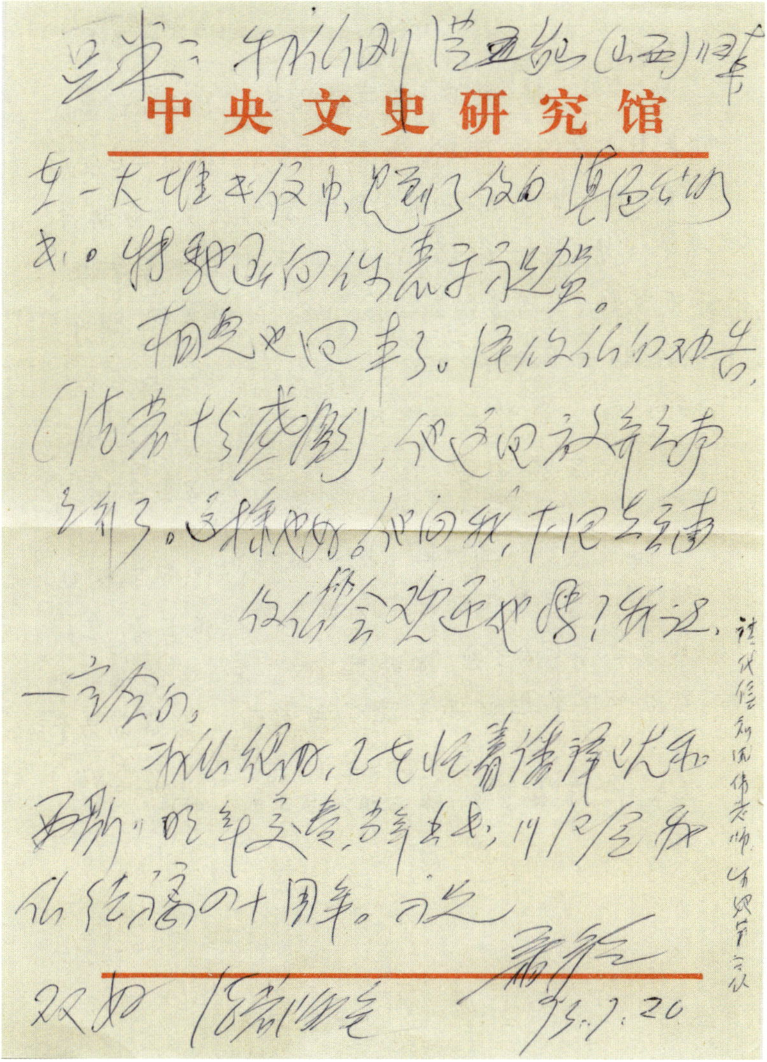

第二十三封信：1993 年 7 月 20 日

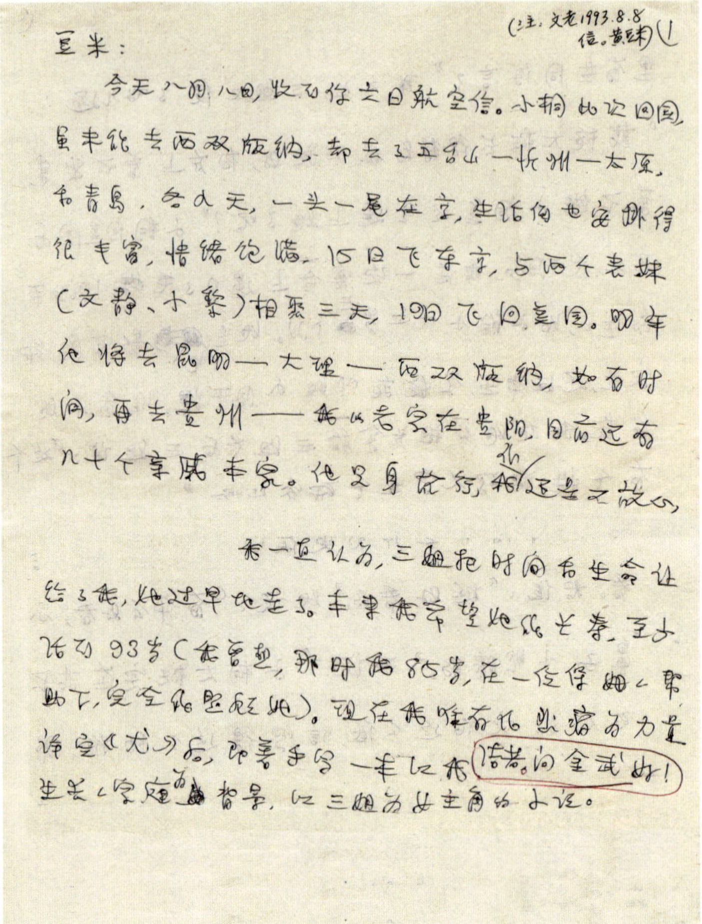

（注：文老1993.8.8信。黄豆米）1

豆米：

今天八月八日，收到你六日航空信。小桐此次回国，虽未能去西双版纳，却去了五台山—忻州—太原，和青岛，各九天，一头一尾在京，生活得也安排得很丰富，情绪饱满。15日飞东京，与两个表妹（文静、小黎）相聚三天，19日飞回美国。明年他将去昆明—大理—西双版纳，如有时间，再去贵州——我的老家在贵阳，目前还有九十个亲戚未见。他只身旅行，你还是不放心，

我一直认为，三姐把时间与生命让给了我，她过早地走了。本来我希望她能长寿，至少活到93岁（我曾想，那时我85岁，在一位保姆之帮助下，完全能照顾她）。现在我唯有的心愿与力量译完《尤》后，即着手写一本以我生长之家庭为背景，以三姐为女主角的小说。

洁若。问全武好！

第二十四封信：1993年8月8日

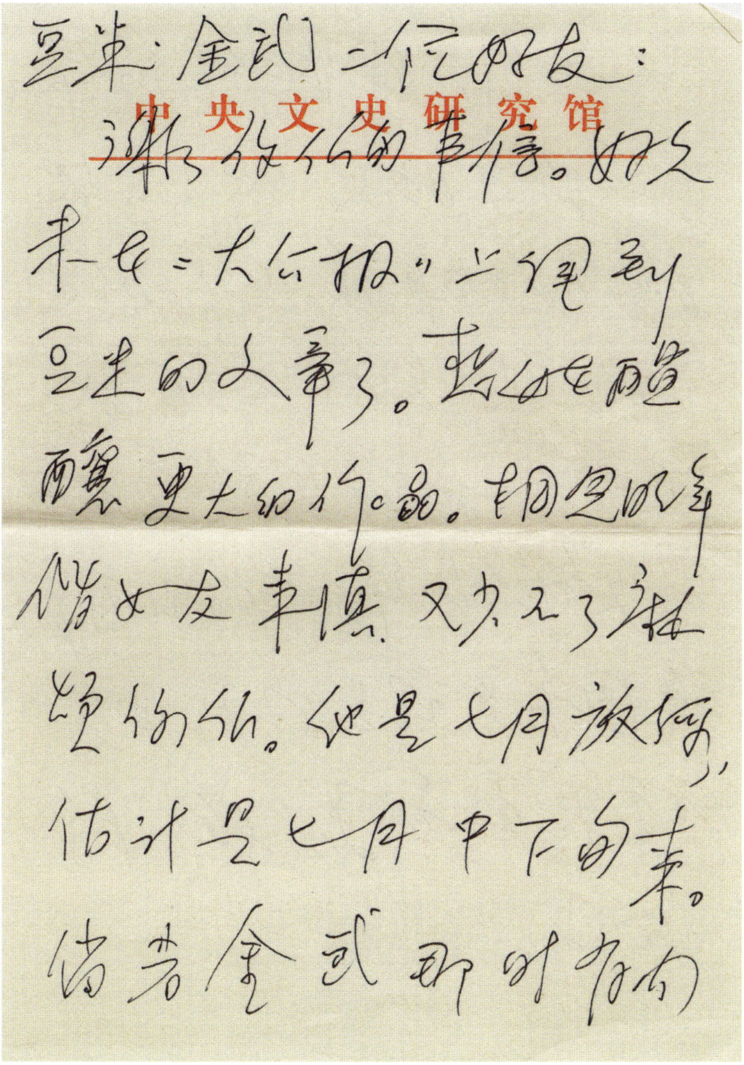

豆米、金武二位好友：

中央文史研究馆

谢谢你们的来信。好久未在《大公报》上见到豆米的文章了。想必在酝酿更大的作品。钢儿明年偕女友来京，又少不了麻烦你们。他是七月放假，估计是七月中下旬来。倘若金武那时有内

第二十五封信：1993 年 8 月 9 日，第一页

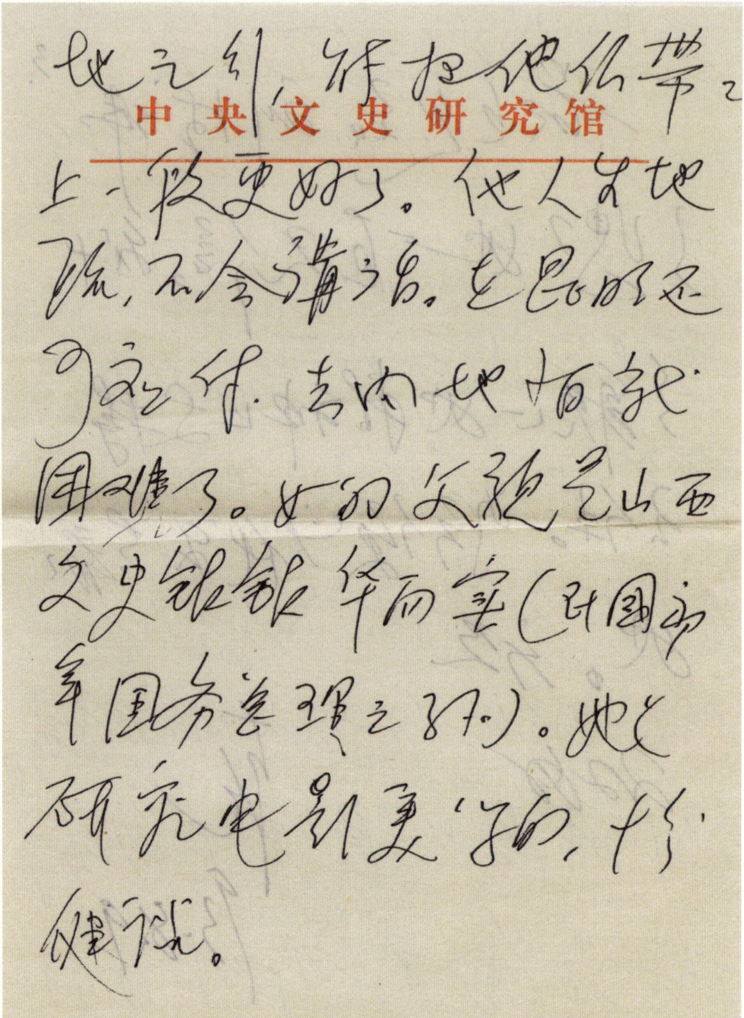
中央文史研究馆

地之外，你把他们带之上一段更好了。他人生地疏，不会讲之话。毛毛明还可以之外。去内地就有点困难了。她的父亲是山西文史馆馆员高家（副国级国务总理之列）。她是研究电影美学的，才能谈。

第二十五封信：1993 年 8 月 9 日，第二页

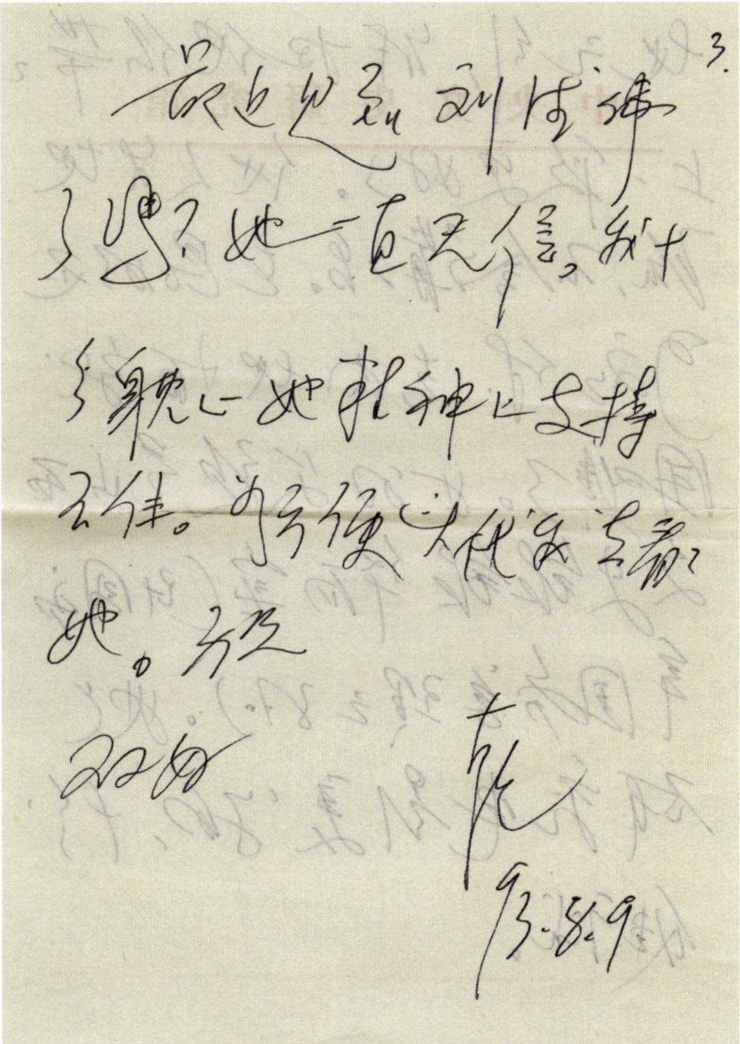
3.

93.8.9

第二十五封信：1993 年 8 月 9 日，第三页

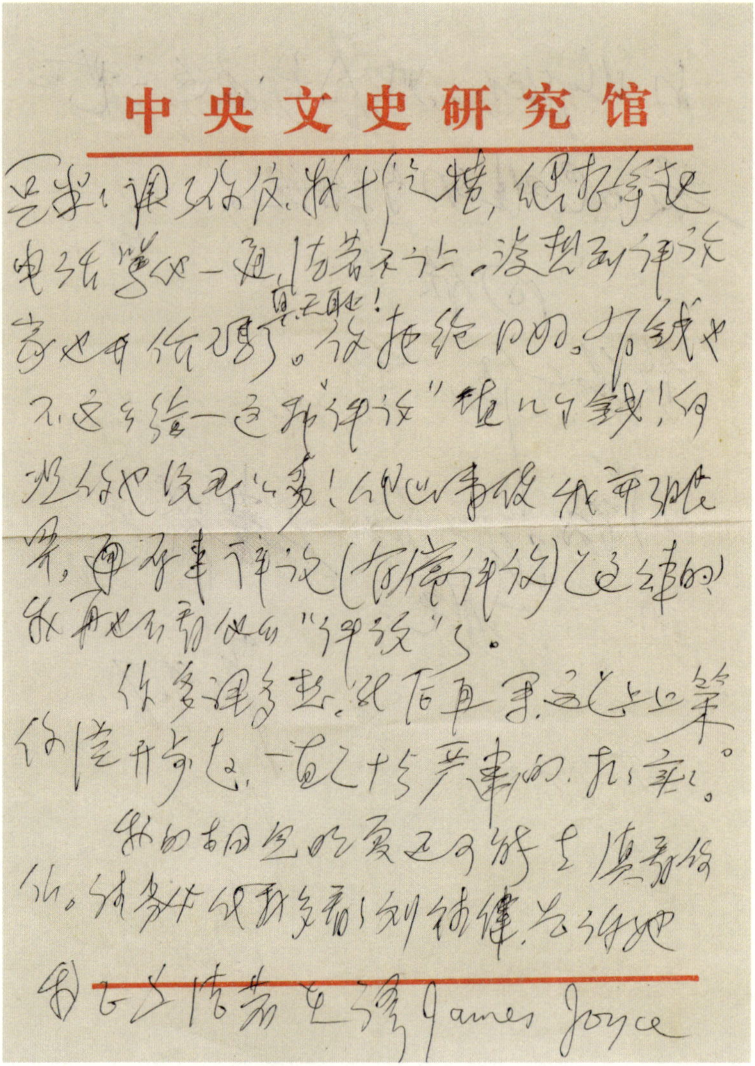
中央文史研究馆

James Joyce

第二十六封信：1993 年 9 月 7 日，第一页

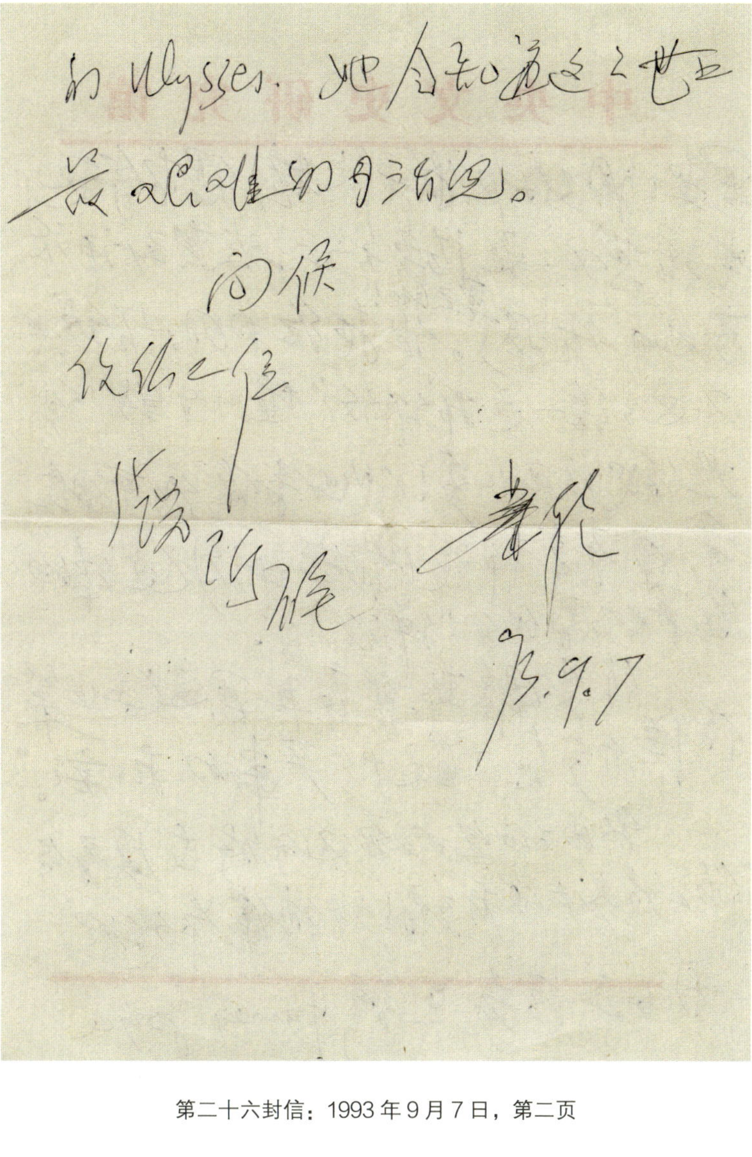
的Ulysses。她会知道这是世上最艰难的手法吧。

问候

萧乾
93.9.7

第二十六封信：1993 年 9 月 7 日，第二页

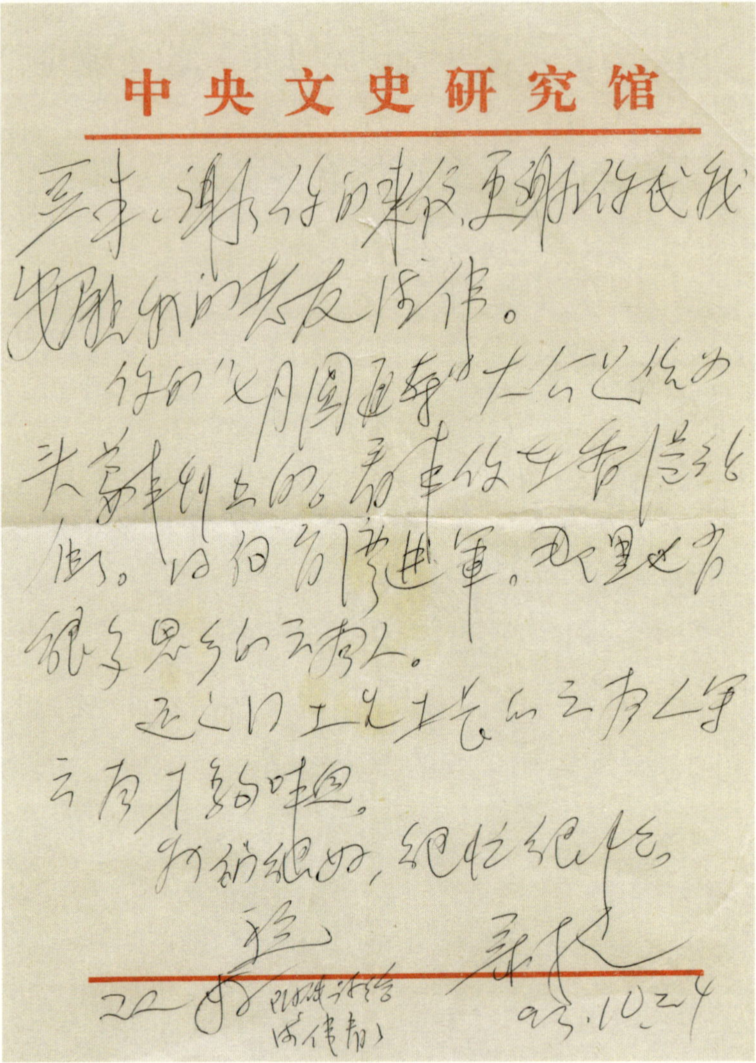

第二十七封信：1993 年 10 月 24 日

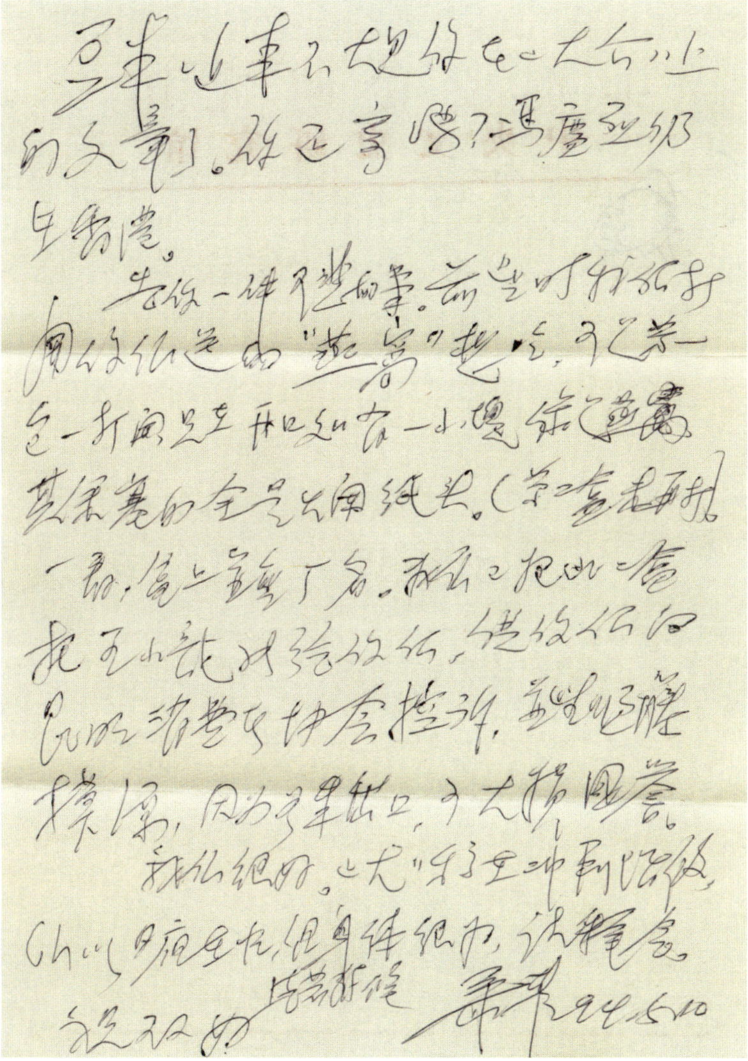

第二十八封信：1994 年 5 月 10 日

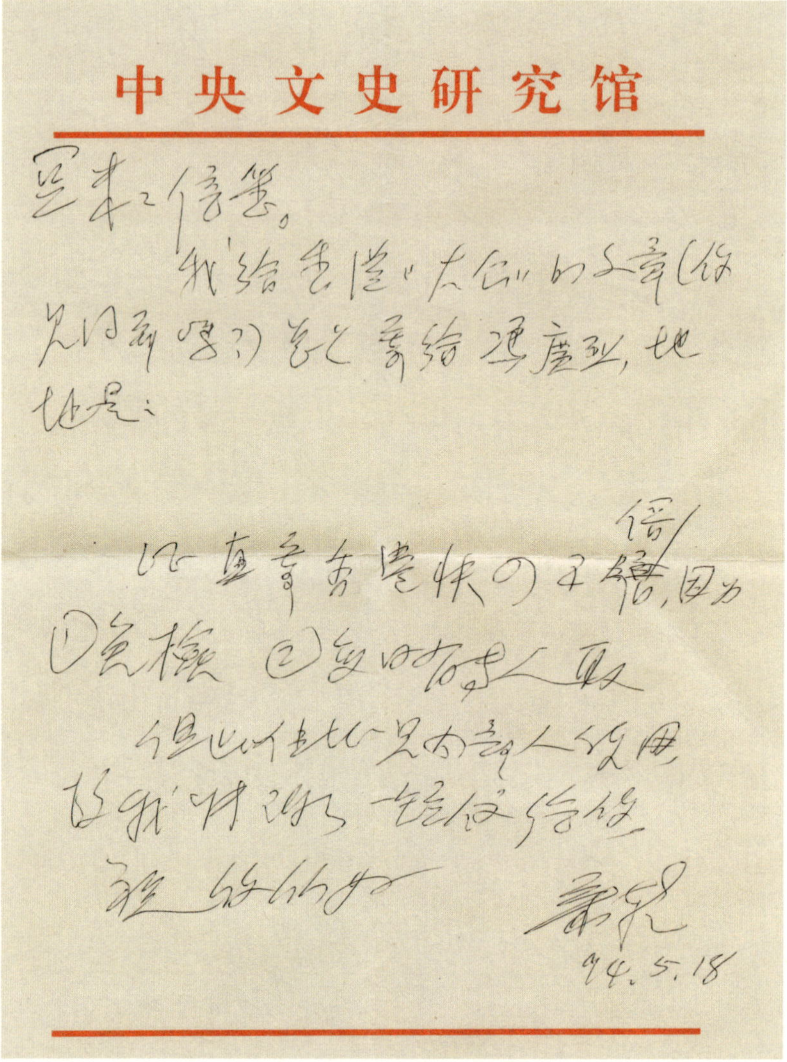

中央文史研究馆

豆米：信悉。

我给香港《大公报》的文章（你[illegible]）[illegible]寄给冯[illegible]，地址是：

以后直寄香港快[illegible]信，因为①免检 ②[illegible]时有人取

但[illegible]

[illegible]

祝[illegible]

萧乾

94.5.18

第二十九封信：1994 年 5 月 18 日

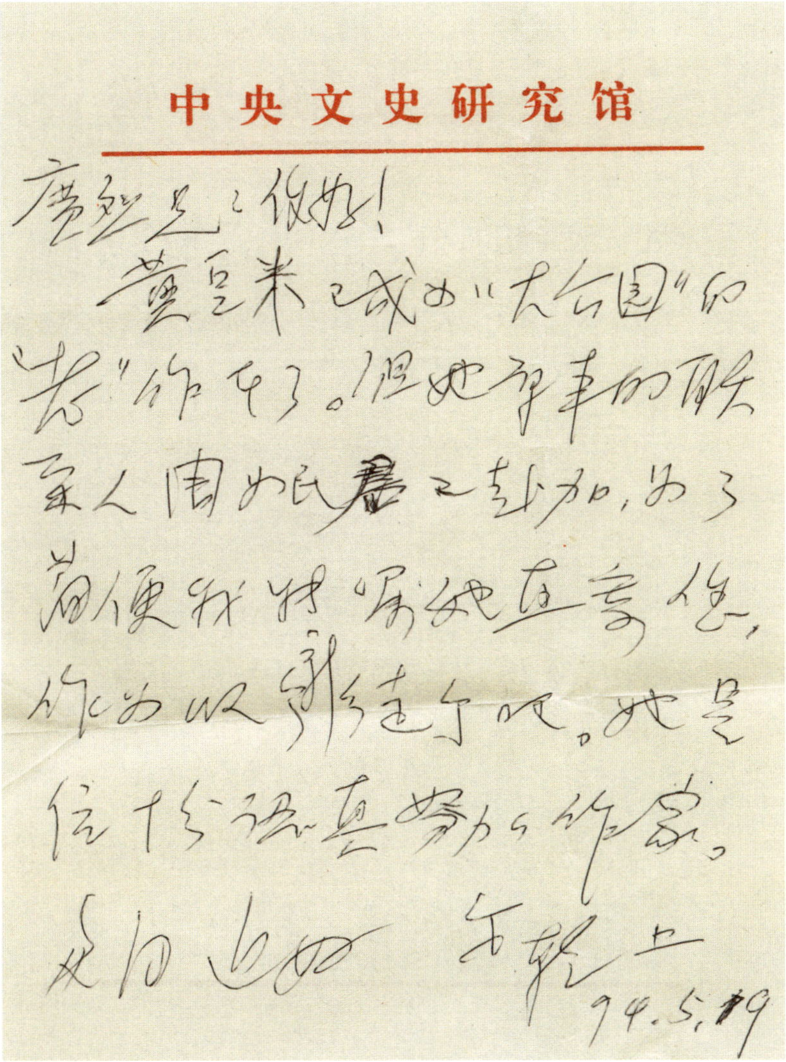

中央文史研究馆

唐钰先生：你好！

黄宗英已成为"大公园"的"老"作者了。但她原来的联系人周如民已赴加，为了简便我特嘱她直寄你，作为以后联络人吧。她是位十分认真勤劳的作家。

敬问近好

乾上

94.5.19

第二十九封信：1994 年 5 月 19 日，附信，萧乾致《大公报》编辑

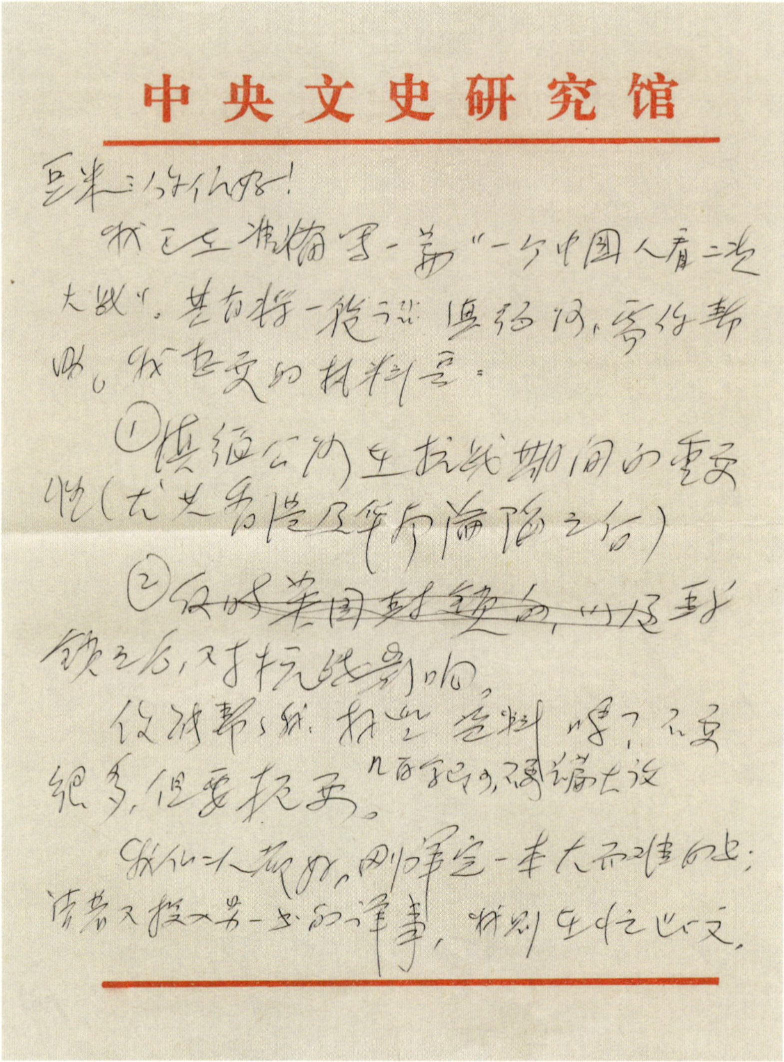
中央文史研究馆

豆米：你们好！

我正在准备写一篇"一个中国人看二次大战"。其中将一节谈谈滇缅路，需你帮助。我需要的材料是：

①滇缅公路在抗战期间的重要性（尤其香港及华南沦陷之后）

②~~当时英国封锁滇缅路~~，以及封锁之后，对抗战影响。

你能帮我找些资料吗？不要很多，但要扼要。几百字的，[illegible]

我俩二人尚好，刚译完一本大而难的书；洁若又接下另一本的译事，我则在忙此文，

第三十封信：1994 年 11 月 22 日，第一页

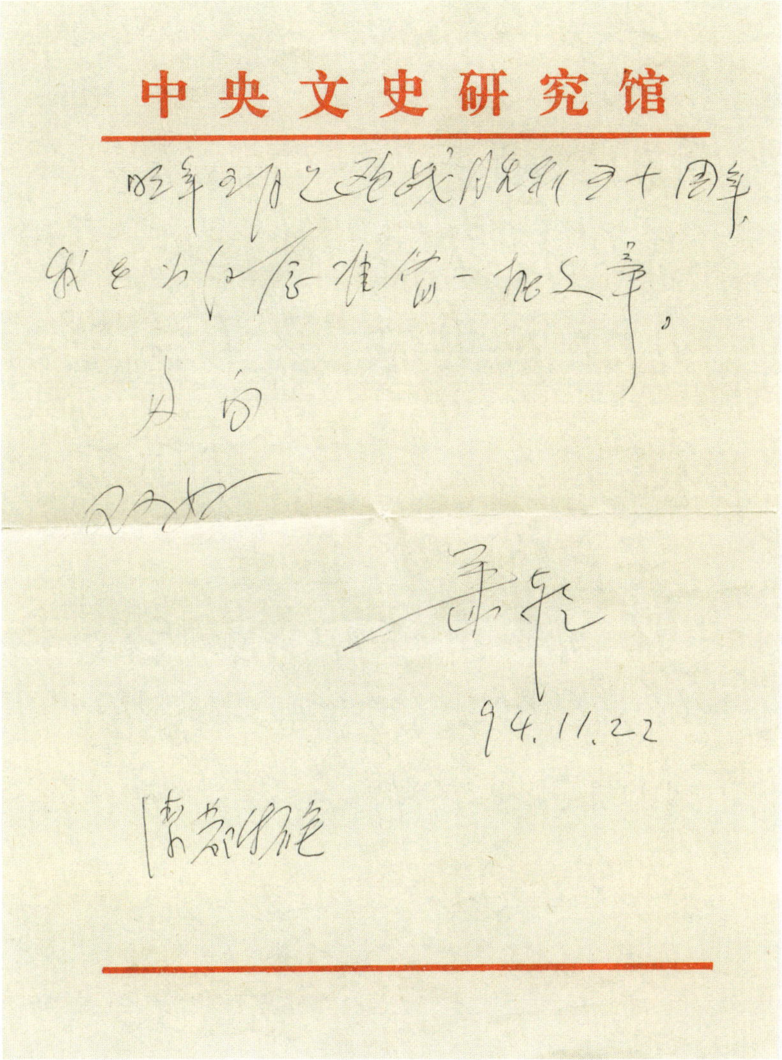

中央文史研究馆

明年8月是抗战胜利五十周年，
我已[illegible]准备[illegible]一篇文章。
专此
双好
[illegible]
94.11.22
[illegible]

第三十封信：1994 年 11 月 22 日，第二页

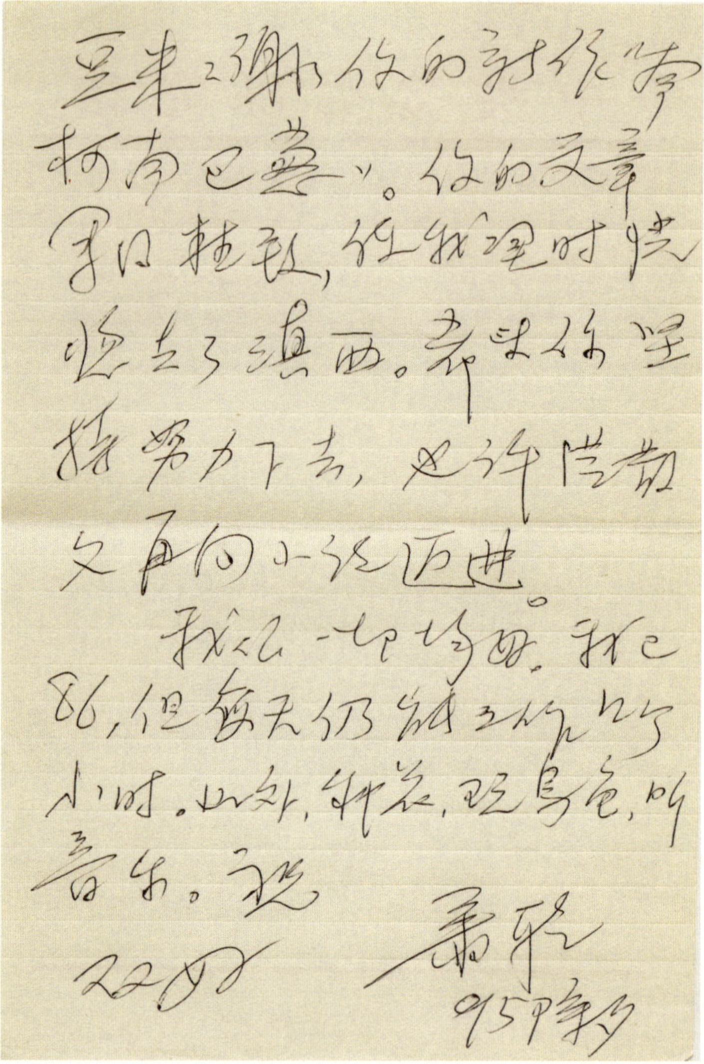

豆米：谢谢你的新作《柯南已燕燕》。你的文章写得精致，使我跟随你去了滇西。希望你坚持努力下去，也许借散文再向小说迈进。

我们一切均好。我已86，但每天仍能工作几个小时。此外，种花，喂乌龟，听音乐。祝

双好

萧乾

95除夕

第三十一封信：1995 年 1 月 30 日

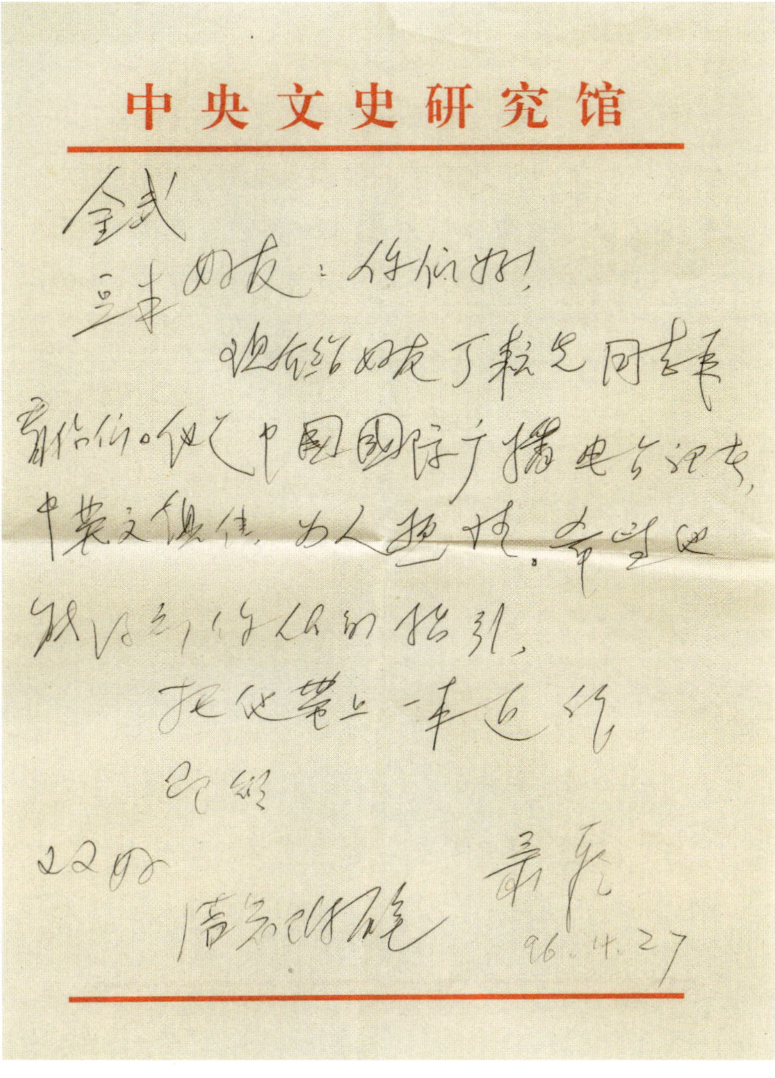

中央文史研究馆

全武
三丰 好友：你们好！

现介绍好友丁毅先同志来看你们，他是中国国际广播电台记者，中英文俱佳，为人热情。希望也能得到你们的指引。

托他带上一本近作

即颂

双好

[illegible]

96.4.27

第三十二封信：1996年4月27日

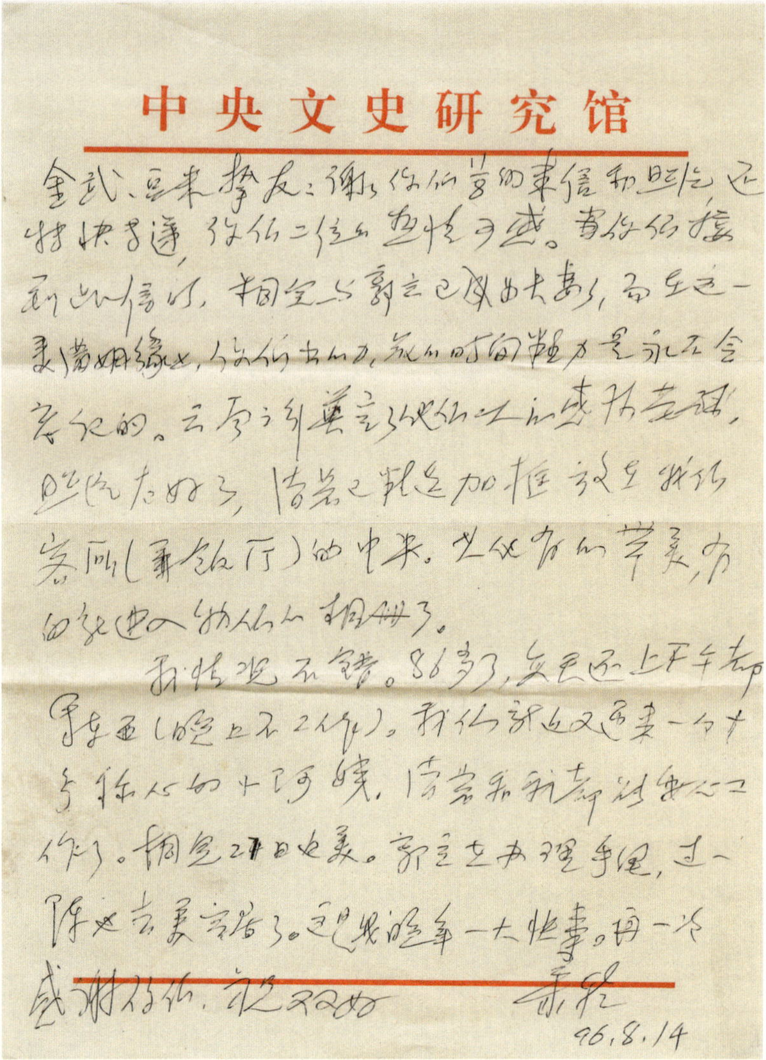
中央文史研究馆

金武、豆米挚友：谢谢你们寄的来信和照片，还特快专递，给你们二位的热情万感。当你们接到此信时，桐宝与郭云已成为夫妇，而这一美满姻缘，你们出的力，花的时间精力是永不会忘记的。云南之行要写文记你们二人的感谢话，照片太好了，洁若已精选加框放在我们客厅（兼会客厅）的中央。也代我们向萃英方由衷地感谢他们的相册了。

我情况不错。86岁了，每日还上下午都写东西（晚上不工作）。我们新近又请来一个大学生作小阿姨，洁若和我都能安心工作了。桐宝27日返美。郭云去办理手续，过一阵也去美定居了。这是我晚年一大快事。再一次感谢你们，祝双好

萧乾

96.8.14

第三十三封信：1996年8月14日，第一页

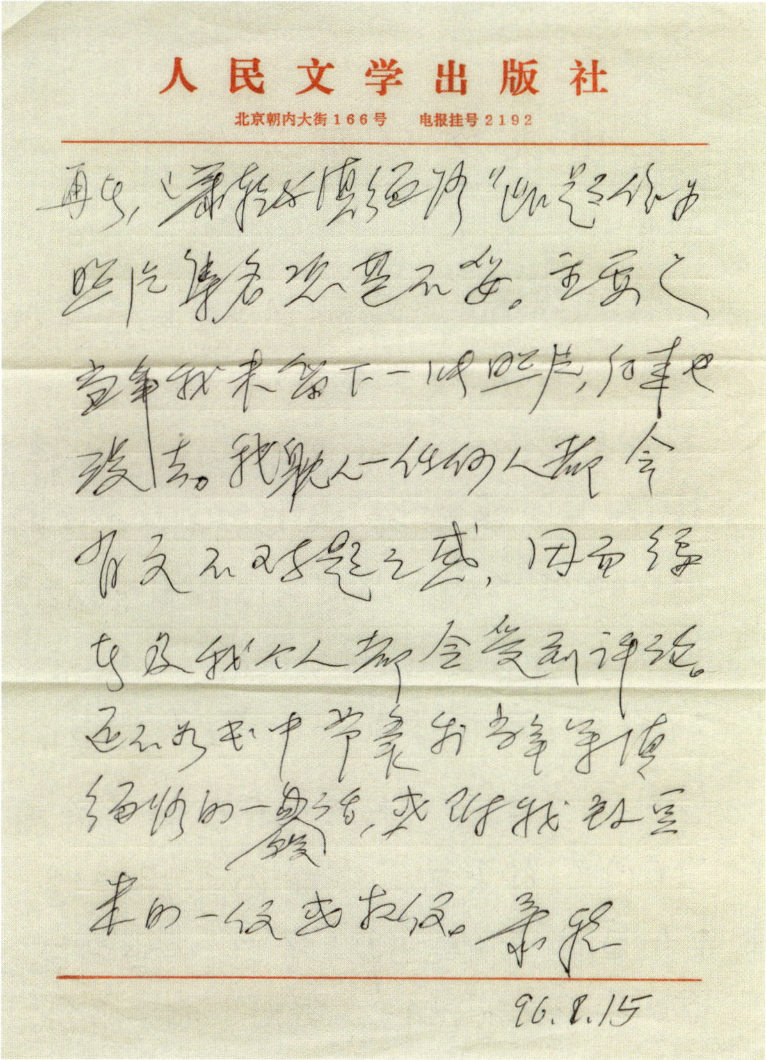

人民文学出版社

北京朝内大街166号　电报挂号2192

再者，以"蒋经国传"出题作为照片集名恐甚不妥。主要之当年我未留下一帧照片，后来也没法。我想任何人都会有文不对题之感，因而该书及我个人都会受到评论。还不如书中常采用当年写经国的一段话，或以我自己写来的一段为标题。余铭

96.8.15

第三十三封信：1996年8月15日，第二页

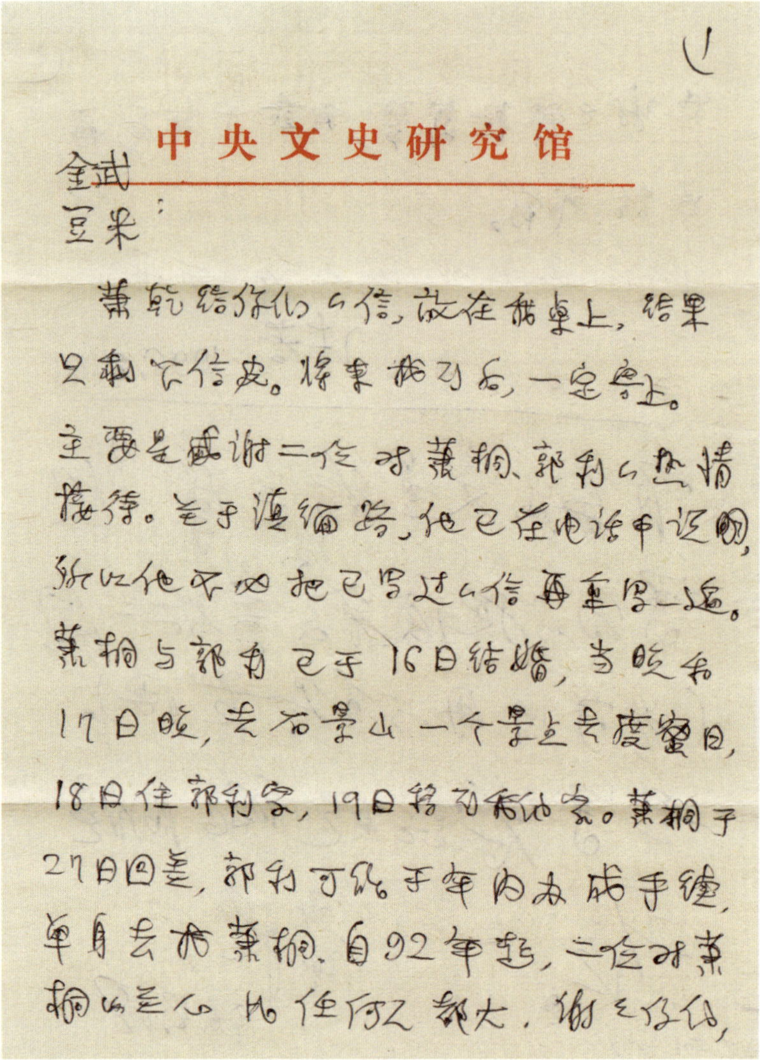

1

中央文史研究馆

金武
豆米：

萧乾给你们的信，放在我桌上，结果只剩下信皮。将来找到后，一定寄上。主要是感谢二位对萧桐、郭莉的热情接待。关于滇缅路，他已在电话中说明，所以他不必把已写过的信再重写一遍。萧桐与郭莉已于16日结婚，当晚和17日晚，去石景山一个景点去度蜜月，18日住郭莉家，19日移至我们家。萧桐于27日回美，郭莉可能于年内办成手续，单身去找萧桐。自92年起，二位对萧桐的关心比任何人都大，谢谢你们，

第三十四封信：1996年8月18日，第一页

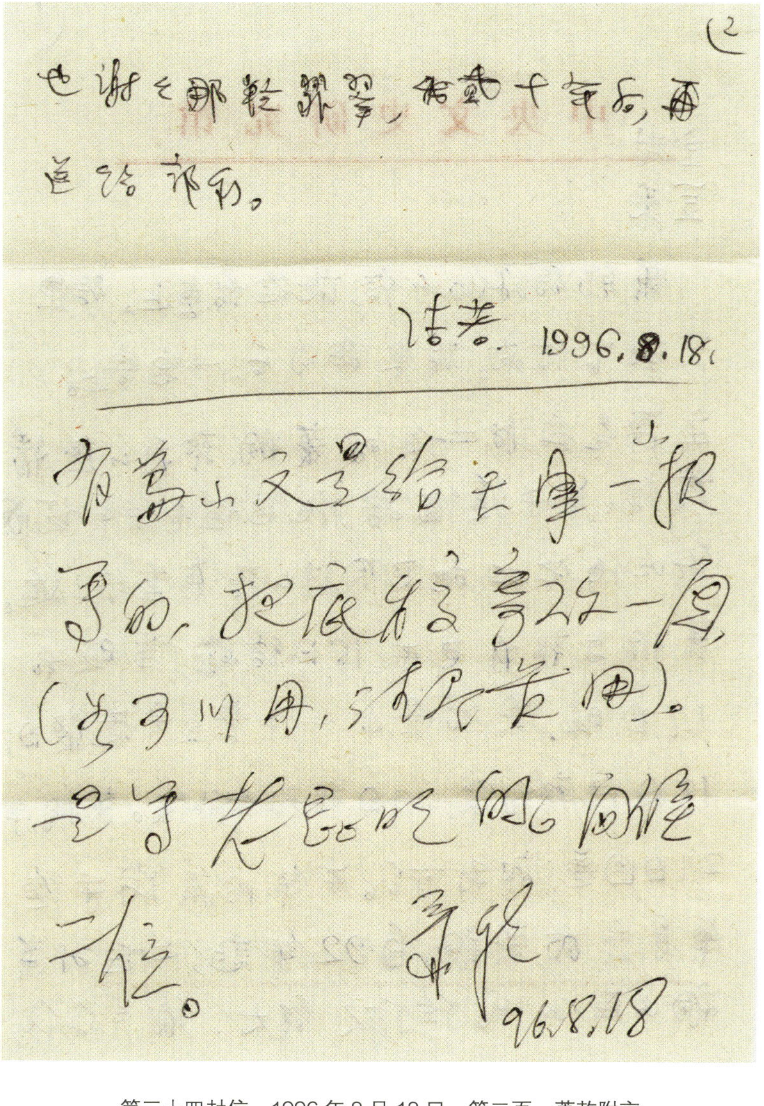

洁若 1996.8.18

96.8.18

第三十四封信：1996 年 8 月 18 日，第二页，萧乾附言

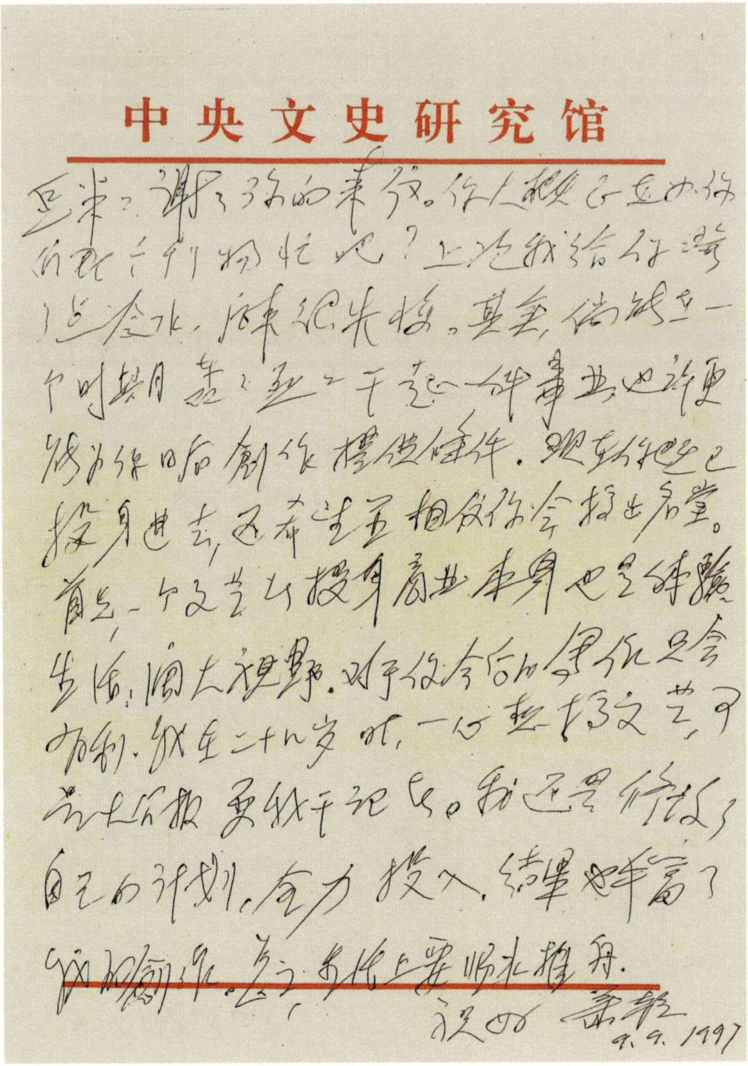

中央文史研究馆

豆米：谢谢你的来信。你大概正在为你们的刊物忙吧？上次我给你谈谈金水、陈纪先校。其实，倘能在一个时期专心致志干某一件事也许更能为你日后创作提供条件。现在你把自己投身进去，还希望且相信你会搞出名堂。首先，一个文艺工作者投身商业本身也是体验生活，开阔视野。对于你今后的写作只会有利。我在二十几岁时，一心想搞文艺，可当大公报要我干记者。我还是修改了自己的计划，全力投入，结果也丰富了我的创作。总之，事情上要顺水推舟。

祝好

萧乾

9.9.1997

第三十五封信：1997年9月9日，第一页

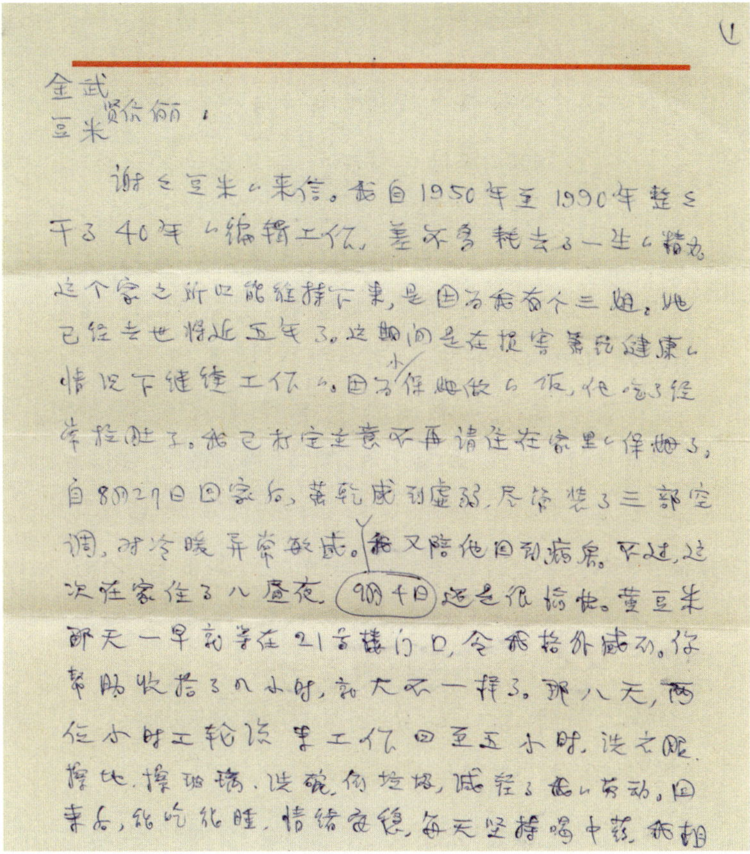

1

金武
豆米 贤伉俪：

谢谢豆米的来信。我自1950年至1990年整整干了40年的编辑工作，差不多耗去了一生的精力。这个家之所以能维持下来，是因为我有个三姐。她已经去世将近五年了。这期间是在损害着我的健康的情况下继续工作的。因为小保姆做的饭，他吃了经常拉肚子。我已打定主意不再请住在家里的保姆了。自8月27日回家后，萧乾感到虚弱，尽管装了三部空调，对冷暖异常敏感。9月10日我又陪他回到病房。不过，这次在家住了八昼夜，还是很愉快。董豆米那天一早就等在21号楼门口，令我格外感动。你帮助收拾了八小时，就大不一样了。那八天，两位小时工轮流来工作四至五小时，洗衣服、擦地、擦玻璃、洗碗、倒垃圾，减轻了我的劳动。回来后，能吃能睡，情绪安稳，每天坚持喝中药。我相

第三十五封信：1997年9月9日，第二页

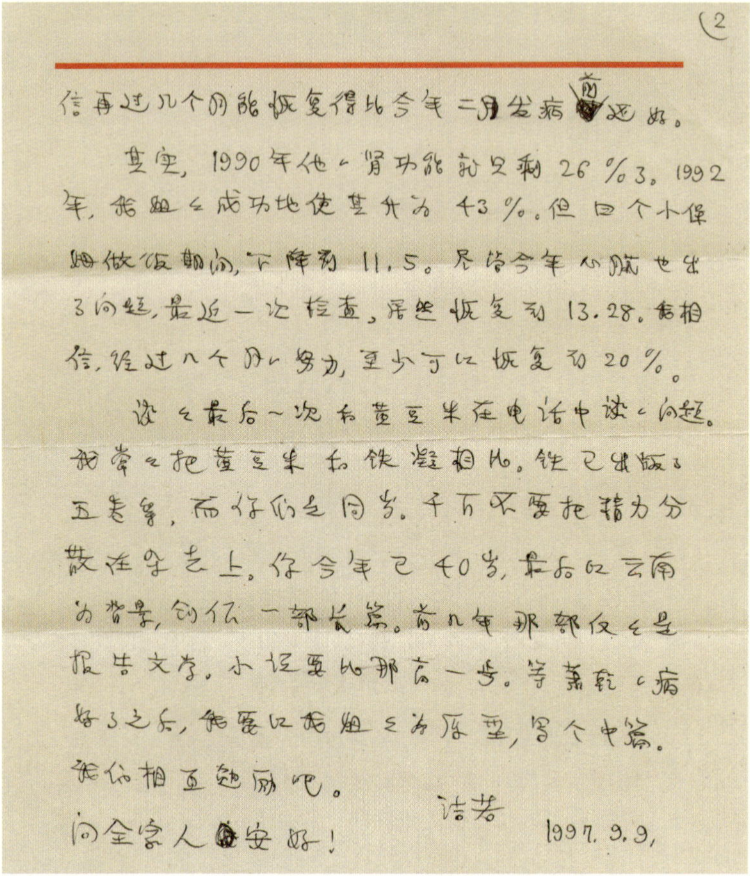

第三十五封信：1997年9月9日，第三页

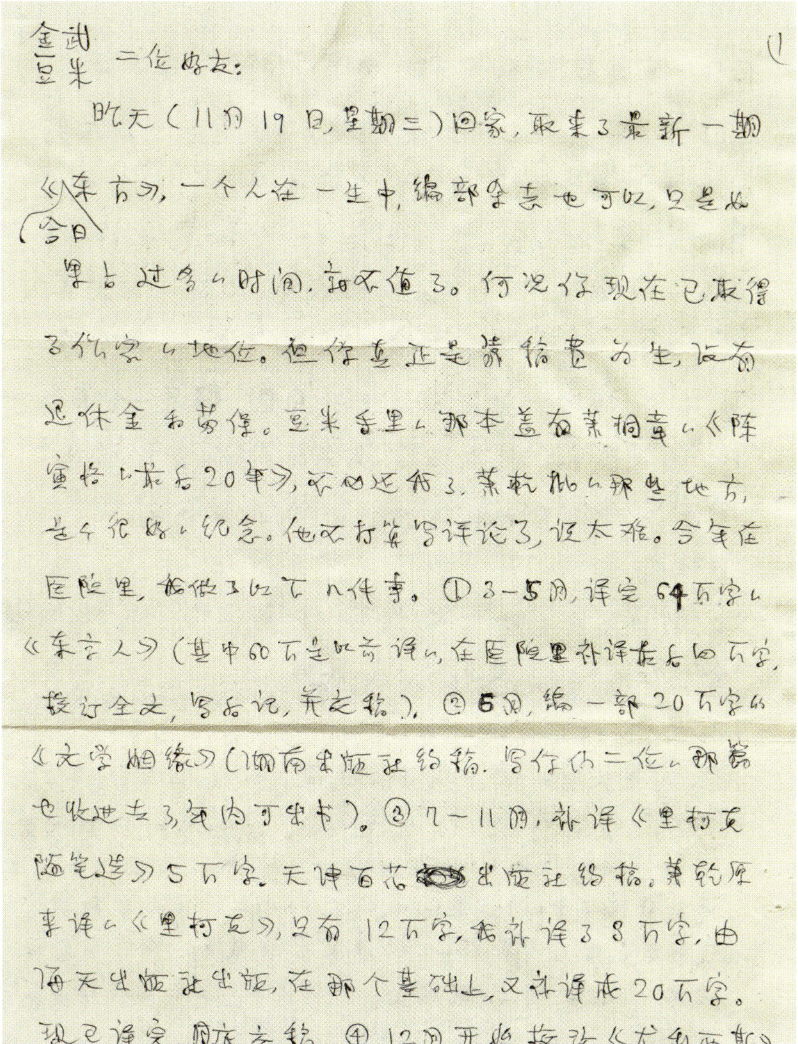

1)

金武
豆米 二位好友：

昨天（11月19日，星期三）回家，取来了最新一期《今日东方》，一个人在一生中，编部全集也可以，只是如果占过多的时间，就不值了。何况你现在已取得了作家的地位。但你真正是靠稿费为生，没有退休金和劳保。豆米手里的那本盖有萧乾章的《陈寅恪的最后20年》，不必还给了，萧乾批的那些地方，是个纪念。他不打算写评论了，说太难。今年在医院里，我做了以下几件事。①3—5月，译完64万字的《东京人》（其中60万是以前译的，在医院里补译最后四万字，校订全文，写后记，并交稿）。②5月，编一部20万字的《文学姻缘》（湖南出版社约稿，写你们二位的那篇也收进去了，年内可出书）。③7—11月，补译《里柯克随笔选》5万字，天津百花出版社约稿。萧乾原来译的《里柯克》，只有12万字，我补译了3万字，由海天出版社出版，在那个基础上，又补译成20万字。现已译完，明年交稿。④12月，开始校订《尤利西斯》

第三十六封信：1997年11月20日、1998年1月14日，分两次写就的第一页

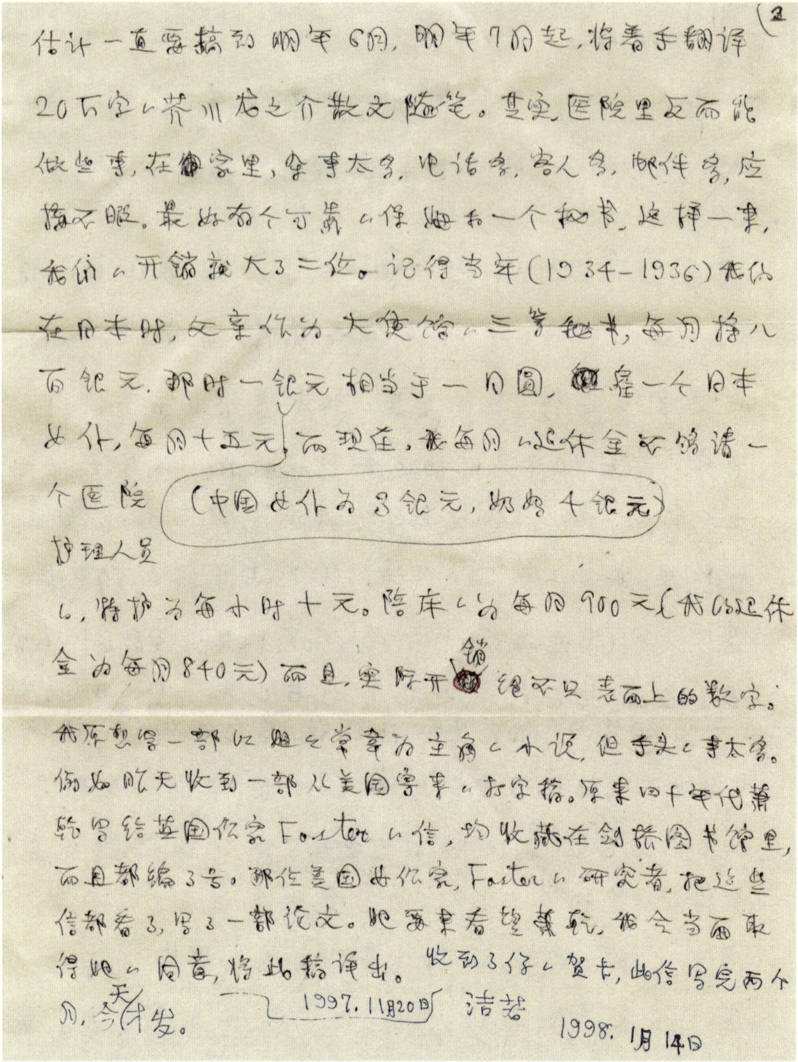

（2

估计一直要搞到明年6月，明年7月起，将着手翻译20万字的芥川龙之介散文随笔。其实，医院里反而能做些事，在家里，杂事太多，电话多，客人多，邮件多，应接不暇。最好有个万元的保姆和一个秘书，这样一来，我们的开销就大了二倍。记得当年（1934-1936）我们在日本时，父亲作为大使馆的三等秘书，每月挣八百银元。那时一银元相当于一日圆，雇一个日本女仆，每月十五元（中国女仆为3银元，奶妈4银元）。而现在，我每月的退休金不够请一个医院护理人员的，陪护为每小时十元。陪床的为每月900元（我的退休金为每月840元）而且，实际开销绝不只表面上的数字。

我原想写一部以姐姐常宁为主角的小说，但手头的事太多。例如昨天收到一部从美国寄来的打字稿。原来四十年代萧乾写给英国作家Forster的信，均收藏在剑桥图书馆里，而且都编了号。那位美国女作家，Forster的研究者，把这些信都看了，写了一部论文。她要来看望萧乾，我会当面取得她的同意，将此稿译出。

1997.11月20日 洁若

收到了你的贺卡，此信写完两个月，今天才发。

1998.1月14日

第三十六封信：1997年11月20日、1998年1月14日，分两次写就的第二页

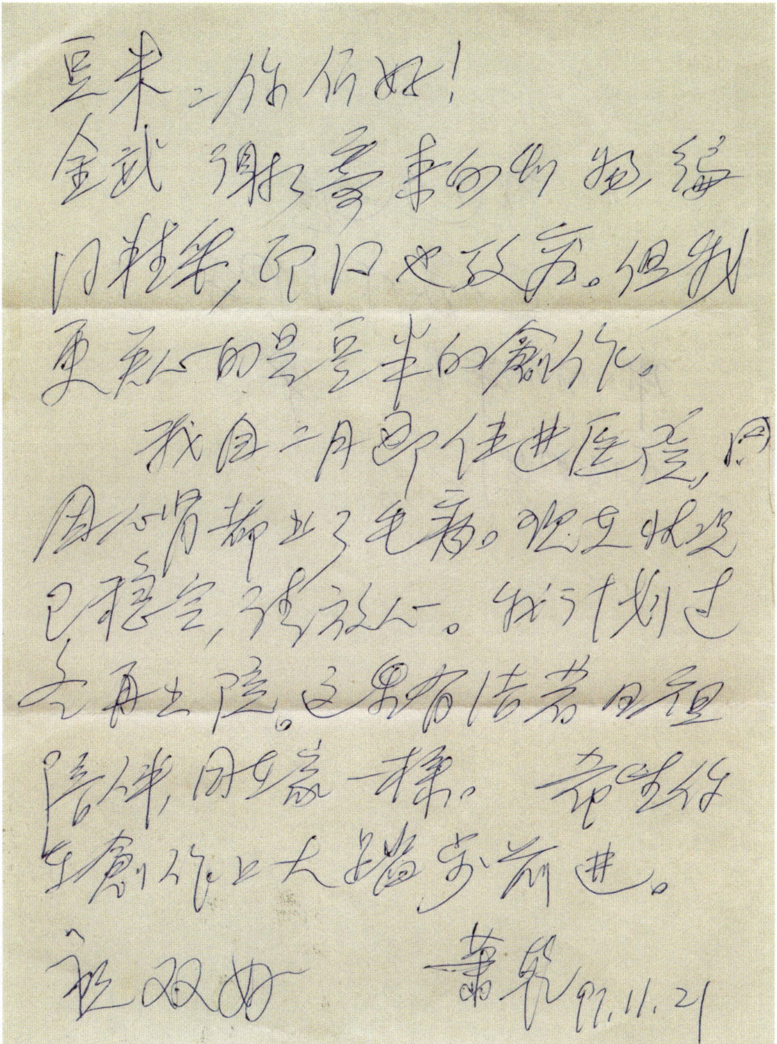
亘米二位你们好！
金武 谢谢寄来的书籍、编日挂历，即日也收到。但我更喜欢的是亘米的创作。
我自二月即住进医院，因心肾都出了毛病。现在状况已稳定，请放心。我计划过了年出院。这里有洁若日夜陪伴，同在家一样。希望你们在创作上大踏步前进。
祝双好
萧乾 97.11.21

第三十七封信：1997 年 11 月 21 日，信正面

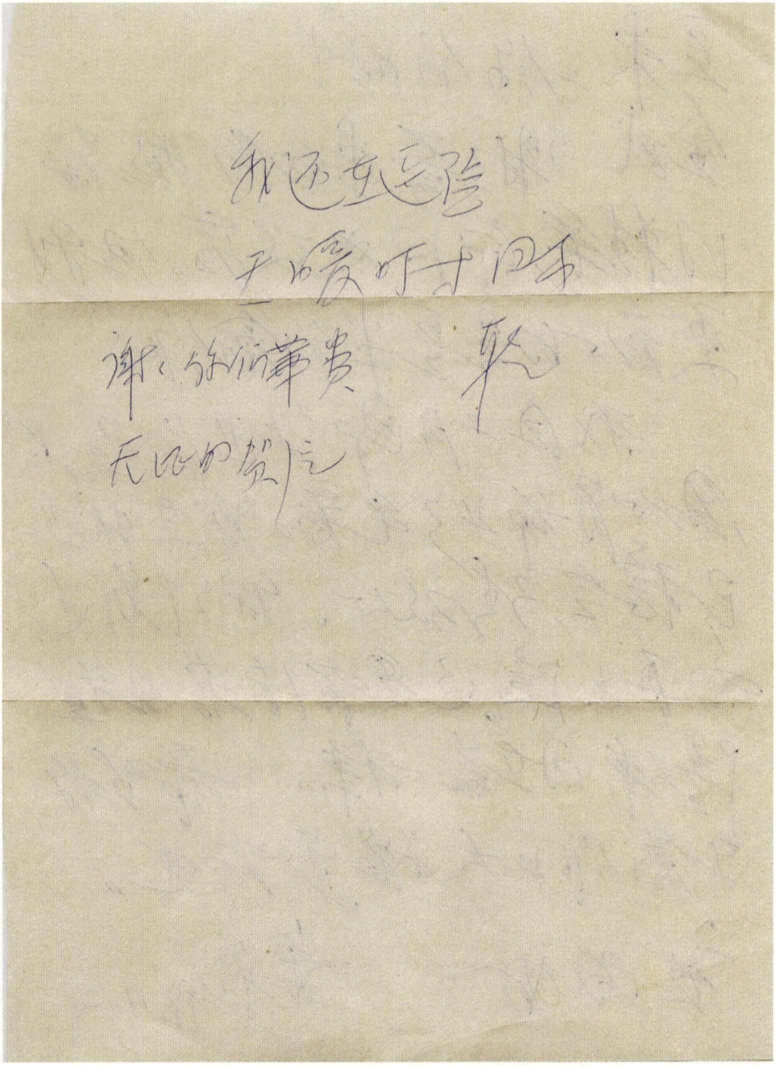

第三十七封信：1997 年 11 月 21 日，信背面

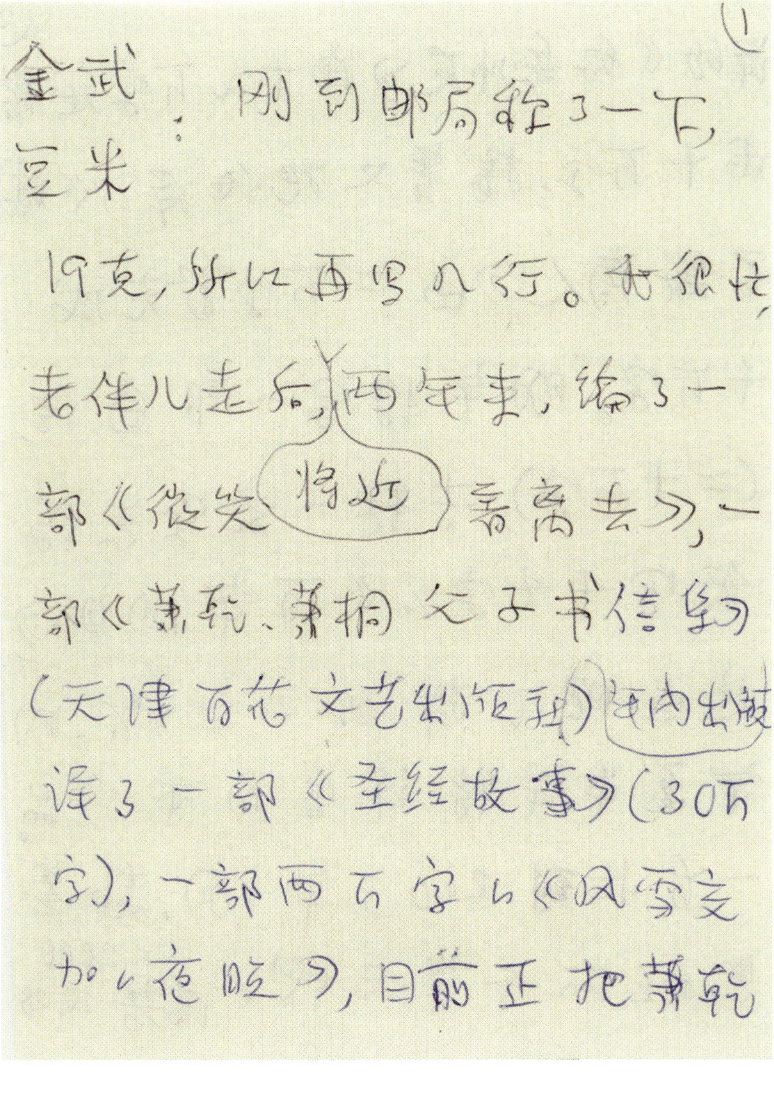

①

金武
豆米：刚到邮局称了一下，
19克，所以再写八行。我很忙，
老伴儿走后，将近两年来，编了一
部《微笑着离去》，一
部《萧乾、萧桐父子书信集》
（天津百花文艺出版社）年内出版
译了一部《圣经故事》（30万
字），一部两万字的《风雪交
加的夜晚》，目前正把萧乾

第三十八封信：2000年10月28日，第三页

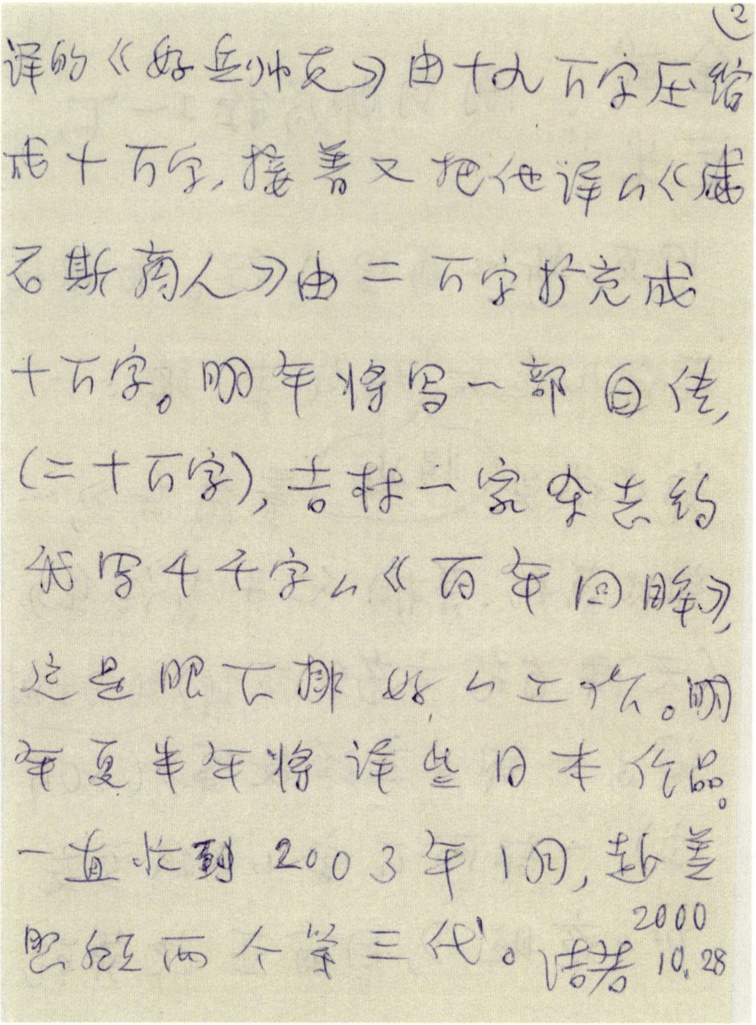
②

译的《好兵帅克》由十九万字压缩成十万字，接着又把他译的《威尼斯商人》由二万字扩充成十万字。明年将写一部自传，(二十万字)，吉林一家杂志约我写4千字的《百年回眸》，这是眼下排好的工作。明年下半年将译些日本作品。一直忙到2003年1月，赶着照顾两个第三代。洁若 2000 10.28

第三十八封信：2000 年 10 月 28 日，第四页

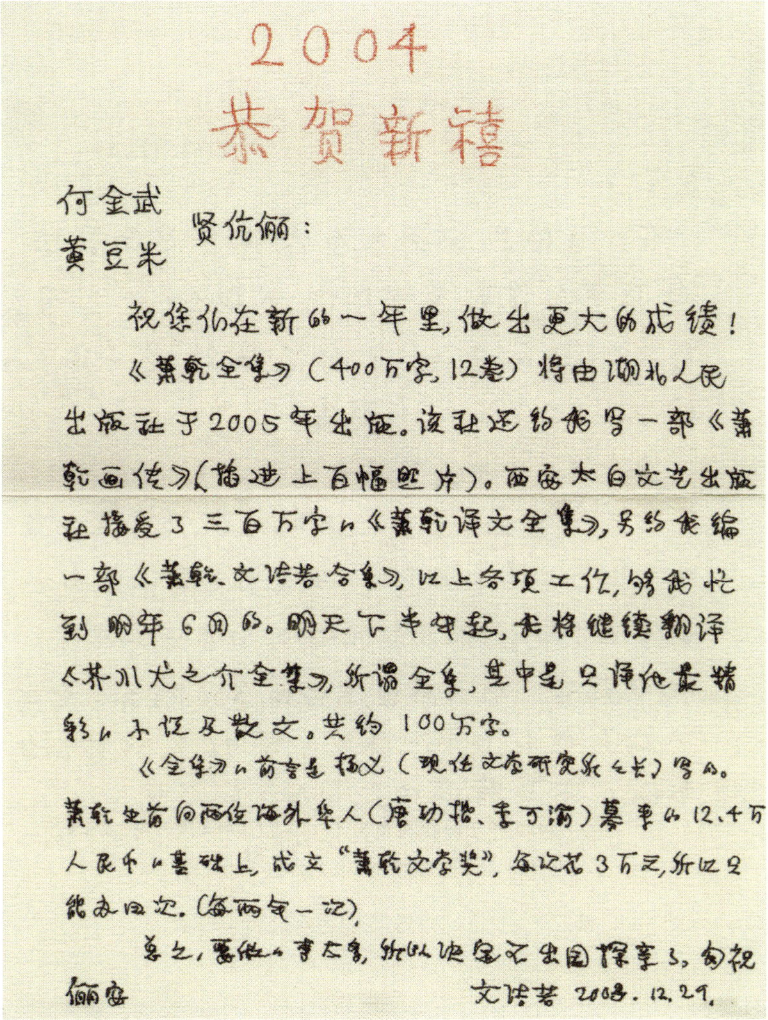

2004

恭贺新禧

何金武
黄豆米 贤伉俪：

祝你们在新的一年里，做出更大的成绩！

《萧乾全集》（400万字，12卷）将由湖北人民出版社于2005年出版。该社还约我写一部《萧乾画传》（插进上百幅照片）。西安太白文艺出版社接受了三百万字的《萧乾译文全集》，另约我编一部《萧乾、文洁若合集》，以上各项工作，够我忙到明年6月的。明天下半年起，我将继续翻译《芥川龙之介全集》，所谓全集，其中是只译他最精彩的小说及散文。共约100万字。

《全集》的前言是杨义（现任文学研究所所长）写的。萧乾生前向两位海外华人（唐功楷、李可澜）募来的12.4万人民币的基础上，成立“萧乾文学奖”，每次花3万元，所以只能办四次。（每两年一次）

总之，要做的事太多，所以决定不出国探亲了。匆祝

俪安

文洁若 2003.12.29.

第三十九封信：2003年12月29日，第一页

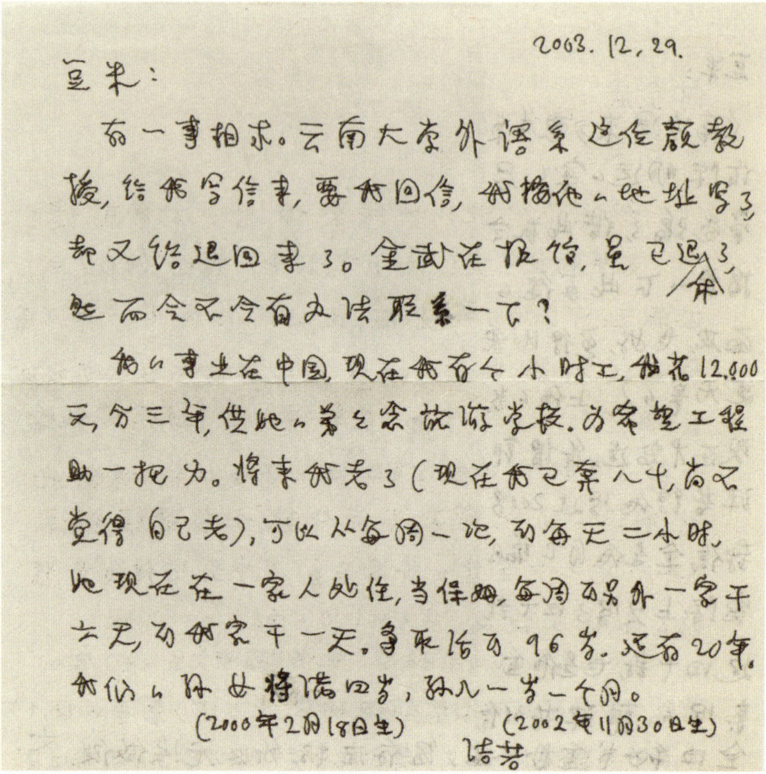

2003.12.29.

豆米：

有一事相求。云南大学外语系这位颜教授，给我写信来，要我回信，我将他的地址写了，却又给退回来了。金武在报馆，虽已退休了，能否会不会有办法联系一下？

我的事业在中国，现在我有个小时工，我花12,000元，分三年，供她的弟弟念旅游学校。为希望工程助一把力。将来我老了（现在我已奔八十，尚不觉得自己老），可以从每周一次，到每天二小时。她现在在一家人处住，当保姆，每周在另外一家干六天，在我家干一天。争取活到96岁，还有20年。我们的孙女将满四岁，孙儿一岁一个月。

（2000年2月18日生）（2002年11月30日生）

洁若

第三十九封信：2003年12月29日，第二页

豆华：

《南方周末》想来采访　　的案子。尽管受骗了，借此机会揭露一下此人的面皮，也好，免得比我更无辜的人，上他的当。现在才知道，所谓郭沫若给他写过200多封信，全是他自己编的，实际上只写了四十封，这四十封，也是他重新写的。郭沫若的信全由秘书查档一遍，留存底稿，所以无法做假。文.

第三十九封信：2003 年 12 月 29 日，第三页

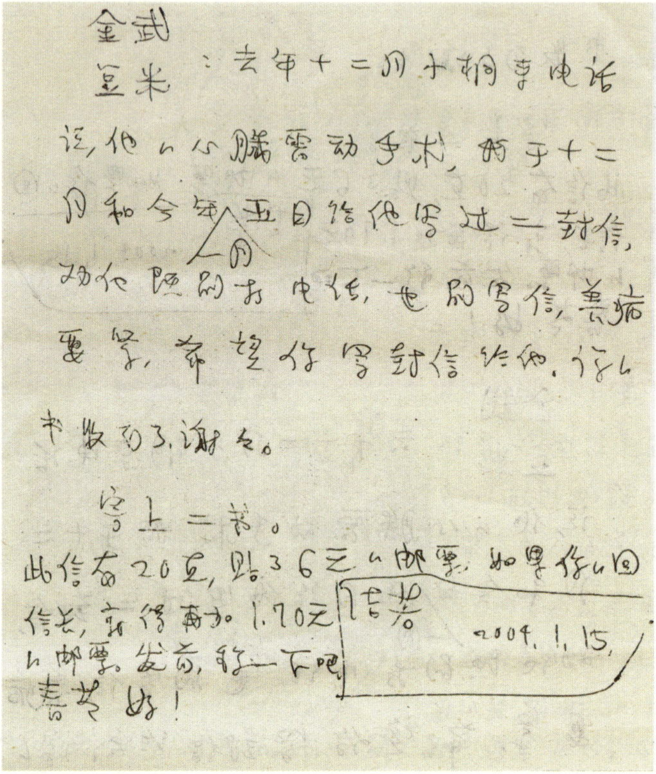

金武
豆米：去年十二月小桐来电话说，他的心脏需动手术，我于十二月和今年一月五日给他写过二封信，但他既不打电话，也不写信，其病要紧，希望你写封信给他。你们书收到了，谢谢。

寄上二书。

此信盖20克，贴了6元的邮票，如果你的回信长，就得再加1.70元的邮票，发前称一下吧。

春节好！

洁若
2004.1.15.

第四十封信：2004年1月15日

文化藝術出版社

亘米：

寄上《畅谈东方智慧》以及书评和《在中日……金桥》一文。你对佛教与池田文化有兴趣，不知可否为此作些影响，在昆明的报刊上发表这两篇文章？书就送给你了。

祝

春节好！

文洁若

2004年1月27日

第四十一封信：2004 年 1 月 27 日

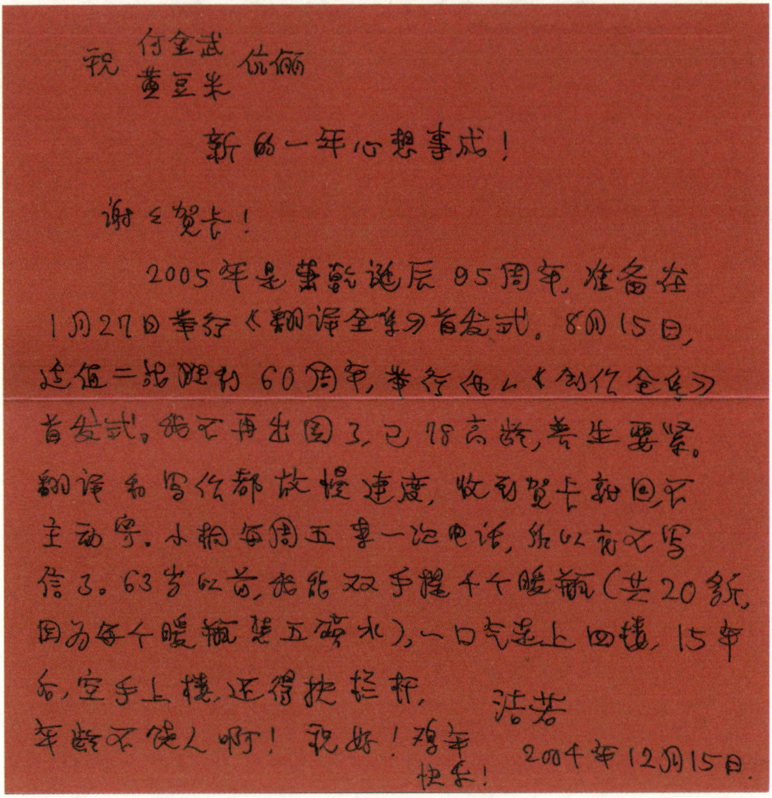
祝 付金武
黄豆米 伉俪

新的一年心想事成！

谢谢贺卡！

2005年是萧乾诞辰95周年，准备在1月27日举行《翻译全集》首发式。8月15日，适值二战胜利60周年，举行他的《创作全集》首发式。我不再出国了，已78高龄，养生要紧。翻译和写作都放慢速度，收到贺卡就回，不主动写。小桐每周五来一次电话，所以就不写信了。63岁以前，我能双手提十个暖瓶（共20斤，因为每个暖瓶装五磅水），一口气走上四楼，15年后，空手上楼，还得扶栏杆，年龄不饶人啊！祝好！鸡年快乐！

洁若

2004年12月15日

第四十二封信：2004 年 12 月 15 日

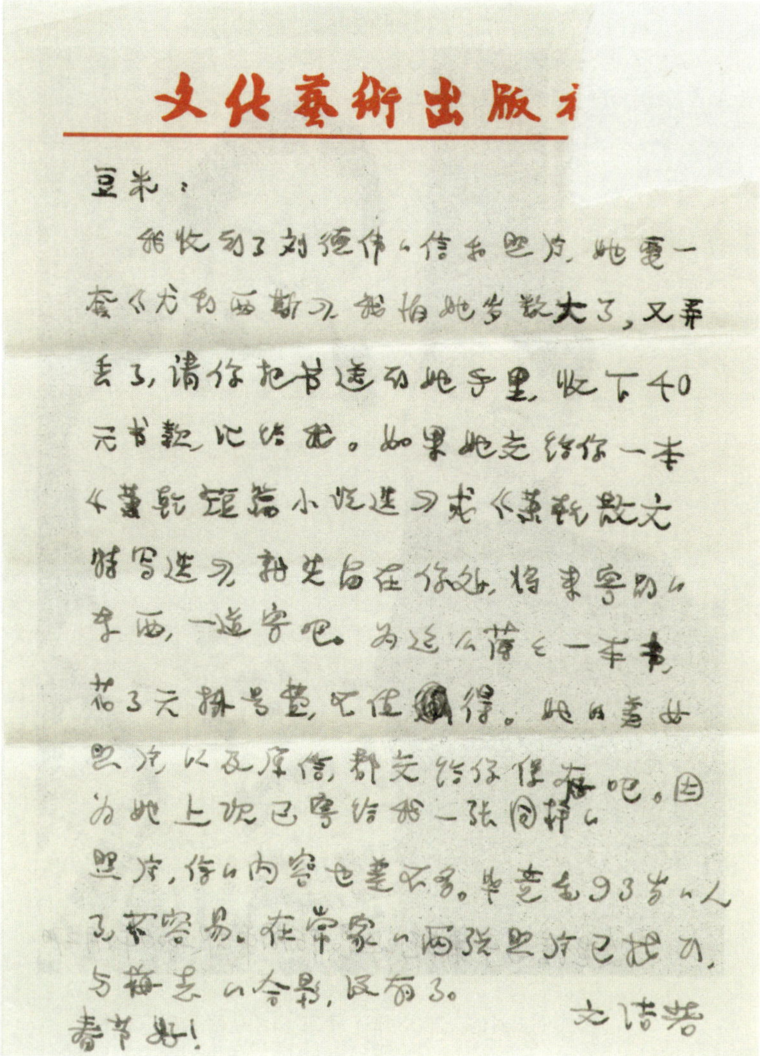

文化藝術出版社

豆米：

我收到了刘德伟的信和照片，她要一套《尤利西斯》，我怕她岁数大了，又弄丢了，请你把书送到她手里，收下40元书款汇给我。如果她要给你一本《萧乾短篇小说选》或《萧乾散文特写选》，都先留在你处，将来寄的东西，一起寄吧。为这么薄薄一本书，花了元挂号费，不值得。她的美女照片以及原信，都交给你保存吧。因为她上次已寄给我一张同样的照片，信的内容也差不多。毕竟是93岁的人了，不容易。在常家的两张照片已找到，与梅志的合影，没有了。

春节好！

文洁若

第四十三封信：2005年1月27日

第四十三封信：2005 年 1 月 27 日，所附照片

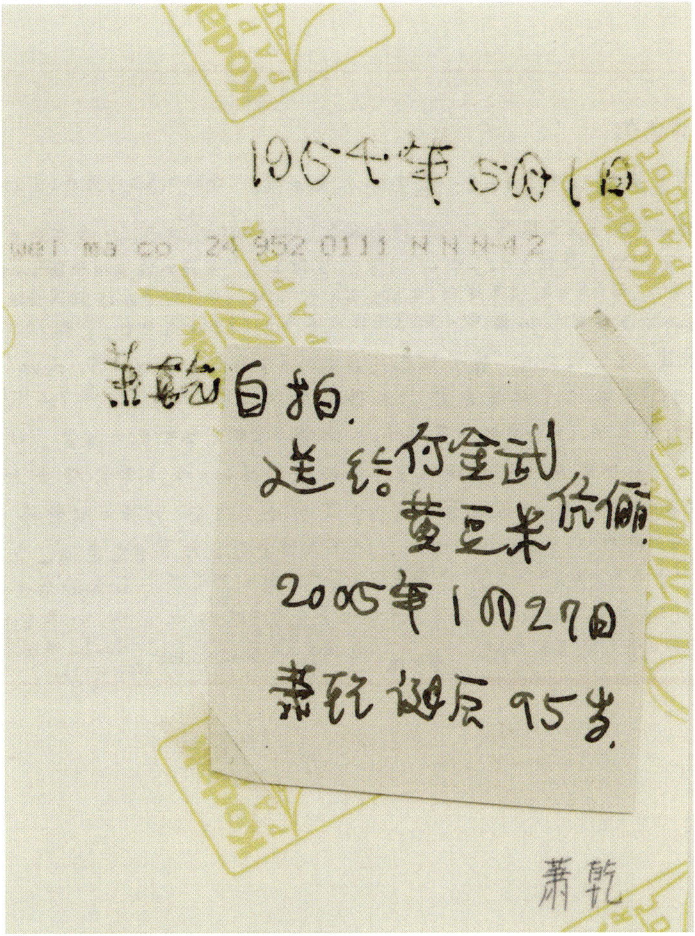

第四十三封信：2005 年 1 月 27 日，所附照片的背面签字

恭贺新禧

金武
豆米 贤伉俪：

贺卡收到了。本来以为你们会来京，大失所望。《萧乾全集》已到手，是2005年10月出版的。豆米是编委之一（共17个编委）。15个顾问。共32人，是萧乾走后从各方面对我支持最大的人。我在98岁上，说得上是"耳聪目明，思维敏捷"。工作是我的最爱。使我高兴的是，健康如旧。但愿能再工作30年，（到108岁为止）创造奇迹。2006年的工作已安排好了。(1)编译一部夏目漱石的集子（人民文学出版社），约16万字。(2)为天津百花出版社写一部《话昔忆故旧》。另外再写几篇短文章。这次的全集，不用你们出钱。李景端先生他们（唐风楼）准备2006年在昆明召开爱尔兰文学会，届时我会带去。（因为昆明天气暖和，不论哪个季节去，都舒服）。《陈寅　的二十年》我手头有一部新的，当年我送给豆米的那本，有萧乾的字，如去昆明，我把此书带去，把那本换回来。自从去年吃了你们带给我的核桃，我再也不想吃北京大超市里的核桃了。一股"酪"味儿。《中日大辞典》有解释，意思是"走油"。听说变质了，致癌。我们自己编的《汉语辞典》无此字。我也记不得小桐夫妇背生老三，但郭勤已满四十，得工作了（先拿到硕士学位），孩子太占时间。三岁的Sandro（中国名字是黄文秉）已会背好几首唐诗和儿歌了。六岁的Sophia（黄文棣），会弹钢琴，学会好几个曲子了。文洁若 2005.12.22.

第四十四封信：2005年12月22日

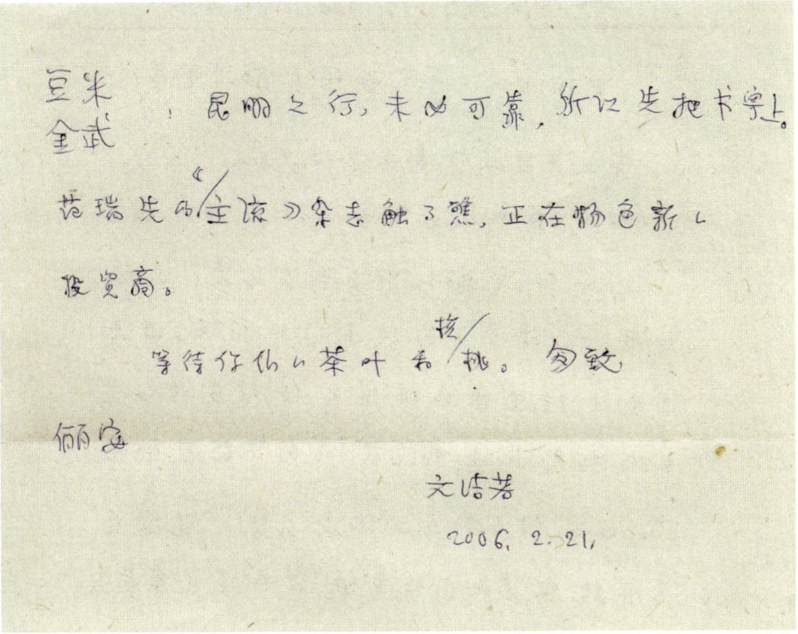

亘米、金武：昆明之行，未必可靠，浙江先把书寄上。

范瑞先生的《全凉》杂志触了礁，正在物色新的投资商。

等待你们的茶叶和核桃。匆致

俪安

文洁若

2006. 2. 21.

第四十五封信：2006 年 2 月 21 日

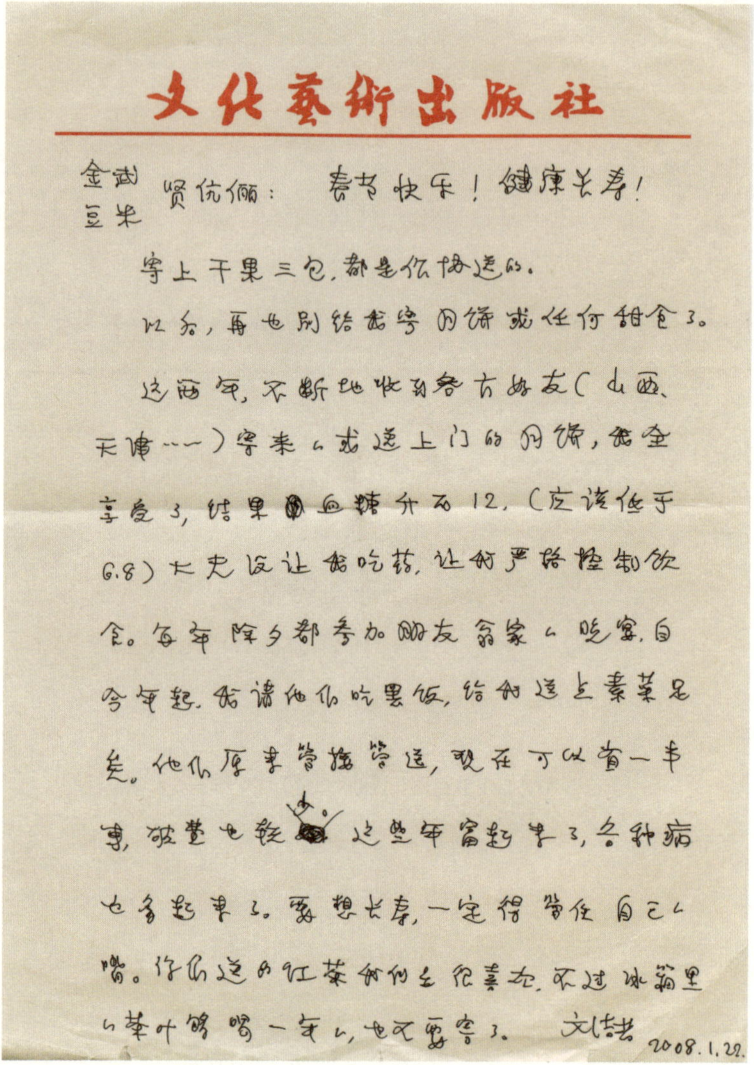
文化藝術出版社

金武
豆米 贤伉俪：春节快乐！健康长寿！

寄上干果三包，都是你俩送的。

以后，再也别给我寄月饼或任何甜食了。

这两年，不断地收到各方好友（山西、天津……）寄来的或送上门的月饼，我全享受了，结果血糖升至12，（应该低于6.8）大夫没让我吃药，让我严格控制饮食。每年除夕都参加朋友家的晚宴，自今年起，我请他们吃素饭，给我送上素菜足矣。他们原来管接管送，现在可以省一半事，破费也较少。这些年富起来了，各种病也多起来了。要想长寿，一定得管住自己的嘴。你们送的红茶我们已经喝完，不过冰箱里的茶叶够喝一年的，也不要寄了。 文洁若

2008.1.22.

第四十六封信：2008年1月22日

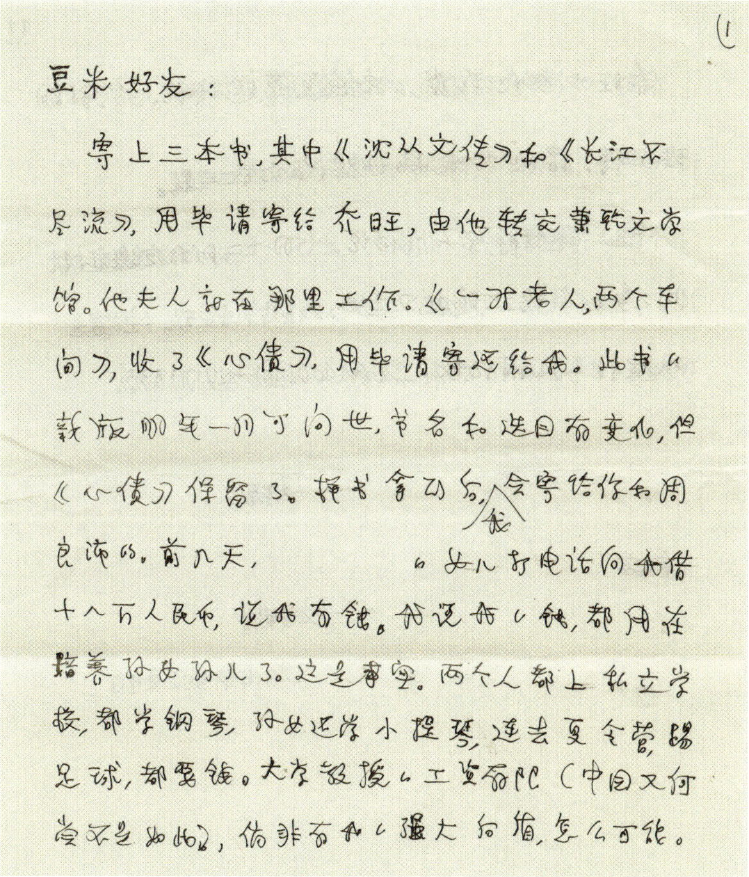
(1

豆米好友：

寄上三本书，其中《沈从文传》和《长江不尽流》，用毕请寄给乔旺，由他转交萧乾文学馆。他夫人就在那里工作。《一对老人，两个车间》，收了《心债》，用毕请寄还给我。此书的新版明年一月可问世，书名和选目有变化，但《心债》保留了。样书拿到后，我会寄给你和周良沛的。前几天，　　　的女儿打电话向我借十八万人民币，说我有钱。我说我的钱，都用在培养孙女孙儿了。这是事实。两个人都上私立学校，都学钢琴，孙女还学小提琴，还去夏令营踢足球，都要钱。大学教授的工资有限（中国又何尝不是如此），倘非有私的强大后盾，怎么可能。

第四十八封信：2011 年 9 月 29 日，第一页

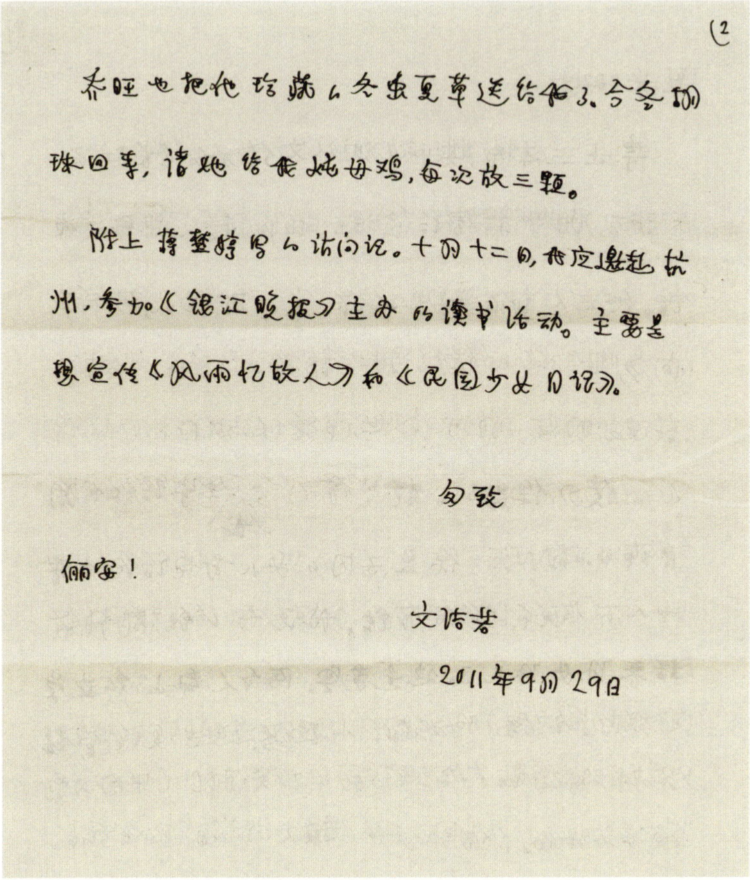

(2

乔旺也把他珍藏的冬虫夏草送给我了。今冬胡珠回来，请她给我炖母鸡，每次放三颗。

附上蒋楚婷写的访问记。十月十二日，我应邀赴杭州，参加《钱江晚报》主办的读书活动。主要是想宣传《风雨忆故人》和《民国少女日记》。

匆致

俪安！

文洁若

2011年9月29日

第四十八封信：2011 年 9 月 29 日，第二页

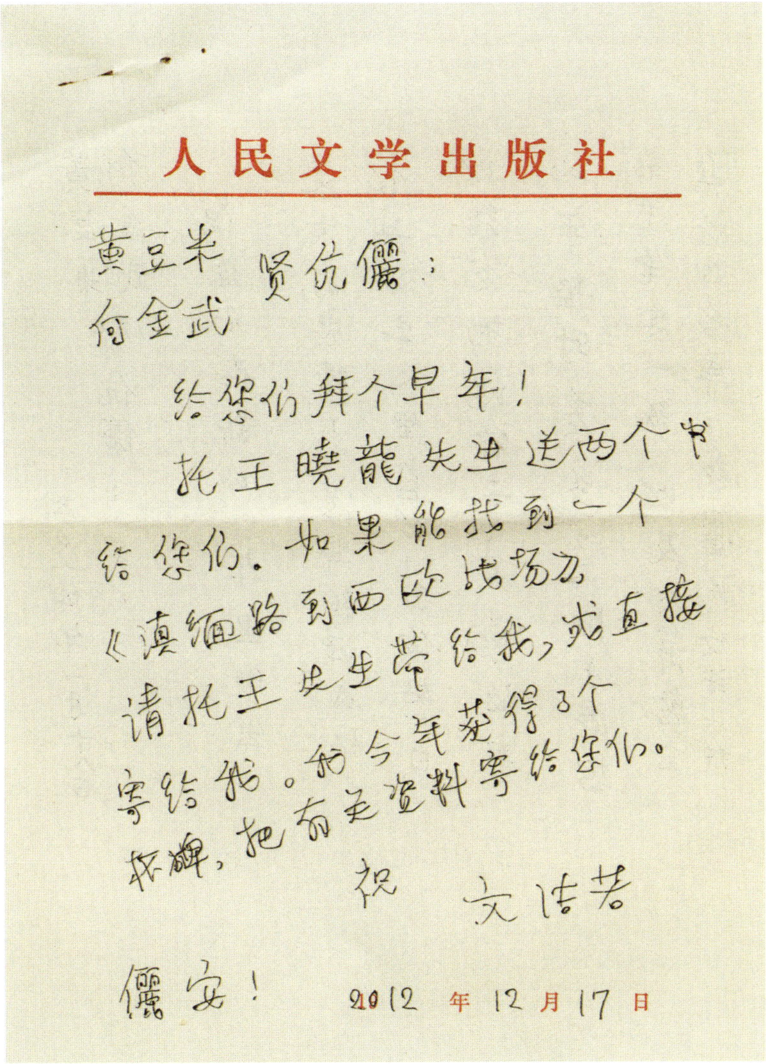

人民文学出版社

黄豆米
何金武 贤伉俪：

给您们拜个早年！

托王曉龍先生送两个书给您们。如果能找到一个《滇缅路到西欧战场》，请托王先生带给我，或直接寄给我。我今年获得了个奖牌，把有关资料寄给您们。

祝

俪安！

文洁若

2012年12月17日

第四十九封信：2012年12月17日

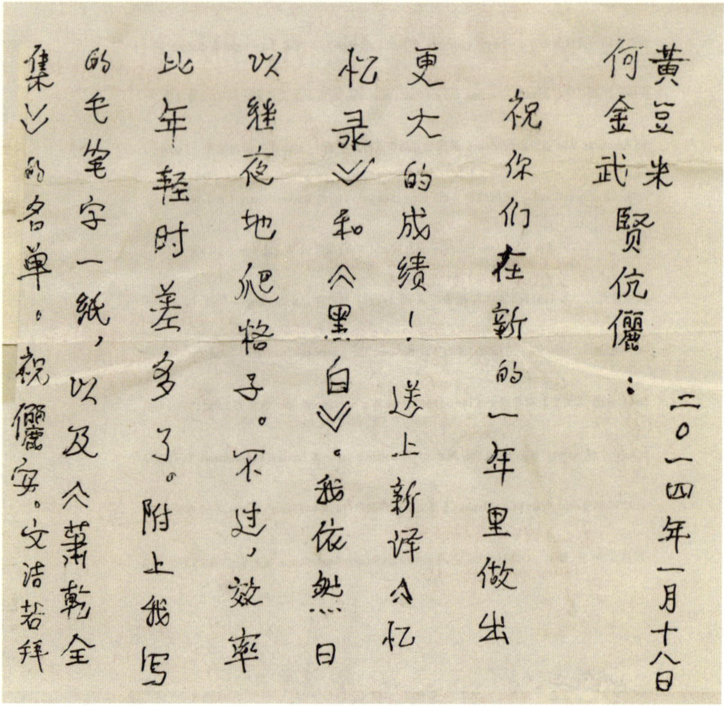

黄豆米
何金武 賢伉儷：

祝你们在新的一年里做出更大的成绩！送上新译《忆忆录》和《黑白》。我依然日以继夜地爬格子。不过，效率比年輕时差多了。附上我写的毛笔字一纸，以及《蕭乾全集》的名單。祝儷安。文洁若拜

二〇一四年一月十八日

第五十封信：2014 年 1 月 18 日

后　记

几年前师母文洁若先生就建议也是嘱咐，让我把她和萧乾写给我的信公开出版成一本书，并促成了前年《新文学史料》选登《萧乾、文洁若夫妇致黄豆米的信》一事。同全国多数人一样因新型冠状病毒蜗居的那些日子，虽然得以从容整理书信，却苦于找不着把书信做成一本书的思路，巧得《新文学史料》和郭娟主编无意间启发令我豁然。

文老赞成把书信和几乎可以当作书信背后故事的文章合为一书，并放权让我去编。近百岁人这份一如既往的信任，反而令我责任重大，心里没底起来。

书信编起来遇到不少棘手问题，陷入分寸拿捏不了困惑时，得力于本书责任编辑赵祥斌主意，他写信说“很久没有编辑如此温暖而传奇的书稿了”，看似轻轻的这句话对我信心的提振，旁人难以理解。为使这本名人书信集编得稳妥又便于理会，他和本书另一位责任编辑王映映做了一个不小贡献，即站在读者的角度提出若干疑问并要求一一做脚注，这才有了书信的注释部分。最难得的是编辑提问题后自己先动手找答案，例如《澜沧江畔一对菩提树》一文里有一种西双版纳当地土话叫“缅瓜鱼”的鱼，赵编辑为查出这种鱼的正式名称，不顾本身忙得不可开交的丛书工作，亲自动手查资料，费神耗时查来查去毫无结果了才交作者去处理。对一个在普通人看来无关紧要的名词都如此下功夫花精力，对待名人书信中需要专业知识解释的部分，可想而知要求有多严谨，由此可见本书是在编辑的参与下才得以完整。二位编辑的这份敬业精神，我只在文洁若先生这样老一代编辑身上见到。

本书美编王芳老师一直是《老照片》的装帧设计者，这丛书的封面设计已成为一个时代的经典之一。五年前山东画报出版社计划出版我编著的《随顺众生年谱——百岁高僧明道老和尚自述、弟子亲历实录》一书时，王芳老师做装帧设计，后来另一家出版社出版这本书时，因拿不出更佳的设计方案而完全采用了原设计。现在她再次为我的书做装帧，版式设计经几番试验才定稿。这种挑战自我的精神让人联想到1996年开始出版的《老照片》（主编冯克力、责任编辑赵祥斌）丛书，为何能在一次次的市场浪潮“淘尽英雄”中以不变应万变独领风骚。

在此向内蒙古大学萧乾文学馆致敬。该馆2008年成立，作为国内唯一集萧乾文学艺术创作经历和作品收集、研究、展示为一体的文化场馆，因保护、研究等几方面的突出成绩，建馆仅七八年时间就发展成为内蒙古社会科学普及基地之一。本书中的大部分书信由萧乾文学馆馆藏。感谢内蒙古大学文学与新闻传播学院原党委书记乔旺先生（萧乾文学馆首任馆长）、萧乾文学馆执行馆长云韬副教授多年来对我研究萧乾给予的鼓励和支持。

此集子整理编撰时断时续历时的三年，正是新冠病毒全球流行的三年，今年1月全国解除对新冠病毒感染甲类传染病防控措施、回归“乙类乙管”后第一波感染高峰的冲击过去，编撰基本完成，文洁若先生也安然无恙度过这波疫情大关，庆幸之余，再次祝愿文老吉祥如愿。

黄豆米

2023年5月